致青春 039

他和她的貓

唧唧的貓　著

目錄
CONTENTS

第一章　賽場初遇

書佳仰起頭看向大螢幕。

藍方的吉茵珂絲扛著火箭筒，一路衝上對方陣營裡的溫泉[1]，攔都攔不住。

LPL（英雄聯盟中國區職業聯賽）夏季賽現場氣氛高昂，周圍全是是粉絲轟天震地的呼喊聲。直播現場的主持人和賽評正以幽默又不失專業性的輕鬆方式，即時播報著賽況。

「哇！你看看選手Wan。」女主持人聲音帶著笑意：「一場場不間斷地，保持自己衝向對手溫泉的傳統。不是在對手陣營的溫泉，就是在趕往溫泉的路上，現在想想，覺得還滿有趣的。」

另一個男賽評附和：「Wan神啊，畢竟年紀輕輕的，又是LPL[2]公認的第一帥哥，粉絲人數眾多。S4[3]和S5兩屆全明星賽中，觀眾的支持得票數，加起來接近有一千萬票，是當之無愧的人氣王，當然會年輕氣盛一點，完全可以理解。」

兩人一來一往之間，紅方的水晶兵營炸裂，遊戲定格在最後的結算畫面。主持人們做著例行的節目收尾工作。

場中央的大螢幕裡，畫面從遊戲切換到比賽現場。

現場燈光閃耀，兩方隊員都摘下耳機丟在桌上。導播的鏡頭帶過每一位選手，到左手邊隊伍的第二個位置，刻意地停了一下。

觀眾席再一次掀起高潮，爆發出激烈的叫喊聲。

螢幕裡一個穿著短袖隊服的男孩子，黑色的短髮像孩童子一樣帶著些溼氣。

他手上握著褐色的紙杯，正在喝水，低斂著眼眸，耳機則掛在脖子上。

書佳的手臂突然被握住，她側頭往朋友身邊靠近，勾住她的朋友湊過來看她的手錶。

「怎麼都快十點了？」朋友摔回座位上，拿著加油牌晃了晃：「妳等一下，會跟姜于於一起去和WR戰隊的人吃飯嗎？」

書佳點點頭。

耳旁依舊是驚天動地的，粉絲們最後熱情的歡呼聲。

「妳是要去幫她擋酒嗎？」

「應該會吧。」

她將視線調離螢幕，有一搭沒一搭地收拾東西。

朋友羨慕道：「有個主持人朋友真好，可以跟著去開慶功宴。」接著又問：「那妳等等，可不可以順便幫我跟Wan要個簽名？」

書佳沒反應過來：「誰是Wan？」

「就那個啊。」指了指螢幕上的畫面，朋友有些驚訝地問：「妳連他都不知道？」

「我知道他是誰，但我不知道他確切的長相。」書佳解釋。

現場音樂聲不斷，勝利方的隊員全體起立，依序從位置上走出來，和戰敗方握手，然後回到舞臺正中央，向觀眾鞠躬謝幕。

「那我來告訴妳吧。」朋友湊了過來，笑嘻嘻地說：

「妳就看準那個最好看的，就是他了。」

＊＊＊

書佳和姜于於走到會場大廳的時候，看到還有許多粉絲堵在門口處，警衛攔都攔不住。

書佳感嘆道：「最近的電競這麼紅了嗎？還有粉絲送吃送喝，追星都沒這麼大的排場吧？」

姜于於拉著她，走向後門的通道：「送吃送喝算什麼啊？連蹲在飯店房間門口要簽名的粉絲、去總部敲門的粉絲，各種奇葩粉絲都有好嗎？」

「真的有這麼誇張？」

「真的有很多粉絲，尤其是女粉絲。而且大部分女粉絲都是外貌協會，這些粉絲自稱為老婆粉或太太團。她們的瘋狂程度，我想妳大概是沒辦法想像的。」

姜于於最近在電競圈混得有聲有色，在網路上被稱為ＬＰＬ新晉花旦主持人，人美、聲甜，又會玩ＬＯＬ[4]。因為常常待在圈內工作，知道不少旁人不知的內幕。

「現在電競圈也流行私生粉[5]嗎？」書佳哭笑不得。

「大家都在說啊，去年、今年、明年，都會是電競最好的時代。」姜于於向她解釋。

「妳看看那些打職業的選手們，只要打出一點成績、累積一點粉絲，之後退役轉型成遊戲實況主，或者轉幕後當教練，再接一些商業活動，哪個不是賺錢賺翻天？」

「那也挺好的。」

她們從後門走出去，依舊有很多人在那裡等著。

夜晚的風有點大，書佳穿著輕便款的白毛衣，看上去很清淡，她將頭側向一邊，用手指輕輕攏住被風吹亂的頭髮。

姜于於一直覺得，書佳有種說不出來的氣質，很古典，就像退回了上個時代。

「妳跟緊我。」姜于於低聲吩咐：「我們直接坐 WR 的車去。」

WR 的教練就在不遠處的臺階上，正在和旁邊的人說話。因為隊伍剛剛拿下勝利，他現在心情明顯很愉悅。

「Fay。」姜于於揮手打招呼。

「于於來啦？那我們走吧。」Fay 看到姜于於，笑著回應。

「我帶了一個朋友，她跟我一起去可以吧？」姜于於搭上書佳的肩膀。

書佳感受到周圍一群人正看著自己打量審視。

「妹子，妳是圈內還是圈外的？怎麼沒見過妳？」

「我沒有在電競圈內，積分牌位是鑽石[6]。」

周圍的人皆是發出一聲驚呼。

「妳在幾區啊？晚上回去後要不要加個好友？一起開語音玩遊戲。」有個玩手機的男生看著書佳，笑問道。

姜于於冷笑了一聲：「想和我朋友玩遊戲的人可多了，連阿浩找她，都經常被拒絕好嗎？」

「真的假的？」有人驚訝。

「阿浩這個傢伙，就只會帶女生開直播玩遊戲！」

書佳不知道該說些什麼，待在一群陌生人之中，她不太習慣自己是話題的中心。

終於有人忍不住大喊道：「閉嘴了啦！老子快要餓死了，我們能不能走了？」

「等一下啊，去把阿蕩叫來，他還在旁邊講電話。」

Fay點點頭：「那你去叫他，我們先上車。」

「那個……」書佳的肩膀被人拍了拍。

一個陌生的年輕男孩坐在她後方，探出腦袋有些生澀地問：「妳是于於姊的朋友啊？」

「我是。」書佳正在用手機回訊息，所以反應慢了半拍，簡短回答。

「我知道妳……我很喜歡、看妳的美食影片，還有……妳的直播我也會看……」男孩有些語無倫次：「妳唱歌很好聽。」

「謝謝你。」她有些驚訝，只能向對方道謝。

「你趕快要個簽名啊！你老是開小號[7]去人家的直播間，整個宿舍裡……」坐在男孩旁邊的人，突然插進來加入話題。

「不是不是！」那人話還沒說完，就被男孩急急打斷：「我、我不知道妳還有玩遊戲，以後妳也可以找我一起玩。」

「韓服、國服[8]都可以。」他又補充道。

還沒等到她回答，就有人起鬨著：「哎喲，小野現在就拉人家組隊上車[9]了？約女生的技巧真是穩得沒話說啊！兄弟。」

「老哥，你讚爆啦！」旁邊的人也朝男孩舉起大拇指。

「讚你個大頭鬼！」向她搭話的男孩惱羞成怒，急急地坐了回去，回頭勒住聲音主人的脖子，幾個人打鬧在一團。

於此同時，書佳位置旁的車門突然被人拉開。

夜風吹了進來，混有菸草味和檸檬的清香。書佳握著手機回頭，坐姿端正。

她看到一雙眼睛，睫毛低垂著，烏黑透明的眼珠，如同漆黑的深海底。

＊＊＊

午夜剛過，餐桌上杯盤狼藉。

這一頓晚飯場面浩大，整整吃了三個多小時。大多數人早已微醺，笑意盈盈地靠在椅背上，低聲和旁邊的人閒聊著。

書佳被菸味嗆得喉嚨乾疼。

她座位隔壁的姜于於湊過來問：「要去前面玩遊戲嗎？」

她搖搖頭。

後來敵不過姜于於的死纏爛打，還是去了對面的包廂。

一踏進去，整個包廂的人早已經玩瘋了。聊天、喝酒、大聲唱歌，不時爆出歡笑聲。

姜于於一走進門後就不管她了，直接融入進人群之中。

燈光太過昏暗，書佳沒辦法看清楚環境，只能隨便摸索靠近門口的沙發坐下。

「妳坐到我的耳機線了。」

才剛坐下，耳邊就有道男人的聲音響起，嚇了書佳一跳。

「對不起。」書佳隨即向旁邊移了一大段距離。

男人單手彎腰撐著頭，坐在沙發沿上，看到她往旁邊移了一下，抽出白色的耳機，然後直接坐到她身邊的位置去。

周圍依舊熱鬧喧嘩。昏黃的燈光打在他身上，讓他顯得疲倦冷淡。

而他，似乎對交際應酬毫無興趣，坐下來後一句話也沒說。

書佳更是一句話也沒有，幸好周圍人聲吵鬧，氣氛不至於太尷尬。

書佳突然想到一件事。

朋友拜託她找個人……書佳努力在腦袋裡回想關鍵字。

Wan。

他是WR戰隊的ADC（物理輸出核心位置），那個一出現在螢幕上，就能引起現場女粉絲騷亂的男孩子。

現在正穿著黑色的外套和長褲，安安靜靜地坐在她旁邊。

她從包包裡抽出一枝筆，再拿出一張備用的白紙，在膝蓋上仔細平整紙張。

「你好。」書佳在心裡糾結了一陣子，等到組織好語言，她才開口：「我有個朋友很喜歡你，你能幫我簽個名嗎？」

書佳把筆遞了過去，向他禮貌地說：「麻煩你了。」

等了一會兒，旁邊的男孩把筆從她手中抽走，用筆蓋指著她。

書佳疑惑地微微歪著頭，回視男孩。

他靜靜地接應她困惑的視線，手一樣撐著頭。

書佳立刻領悟了他的意思，自己把筆蓋打開，腦海裡卻突然想起朋友的話：

——妳就看準那個最好看的。

男孩姿勢動也不動，直接拿走筆，在她膝蓋上簽上了自己的大名。

Wan。

那麼簡單的三個英文字母，卻被他寫得像小學生的字跡。書佳哭笑不得地想著，人看上去酷酷帥帥的，字怎麼會寫得這麼難看呢？

書佳彎了彎嘴想笑，但還是拚命忍住：「謝謝你。」

氣氛又僵持了一會兒，書佳絞盡腦汁，想找出話題緩和：「可以告訴我你的名字嗎？」

「周蕩。」他的音調並不高，清清冷冷的。

她認真地把紙摺起來，連著筆一起收回包包裡面，然後正面看向他：「我叫書佳，很高興認識你。」

此時又有一群人進入包廂，狹小的空間立刻變得有些擁擠。他們顯然是來找Wan的，其中有些人書佳有印象，就是剛剛在車上打鬧的人。

一大群人三三兩兩地坐了下來。坐在Wan旁邊的男生朝他擠眉弄眼，壓低的聲音裡滿是笑意：「怎麼樣？這麼快就勾搭上Beast的女神了？」

「我們家野神要哭了。」

當事人顯然懶得理旁邊的人，他靠在沙發上，樣子散漫又慵懶：「滾。」

因為他被旁邊的人擠了過來，兩人之間的距離變得很近。

近到可以聞到，他身上那似有若無的檸檬氣味，書佳隱約能聽見自己的心跳聲。

有人故意繼續起鬨：「阿蕩生氣了，因為我們打擾他和女生聊天了。」

一群人聽到後都跟著附和。

喧鬧之中，周蕩突然側過臉，看著書佳問：「能聞菸味嗎？」

書佳點點頭。

他俯身拿起菸盒打開，裡面只剩下兩支菸。他抽出一支，用嘴唇咬住，用打火機點燃。

「來玩骰子吧！輸的喝酒處罰。」周圍的歡鬧聲沒有停下來過。

周蕩吐出白色的煙霧，把菸盒丟向前方的小桌上，身體靠回沙發裡。

房間裡有人在唱著陳奕迅的歌，書佳並沒有參與他們，只是安靜地坐在旁邊看。

當時充斥著急躁熱烈、大呼小叫的人聲，很多人臉頰上浮出紅暈，看得出來已經醉了。

很奇怪的是，事後書佳唯一清晰記得的，只有周蕩手背上刺青的圖案，那些清冷的白色和黑色線條。

也記得他的手肘撐在膝蓋上，垂著頭，靜默地抽菸。

沒有欲望也不沸騰，像在月色中沉寂的、有檸檬味的海水。

＊＊＊

深夜，計程車在馬路上疾馳。

馬路上的風很大，冷得讓人受不了。書佳穿著短袖，蜷縮著身體，慢慢地走過一盞一盞路燈，一邊和姜于於講電話。

另外一頭的背景聲很嘈雜，大概是在酒吧或者聚會什麼的，傳來的聲音有些模糊：『妳快到家了嗎？』

書佳抬頭看了看四周，「嗯」了一聲。因為太冷的緣故，說話的聲音也很低：「我快到了，妳先掛電話吧，我等等到家再打給妳。」

「對了，」書佳鬼使神差地又問了一句：「妳是和WR的人在一起嗎？」

姜于於對這個提問感到莫名其妙：『他們戰隊哪有可能這麼閒啊？平常人家要培訓的，他們還有比賽要打呢。』

書佳也不知知道自己在想些什麼，和姜于於匆匆說了幾句後，就掛上了電話。

Wan，周蕩。

書佳走在無人的街道上，腦海中突然冒出這個人的名字。

上一次聽到這個名字，是把簽名給朋友的時候。朋友很驚訝她能要到Wan的簽名。朋友還告訴她，她有多麼的幸運。Wan很高冷，基本上完全不理人，就連粉絲都很少理會，更別提還幫人簽名了。

當下要簽名的那時候，自己在想什麼呢？

大概是，他坐在她身邊，在昏黃的燈光下，他滿身疲憊和漠然。明明年紀那麼小，抽起菸來，卻是一根接著一根。

回到家後，她把隱形眼鏡摘下來，用眼藥水潤了潤乾燥發熱的眼睛。然後從冰箱拿出一瓶冰水倒在玻璃杯裡，回到房間裡。

夜色無邊無際，書佳喝著手裡的冰水，突然心血來潮，打開LOL社群的軟體。隨手翻了翻幾個頁面，最後點進 WR 的粉絲團。

一點開首圖就是官方宣傳照，隊員一共五個人。

周蕩坐在高腳椅上，一隻腳踏在前方，頭微微昂著。他穿著黑色短袖、低腰深色牛仔褲，旁邊的人則把手搭在他的肩膀上。

這個男孩的眼睛，潔淨到近乎帶有童稚的美感。高純度的黑色，瞳孔沒有任何一點雜質，看上去非常吸引人。

書佳翻過身，抬頭看向天花板發呆，在心裡默默嘆了口氣。

不愧是公認的 LPL 顏值擔當，以女粉絲和外貌協會粉絲最多而著稱。

該怎麼辦？

書佳把手機舉到眼前盯著，打開社群找出周蕩的頁面。

她看著他的名字，瞇細了眼睛微微笑著，輕輕皺起鼻梁。

她是不是，也要加入他的姊姊粉絲團，成為其中的一員了？

＊　＊　＊

第二天書佳特意起了個大早，去廚房準備好今天直播要用的食材。

下午兩點一到，她準時登入她的頻道開直播。

書佳算是小有名氣的美食直播主，也會定期發布一些影片，分享數和觸及率都很高，粉絲團人數也有十幾萬。

她把手機固定好後，調整了角度，一邊做著準備工作，一邊和聊天室閒聊。

書佳把頭髮輕輕攏到腦後，她穿著一件灰色的棉麻長版衫，看上去很溫柔。

她用熱水仔細地洗著手：「今天我要做的是香檸排骨這道菜，我最近很喜歡吃這道菜。」

『觀眾A：排骨排骨，我最愛吃排骨。』

『觀眾B：今天的淡淡還是這麼漂亮，對妳比愛心。』

『觀眾C：今天會唱歌給我們聽嗎？』

因為留言動得太快，書佳向螢幕湊近仔細瀏覽，盡可能地回答觀眾的問題：「嗯……最近有點忙，所以沒時間上傳影片。如果你們想聽唱歌，我可以在等排骨熟的時候，邊唱給你們聽。」

「那我就開始料理啦。」書佳捲好袖子，將食材一一介紹展示。

「首先要準備排骨，至於量的話，看自己的份量而定吧！我個人建議是六百公克左右，再來是半顆檸檬、一罐雪碧、糖、鹽、醬油、醋、料酒、薑、花椒……」

「第一步呢，」書佳耐心地拆分步驟講解：「要先把排骨沖洗乾淨，在開水裡面加入料酒、薑片，煮滾後靜置一下，再撈出半熟的排骨。」

她低著頭做菜，露出半截白皙的脖頸：「因為我想節省時間，這個部分已經提前煮好了，大家在處理第一個步驟時，一定要仔細一點喔。」

「第二步是炒糖。」書佳整頓好排骨，將糖放進炒鍋之中，打開瓦斯爐：「糖不要下太多，因為還有雪碧，大概把糖炒到變成琥珀色就可以了。」

「炒糖上色的時候，可以用橄欖油再加些檸檬汁，這樣顏色會更漂亮一點。」

直播間裡有人送了兩個火箭，書佳讀出對方的名字道謝。

與此同時聊天室裡開始瘋狂洗版。

『是 Beast 的大軍來提親吧？』

『Beast 來查房了。』

『B 神連遊戲裡那一下下的空檔，都要跑來看淡淡的直播。』

『淡淡嫁給他！』

『五百萬野獸大軍空降來襲！』

『我才不是野獸觀光團的，我本來就是淡淡粉絲好嗎？』

書佳低著頭，假裝沒看見這一切。她隱約記得這個暱稱，他好像是周蕩的隊友，WR 的輔助選手 Beast。

就是那天在車上結結巴巴、和她搭話的那個男生，沒想到他居然會用大號（主要帳號）到她的直播間，送禮物給她。

這個人正在看自己的直播，不知道周蕩是不是也在他旁邊。

她腦子裡不知道在胡思亂想著什麼，心情複雜：「好了好了，你們別亂說話了，不然之後，我又要被他們的粉絲罵了。」

書佳看到聊天室裡，什麼亂七八糟的內容都有，哭笑不得地拉回正題：「等糖炒好了，再來炒薑絲。我很喜歡薑的味道，所以放得稍微多一些，你們可以按照自己的口味來加。」

她穩了穩心神，端起旁邊的排骨，一塊一塊小心地下鍋：「接著呢，就可以下排骨了。醋多一些，鹽的話，一點點就可以了。」

她將排骨翻炒均勻，仔細地告訴粉絲一些料理上該注意的事項。

「調味料炒出香味之後，把雪碧倒進鍋子裡。先用大火煮滾，再轉小火慢燉。燉煮一個小時之後加上檸檬片，檸檬要先切片、去籽，最後放進鍋裡拌勻，就完成啦。」

書佳前置動作完成之後，就靠在爐子旁邊，等排骨煮熟：「一開始洗排骨的時候要用清水慢慢沖出血水，大約要花十分鐘的時間……」

聊天室裡很多觀眾都想聽書佳唱歌。

書佳等菜熟之前也沒事，決定先滿足觀眾們的要求。她用手機設定好鬧鐘：「你們等我一下，我去找找小麥克風。」

她拿出另一支手機，到客廳找了個光線好一點的地方，盤腿坐下。

「大家想聽什麼？」書佳接上耳機。

『觀眾A：《告白氣球》。』

『觀眾B：我要《一人我飲酒醉》。』

『觀眾C：《小幸運》。』

『觀眾D：《告白氣球》啊！老婆我要跟妳一起唱。』

『觀眾E：我都點不到歌……』

『觀眾F：《童話鎮》。』

『觀眾G：淡淡！唱《我是真的愛上你》好嗎？』

書佳考慮了一下：「那我唱《癢》吧。」

大大方方愛上愛的表象
迂迂迴迴迷上夢的孟浪

她很困惑，好像自己陷入一場誤入歧途的迷戀之中。她對周蕩那股強烈的、讓人不知所措的好感。

有觀眾聽完後問，為什麼覺得書佳唱得很深情。

她手撐著下巴，笑了起來：「我也不知道，大概是最近碰到喜歡的人了吧……」

聊天室很多人點讚，更多的人則是急著追問是誰、自己的女神是不是要脫單了、是不是有打算要追的人了……諸如此類類的問題，弄得書佳哭笑不得。

「不是不是，你們都誤會了。」書佳解釋：「是粉絲的那種喜歡，你們別亂想啊。」

書佳唱完歌，又在直播間閒聊了一會兒。關上直播之後，她走回廚房將排骨撈起，仔細地用檸檬切片擺盤裝飾。

她的性格其實有點內向害羞，心情不好的時候，除了找朋友陪伴之外，做最多的事情就是做菜，然後再自己吃掉，偶爾也會上傳到社群上。

但現在做菜，卻好像多了另一份心情。

有點想把小祕密，告訴別人的心情。

書佳蹲在地上，努力找角度，想將菜色拍得更完美一些。連續拍了好幾張照片，然後選了一張最好看的，上傳到社群軟體。

【舒服佳佳：新菜上桌，最近愛上檸檬（神祕的微笑）】

想了想，她又在貼文底下，用留言的方式寫上一句話：

『如果你想吃，我就全部送給你。然後幫你泡一杯牛奶，看著你慢慢喝完。』

書佳雙手托住下巴，反正……也不會有人看得懂她的小心思。

她發呆著，想到周蕩，默默又嘆了口氣。

這該怎麼辦才好……

他們明明不算認識，她卻已經開始享受他的存在。

＊＊＊

『打積分一帶四，來四個會喊666[11]的鹹魚。』

阿浩把這句話傳到群組裡，立即有人大罵不要臉。

IGG怒罵：『喊你妹啊！上次和你打牌位，你超雷的！』

香蕉哥哥跟進：『上次你說要帶妹子打爆對面三路，結果自己被打爆，你忘記了嗎？』

阿浩反駁：『那都是效果啦、效果！兄弟們，今天我就組個坦克車，橫掃一區！』

薑薑明顯不接受：『那我還不一棒打死你這個白痴！』

書佳剛好結束上一局的戰鬥，馬上就收到阿浩在遊戲內傳的訊息。

【[19：05下午】浩神start：佳佳，要不要用語音？我這缺一個妹子。】

【[19：05下午】浩神start：是打水友賽[12]】

【[19：05下午】浩神start：我直接帶妳爬上大師。】

【[19：06下午】有虎牙的佳佳：那加我吧。】

【[19：06下午】浩神start：行，妳先進語音頻道，房號726788】

書佳一進語音頻道，就聽見阿浩的聲音：『現在女粉絲怎麼這麼難找啊？』

阿浩是S3YLD戰隊的ADC，在S4退役後轉型成為實況主，現在已經是平臺上的一哥了。他的直播間粉絲數量龐大，書佳也是因為姜于於，才和他漸漸熟絡起來的。

香蕉眼尖，馬上就注意到書佳進房：『我們佳佳來了，開聲音、開聲音。』

書佳打開麥克風，調了調混音裝置：「阿浩在直播嗎？」

阿浩笑嘻嘻地答道：『是是是，終於邀到妳一起玩了。上次就和妳玩了那麼一次，我直播間的觀眾們老是洗版，要我帶妳爬分。』

IGG 插嘴：『是阿浩今天執意要找兩個女生。』

書佳「嗯」了一聲，提醒道：「要進對戰房間了。」

阿浩在組隊待機室裡，用打字發言：『把卡特蓮娜禁了，我受不了這個角色。』

香蕉回應：『不禁雷葛爾嗎？』

『剩下都隨便啊。』

最後他們沒有禁用雷葛爾，第一個就被對面拿下選角。

『哇靠！』阿浩在語音中爆炸：『聊天室都在說我們和 GGBond 撞車[13]了。』

香蕉大笑：『不會吧，這麼衰啊？遇上狙擊隊了。』

阿浩緊張地看著對面選角：『不會要翻車了吧？實況主遇到 LPL 的選手要怎麼打啊？』

書佳問：「對面都有誰啊？」

阿浩回答：『不知道，GGBond 的隊伍，大概都是些究極無敵、爆炸強坦克車。』

準備房間的倒數結束，畫面進入戰鬥過場時的待機畫面。

書佳一一確認對方人馬的暱稱，其中幾個人掛著 WR 字樣。

她又問：「所以，我們碰上 WR 的人了嗎？」

另一位聲音甜軟的女孩喊道：『哇！不知道裡面有沒有 Wan？我沒想過還可以跟他一起玩！』

書佳默不作聲，心裡也在偷偷地期待，連手心都微微出汗了。

『算我倒楣。』阿浩聲音絕望：『怎麼打個水友賽都要碰到他們啊？這個遊戲真難。』

IGG 冷笑：『別啊兄弟，說好輸一場就送五百貝殼幣的，別輕易放棄啊。』

阿浩煩躁地點著滑鼠：『妹子跟我走下路，妳聽我指揮，我們有機會贏的。』

香蕉嘆氣：『一聽到你唬爛，我頭就痛。』

書佳則是選了吶兒走上路。

才開始不到三分鐘，對面就拿到首殺，而對面的上單，書佳覺得 I D[14] 看起來很熟悉。

她不由得在心裡默默感嘆，下午直播遇到他，晚上玩遊戲又遇見了。

和他對線滿舒服的，也不知道是不是他故意放水，讓她吃小兵。她的經濟一直都在正常地發育，對面連一點想殺她的意思都沒有，雷葛爾也從來不跑上路，反而是隊友的中下路被瘋狂得 Gank[15]。

阿浩在語音裡瘋狂吐槽：『香蕉你個爛李星！敢不敢下來幫我拿顆人頭！』

香蕉和他互罵：『老子拿你的人頭比較快！你看看我這什麼戰績，0/4/1[16]？被對面雷葛爾當小朋友打。』

IGG 也嘲笑香蕉：『雙眼失明，也不能阻止你三路全毀。』

阿浩嘆了口氣：『要不然我們二十投[17]吧，我真的忍不下去了！雷葛爾有大招的時候，我連溫泉都不敢出去。』

『做男人要有點尊嚴。』IGG 繼續嘲笑阿浩：『尤其你今天還帶著女生，被虐慘了。』

『喂！不是啊，』香蕉看了看數據納悶了：『IGG 你一個 1/6/3 的逆命，哪來的優越感？』

IGG 改用打字回應：『香蕉哥這瞎子隨便踢一踢，還是很猛啊。』

香蕉跟進：『嘿嘿嘿，好說好說啊，兄弟。』

他再度回嗆：『我是說你一瘸一拐的，宛如一個智障。』

香蕉委屈：『……』

什麼叫做狠虐？

在遊戲開始第十一分鐘後，己方的兩路高地被攻破。他們整隊拿到的人頭數，加起來還沒有對面雷葛爾的一半。

打到最後，大家乾脆把破罐子摔碎，直接在在聊天室和對面的人閒聊起來。

【［12：02］Landroverdang 已經接近暴走了！】

【［所有人］天空 IGG（逆命）：雷葛爾老哥！】

【［所有人］天空 IGG（逆命）：我認輸了！】

【［12：07］Landroverdang 擊殺了香蕉哥哥完成了一次雙殺！】

【［所有人］浩神 start（凱特琳）：小野神，給你們個情報吧，我們這邊的輸出全部都雙手離開鍵盤，開始聊天了……】

【［所有人］WR.Beast 野萌（納帝魯斯）：哈哈，我們的打野是蕩蕩。】

【［所有人］浩神 start（凱特琳）：那我們跟肥肉有什麼兩樣？】
【［13：01］有虎牙的佳佳（吶兒）發出敵人消失信號，請注意！】
【［所有人］香蕉哥哥（李星）：蕩！】
【［所有人］香蕉哥哥（李星）：別玩這麼認真啊！】
【［所有人］Landroverdang（雷葛爾）：。】
阿浩幸災樂禍地說：『這個句點，是在嘲諷你吧？』
『我接受不了啊！兄弟，』香蕉很難受：『就跟你說了，今天諸事不吉，你小心被對面送回鑽二。』
【［所有人］雲中菜子（索娜）：求蕩神手下留情！】
【［所有人］浩神 start（凱特琳）：要 GG 了[18]。】
【［所有人］香蕉哥哥（李星）：早就 GG 了好嗎？】
語音頻道中，阿浩找來的女孩開口：『對面打野真的是蕩蕩嗎？』
『是啊。』
『哇……我真的好開心喔。』女孩興奮中，又帶著點扭捏：『我好想加他遊戲好友啊！沒想到，我還有跟他一起打遊戲的機會……』
IGG 嘆了口氣：『為什麼？我也覺得我也很帥啊，怎麼妳們都喜歡 Wan 那種類型的？以男生的審美觀來說，我覺得我比 Wan 帥。』

阿浩開口反駁：『你算是什麼東西？』

女孩也不同意：『你這叫做羨慕嫉妒恨！』

書佳一直默默聽著他們說話，手裡一邊操作自己的英雄，其實心裡也贊同女孩的話。

於此同時，己方三路高地都被攻破。

『我覺得還可以接受，兄弟們。』阿浩自我安慰：『畢竟人家是LPL現役一線選手。』

『對啊，他們閉著眼睛玩都能比你強一百倍。』

大夥兒說完話，就把隊伍分散在溫泉周圍，準備打一波團戰，捍衛自己最後的尊嚴。

對面的巴德二話不說丟出大絕，定住了三個人，雷葛爾接著衝上來，收割完一波人頭。

【Double Kill（雙殺）】

【Triple Kill（三連殺）】

【Quadra Kill（四連殺）】

【Landroverdang已經接近神的境界了！】

系統不停跳出擊殺提示，最後只剩書佳的吶兒還孤零零地活著。

『五連殺！五連殺！五連殺！』阿浩和其他人都在語音裡面喊著。

『佳佳再送蕩一個Penta Kill！』

書佳雙手其實也已經離開鍵盤了，就等著對方最後的擊殺。

然而，所有人都目瞪口呆地看著敵方的五個人直直繞過吶兒，堵在溫泉出口，等著他們這些要復活的人，水晶兵營都是由小兵攻擊著。

對方好像全都約定好似的放過書佳，沒有任何人動她，就連雷葛爾都放棄了自己的五連殺。

遊戲的聊天室上，對方的人丟出一句話。

【[所有人]我的豬豬俠（路西恩）：美女，我們隊的老大不准我們殺妳。】

【[所有人]有虎牙的佳佳（吶兒）：……】

【[所有人]香蕉哥哥（李星）：兄弟，還有這樣的？】

『我靠。』阿浩在麥克風中爆音：『這群人……能不能不要這麼猥褻！』

『野神有問題，他一定有問題……』香蕉肯定地說。

『他們老大是誰？是不是喜歡淡淡啊？』一起玩遊戲的女孩則是拋出問句。

書佳尷尬不已，好一陣子都沒有回話。

遊戲結束，他們和另一方的人馬在房間裡確認結算後的總戰績。

書佳這時收到Beast的遊戲好友邀請。

她點了接受，繼續默默看著聊天室。兩方人馬又聊了一會兒，才知道原來WR明天有小組賽，今天五人在一區隨便玩玩放鬆。也怪阿浩倒楣，剛好就碰上他們。

倒是周蕩，像是習慣低調了一樣，從頭到尾都沒有多說任何一個字。

她默默點開Landroverdang的帳號資訊，看他的戰績和牌位，又看看他最常使用的英雄。

明天的比賽，她一定要用手機看直播，書佳這樣想著。

等到要退出結算畫面的時候，才發現周蕩早就已經離開房間了。

「我不玩了。」書佳有些失望，也退出組隊：「明天還有事，先下線了。」

阿浩詫異：『怎麼這麼早？才剛玩一局呢！』

「嗯。」

『好，掰掰。』阿浩也不囉嗦，直接和她道別。

書佳關上語音，嘆了口氣，盯著英雄聯盟的畫面發愣，心裡滿是懊悔。剛剛怎麼不趁這個機會，加個好友就好了啊？發完呆後，又氣惱了起來。

笨蛋遊戲，毀我青春。

書佳正準備關閉遊戲時，右下角突然冒出一則系統提示。

【Landroverdang 請求添加您為好友。】

她戴著耳機，在電腦螢幕前深吸了一口氣，感受到心臟正因為這突如其來的驚喜控制不住地強烈跳動著。

書佳盯著螢幕上那則邀請發呆，過了好一陣子才回神，發現自己還沒有確認，她輕輕點擊了接受選項。

她甚至能夠想像，當自己看到這則邀請提示的時候，天地分秒都停頓在那一瞬間，然後

「轟」地一聲從腦袋中爆出來。

就像是有一道煙火，在眼前炸開的幸福感。

書佳倒在床上，眼睛盯著天花板。她開心到呼吸急促。甚至不敢再去瞄一眼遊戲。

百葉窗的間隙中，外頭路燈的光線透進屋內。

她慢慢閉上眼睛，腦袋裡用力回憶起關於周蕩的畫面。最後想起的卻是那天晚上，周蕩拿過她的筆，彎腰俯下身，烏黑柔軟的髮絲摩娑過她的肩膀。

＊＊＊

第二天一早，表妹傳來訊息，要書佳下午陪她一起帶寵物去動物醫院。

旺旺是表妹家剛收養的小狗，一隻從朋友那拿到的瑪連萊犬，才一兩個月大。

書佳在心裡猶豫了一會兒，如果是下午一點半的話，她還想在家看比賽……

她嘆了口氣，只能直接打電話向表妹確認：「妳的學校今天下午沒課嗎？」

表妹爽朗地應答：『今天星期五了啊！妳等會兒來學校接我，我這個週末去妳家住，還會帶著我家旺旺。』

書佳又問：「妳爸媽不在嗎？」

表妹語氣依然興奮：『他們都去北京爬長城了。』

她無奈，最後妥協地說：「那好吧。」

中午一到，書佳騎著小綿羊到表妹就讀的大學門口接她。等得花都快謝了，才看到表妹氣喘吁吁，揹著書包從學校裡面跑出來。

「姊……姊。」表妹邊喘著氣邊喊：「我來了、我來了……我們走吧。」

書佳接過她的書包，放到腳踏墊上：「妳慢慢來就好了啊，我又不會跑掉。」

「我怕妳會等我很久嘛。」

表妹伸手攬住她的腰：「走吧，我們先回家接旺旺。」

一路上，表妹坐在後座，和她吐槽學校的日常瑣事。書佳則是專心地騎車，只聽她講，並沒有開口回應。

「姊姊。」表妹喊她。

「嗯？」

「妳剛剛有沒有被認出來，然後被要簽名啊？」表妹又往前湊了一點，接著說：「我的同學都不知道我還有個網紅姊姊，我誰都沒說。」

書佳滿頭黑線：「妳以為我是吳彥祖啊？只是來接妳下課而已，就能被要簽名嗎？」

「那妳是不是不紅了啊？過氣主播。」表妹頭頭是道地分析：「妳沒有未來了。」

書佳懶得理她。

回到家接了小狗，再到寵物醫院的時候，等候掛號的人已經多了起來。表妹抱著小狗，找櫃臺人員詢問掛號狀況。

書佳默默抱著兩個人的包包，在一旁等待。

結果小狗真的生病了，需要打針。表妹從包包裡把手機抽走，一邊向書佳交代：「姊姊，妳先到外面坐著等我一下，我抱旺旺去找診間。」

在醫院灰白的長廊上，空氣裡瀰漫著淡淡消毒水的味道，書佳聞著就有點頭暈。

她拿出手機確認時間，已經超過一點半了。

WR的小組賽早就開打了……

書佳揹著表妹的雙肩背包，著急地跑去櫃檯詢問護理師，醫院裡有沒有無線網路可以用。

護理師一臉歉疚：「不好意思，這裡的網路沒有對外開放喔。」

書佳失望地點了點頭：「謝謝。」

她隨便找了張附近的長椅坐下，打開手機，直接用自己的網路流量看比賽。

一進去正好是WR對上YLD的第一局，雙方人馬剛好在禁用與選角的階段。

YLD方選的分別是艾希、卡瑪、維克特、杰西，最後一隻則選出貪啃奇。

WR還剩下打野和ADC沒選出角色，書佳默默地擔心著，她覺得YLD的陣容極為強勢，就算要打後期也很穩定。

導播將畫面轉到正在選角的WR隊員身上，周蕩的出現讓書佳猝不及防。

耳機裡都能聽見現場觀眾的喧嘩聲。

主持人調侃道：『哇，Wan的人氣真高啊！我看有些女粉絲都快喊到暈過去了。』

另一位則是會心一笑地接話：『我們的Wan，人稱丸神，那可是外表冷靜，內心狂熱的。』

『哇，Wan在這時拿出了燼。嗯……我覺得這個選擇的話……等一下！燼被鎖定了！然後亞歷斯坦帶上點燃技能？』

『哈哈，看這個樣子，WR這局是要抓著YLD的下路猛攻啊！』

現場氣氛被選角的緊張局勢帶向高潮，還能依稀聽見場邊的尖叫聲。

周蕩穿著WR的隊服側著臉，教練靠在他耳旁，不知道和他交流了些什麼。他用手調了調耳機的麥克風，用一個手勢回應對方。那是一雙骨節清晰的手，指關節十分乾淨漂亮，手指很修長。

書佳猜想，周蕩之所以會有那麼多女生喜歡，大概是因為臉上帶著女性和孩子的輪廓特徵。

他看上去沉默寡言，明明是那麼厲害的選手，卻大多數時間都低著頭，也不愛說話。他眼眶下有很重的黑眼圈，唇色蒼白，大概已經很多天沒好好睡覺了。

書佳莫名有些心疼。

「姊姊？」表妹不知何時已經站在她身邊，抱著旺旺看她：「妳居然用自己的網路看直播，妳什麼時候這麼喜歡英雄聯盟了？」

書佳仰頭回看表妹，狀若平靜地點點頭。她關掉手機從位置上站了起來，不動聲色地轉移話題：「妳下次別這麼嚇人行不行？」

表妹無辜：「我已經站在旁邊很久了，誰知道妳看得這麼入迷。」

書佳把雙肩背包還給表妹：「不是需要打針嗎，怎麼這麼快？」

「臨時插隊了，嘻嘻。」表妹還想繼續剛剛的話題：「我覺得妳已經和我室友差不多了，天天在網路上看這些東西。她也超級喜歡電競圈，像個小花痴一樣。」

書佳不想理她：「走吧，我們去吃飯。」

她在大學附近租房子住，周圍有幾家臨街的小餐館，來客絡繹不絕，大多都是學生。

她們一家一家地挑，最後選了一間日式家庭餐廳，才剛坐下就聽見有人喊她的名字。

書佳抬頭，發現是很久沒見的朋友，就坐在她斜對面向她揮手，招呼她過去。

這個朋友是某次動漫展上認識的Coser，叫作李李。今天的打扮倒是很平常，烏黑的短髮下是一張白淨的娃娃臉，穿著膝上百褶裙，搭配白襪和學生皮鞋。

「妳怎麼在這裡？」書佳帶著表妹過去打招呼，看到她放在身後的應援牌，上方寫著YG字樣，圖案還是書佳前幾天被委託畫的賀圖，她挑了挑眉。

「姊姊，還是我們跟妳朋友一起坐？」表妹在一旁問。

李李笑咪咪地，立刻招呼她們坐下：「當然好啊，來。」

書佳看向李李這一身裝備問：「妳要去看比賽嗎？」

李李低著頭看菜單，邊翻邊回答書佳：「對啊，今天晚上六點YG有一場比賽，我要去應援。」

書佳點點頭，後背靠著牆放鬆，也沒繼續問下去。

「淡淡，妳有什麼喜歡的電競選手嗎？」李李點了幾道菜，徵求所有人的意見後，才把菜單交給一旁的服務生。

「我？」書佳想了想，略微直起身子：「都還好。」

「那YG呢？就妳前幾天畫的，妳喜歡誰？」李李興致勃勃地追問。

她其實已經有點想不起來了，只能隨便挑了個有印象的隊員回答：「中路吧。」

沒想到答案卻讓李李激動了：「我也超級喜歡他！妳等等要跟我去一起去比賽現場看嗎？我可以把妳直接帶進去。」

書佳搖了搖頭，糾結了一下，還是決定告訴她：「其實隊伍來說我比較喜歡WR。」

李李撇了撇嘴：「WR的粉絲都特別喜歡找我們隊的粉絲吵架。」

聊著聊著餐點也送來了，書佳用勺子攪拌眼前的焗烤飯，一小口一小口地吃著。

李李坐在對面隨便挑些話題和她聊，她也認真地聽。李李又盯著她看了一會兒，開口問：「小淡，妳有沒有考慮玩Cosplay啊？我覺得妳有那個條件的。」

一頭烏暗柔軟的長髮，臉也小巧白淨。雖然看上去清瘦安靜，卻很耐看，氣質潔淨又溫柔。

表妹也在旁邊起鬨：「對啊！姊姊，妳再不找個路線，繼續不溫不火下去的話，馬上就沒人要看妳直播啦，那就是真正的過氣了。」

書佳聽到這個提議先是一愣，然後很快地笑了出來：「還真的沒有想過。」

她未來的規劃是開一家蛋糕店，業餘時間則用來直播和畫畫。微博目前也還有十幾萬粉絲，既沒時間也沒精力，更不感興趣了。

李李也笑了起來：「我是真的覺得妳很好，心又靜。妳們會畫畫的人都好有氣質。」

書佳一直維持著淺笑，並沒有回答。

又過了一陣子，陸續有人進到店裡來，看起來都是ＹＧ的粉絲，穿著一樣的應援服。

對面的兩男一女討論得十分熱烈，話題始終離不開ＬＯＬ的夏季賽。談話內容不時傳到她耳朵裡。

「感覺今天ＹＧ會輸，ＷＲ這個賽季太強了，完全擋不住啊。」

「不一定，ＹＧ新簽的打野很強，放心吧！」

「那妳覺得Wan的粉絲，是男多還是女多？」

「Wan感覺太陰沉了，我不喜歡。我比較喜歡暖男，例如說GGBond，被粉絲叫蜘蛛人、豬豬俠的，多可愛啊！」

「妳們女生就是膚淺，我們只看操作的好嗎？蒼大才是我心中永遠的ＡＤＣ之神。」

李李坐在對面傳訊息，看起來是在和人聯絡。書佳始終都低著頭吃飯，沉默地聽，也插不上話題。在用餐得差不多時，向李李道別，結完帳帶著表妹走了。

＊　＊　＊

「還有想去哪嗎？」書佳低聲詢問。

表妹撇了撇嘴：「現在只想回家睡覺。」

「姊姊，」表妹又喊了她一聲，戳戳她的後背：「我也想去玩Cosplay，妳覺得怎麼樣？」

書佳不說話，瞥了她一眼。

「到底怎麼樣？」

「妳自己開心就好。」

她們騎車回到家裡，書佳把房門打開，彎腰換了雙拖鞋後，側身讓表妹進屋。

書佳交代表著表妹：「還沒洗澡之前，不准上床。」

表妹翻了翻白眼，抱著小狗躺倒在沙發上，「知道啦！妳去忙吧，不用管我了。」

書佳真的就不再管她，走回房裡找充電器把手機插上。才剛剛打開手機，就收到姜于於傳來的訊息。

她點開，是一張別人的社群頁面截圖。

帳號的所有人名字叫FLY，他發了一則動態配上兩張圖片，文字則是：

【第一張是分享一個玩骰子大神，第二張是今晚Wan一直輸，然後旁邊的女生幫他擋酒的畫面。（竊笑）】

書佳將圖片拉開來放大，仔細看著畫面。

就是和姜于於一起去慶功宴，大吃大喝的那天。

圖片裡的她眼睛微微笑瞇著，額頭脖子都冒出汗水，臉頰有些紅潤，正仰著頭在喝酒。而據說被擋酒的男主角，靠在沙發上，頭抵著牆靜靜地看著她。是周蕩。

書佳的臉「轟」地一下就紅了。

『妳是怎麼搞的啊？不是去幫「我」擋酒的嗎？』

書佳不想理姜于於，用手摀住不停發燙的臉頰，把那張圖片放大又縮小，反覆地看著。

結果她直接打來一通電話：『妳和周蕩什麼時候這麼要好的？』一接通就開門見山地問，似乎還帶著點笑意。

書佳急忙否認：「才沒有，沒有。」

『沒有？』對方語氣裡滿是懷疑：『妳騙我的吧？我還是能看出來的好嗎！』

「那妳看出什麼東西了啊？」書佳反問她。

『我看出來妳對周蕩有意思。』姜于於冷笑一聲，這還沒完，繼續直戳她心窩：『身為妳多年老友，我憑著百分之九十九的直覺肯定。』

「什麼？」

『妳戀愛了，書佳。』

被姜于於一語戳中心思，書佳整個人像丟了魂一樣，掛上電話後靠著床，呆呆地坐在地上。

她回想起第一次見到周蕩本人的那個晚上。

她甚至記得一些極其微小的細節。他們混雜在一群陌生人之中，豔俗熱鬧的氣氛，桌上的啤酒全都被喝完了。她趴在桌上用手背撐住額角，一轉頭就能看到周蕩。

他是單眼皮，眼尾卻修長柔和，輪廓像桃花瓣。臉上的表情始終寡淡，和身邊的朋友有一搭沒一搭地閒聊，偶爾會淺淺笑出來。

左側潔白的犬齒，半含半露，抿在唇間。

非常好看。

書佳又想，如果她有尾巴的話，說來還是有點不好意思。

那天坐在他身旁，一定會忍不住搖起來的。

書佳到廚房做好飯菜，一一裝盒放到冰箱裡，又收拾了一番，才走出去交代表妹：「飯在冰箱裡面，餓了就自己熱著吃，我有事出去一下。」

表妹軟在沙發上，看了看時間：「現在才七點！夜生活開始的太早了吧？姊姊，小心肝啊。」

書佳背對著她，坐在地上換外出鞋：「姜于於約我出去逛超市。」

「逛街我是信，但逛超市是什麼意思啊？」

書佳懶得理她，站起身把門打開，最後又交代了一句：「妳乖乖待在家裡，別亂跑了。」

＊　＊　＊

「妳要吃什麼口味的？」姜于於眼睛掃著冷凍玻璃櫃下的各色冰淇淋，詢問書佳。

書佳抱著包包，站在旁邊想了想：「妳拿什麼，也幫我拿一樣的。」

姜于於皺起眉頭，瞪了她一眼：「妳能不能有點主見啊！」

書佳推了推她，催促她快一點，姜于於才轉過頭繼續選。

「好了，走。」姜于於最後還是拿了兩種不同口味的，抹茶口味和巧克力口味。

書佳伸手去接：「給我吧，我去付錢。」

姜于於仗著身高優勢，兩手往上一抬：「我來我來。」

書佳無言，只能跟著她：「妳今天怎麼心血來潮，要拉著我到這裡逛超市？」

姜于於付完錢，分給她一支冰淇淋：「因為想聽妳講心事啊。」

「我能有什麼心事？」

「妳說呢？」姜于於反問她：「當然是少女心事啊。」

書佳臉紅，遲疑了一下：「妳不要亂說。」

「我哪有亂說？」姜于於摟住她，用說八卦的語氣低聲道：「妳最好跟我說實話，妳是不是看上周蕩了？我跟妳要好了這麼久，都沒看過妳主動為男生擋酒。」

書佳行使緘默權。

「妳看看，妳看妳！這一副默認的死樣子。」姜于於低頭訓她：「妳喜歡他就去追他啊。」

書佳抬頭看她：「可是，他看起來很難追的樣子。」

「不、不、不。」姜于於氣定神閒地否定：「以我走跳多年的經驗，Wan啊，就是屬於那種心裡小鹿亂撞得快要把肺踢爛了，還是一副面癱樣的類型。」

「喔。」書佳顯然不相信姜于於的胡言亂語。

「那我們來打賭。」

「賭什麼？」

姜于於神祕一笑：「賭周蕩會不會追妳。」

書佳慢悠悠地回道：「不會。」

「不。」姜于於拉著書佳，坐上手扶梯去二樓買吃的：「妳不信就算了。」

「我已經能看到未來，Wan追妳的時候，電競圈會掀起怎樣的驚滔駭浪。」姜于於越說越起勁：「我都幫新聞小編想好標題了，就叫：『遊戲大帥哥Wan痴迷氧氣女主播，百萬熱心粉絲幫忙提親』吧。」

書佳哭笑不得：「氧氣女主播？那又是什麼東西？」

「妳在別人眼裡，本來就是屬於氧氣型的美女啊。」姜于於理所當然：「而且我這麼說，是有根據的。」她一臉分享八卦的樣子，湊過來低聲說：「妳知不知道，現在微博上有一個很紅的哏？」

「什麼哏？」

「Wan的微博會把女粉絲拉進黑名單啊。」姜于於驚訝於書佳的落伍：「妳等等，我找出來給妳看，有一篇文寫得真是笑死我了。」

「妳看。」姜于於翻了半天，把手機遞過去：「就這篇，真的好好笑。」

書佳接過來，低頭一看，才看完標題就忍不住噴出一口氣來：

【堅決不X粉！Wan瘋狂驅逐女粉絲！】

這是什麼東西啊？

書佳邊看邊笑，對姜于於說：「妳們想像力也太豐富了，人家才十九歲啊。」

「十九歲又怎麼了？」姜于於嘖了一聲接著說：「十九歲認真點都可以生孩子了。」

書佳把手機還給姜于於，搖了搖頭：「算了，他驅逐女粉絲和我有什麼關係？」

「怎麼就沒關係了？」姜于於接過手機，恨鐵不成鋼地看著她：「所以妳是唯一一個，算是能和他扯上關係、沒被驅逐的女孩子了！擋酒耶，妳想想，這是件多麼曖昧的事情！」

書佳又默然：「但那是我主動幫他擋的，也和他沒什麼關係。」

「可是他也沒拒絕啊。」

這樣也行？

書佳沒有跟她繼續爭論，轉頭認真地幫表妹挑選週末要吃的零食。

於此同時，姜于於的手機響了，她馬上接通：「喂？」

「你們到哪裡了？我們也在三樓啊！」姜于於皺著眉回答，一邊四處張望著。

書佳狐疑地看向她，有種不祥的預感：「妳還有朋友要來？」

姜于於不慌不忙地回視，笑得異常惡劣：「妳馬上就會知道了。」

結果書佳真的馬上就知道了。

她們一過轉角就碰上一群人，讓書佳不知所措地愣在原地。

來人大約有五六名年輕男子，其中幾個還穿著WR的隊服，腳上踩著拖鞋，看樣子是臨時出門採買的。

重點是，周蕩也在裡面。

她一抬頭，就撞上一雙又清又深的眼睛，沉靜漆黑。

他把頭髮剪短了，清爽的髮尾止於耳際，皮膚很白。身上的淺藍色圓領T恤很寬大，讓他看起來更加清瘦，像個高中生一樣。

姜于於一把拉住她，拖著她走去和對方打招呼：「嗨，這麼巧啊！」

書佳大腦慌亂，思緒一片空白，只能下意識地跟過去。

有個人看著她們笑：「巧什麼巧，妳剛剛不是還在和阿布講電話嗎？」

姜于於被拆穿也不尷尬，明顯和這群人極為熟稔：「是、是、是，我這不是為了造福小野嗎？看我帶女神來會見她的小迷弟。」

一群人哈哈大笑。

Beast只能支支吾吾地，因為害羞語不成調：「我……我……」

「你怎麼能來上海這麼久了，還學不會好好說話啊？」姜于於樂得嘲笑他。

書佳有些尷尬地笑了笑，和他們打招呼：「你們好，我叫書佳。」

「我們都知道妳，Beast 天天在總部偷看妳的直播，妳在直播上叫做淡淡。」阿布笑道。

GGBond 和周蕩站在人群後面，看著他們互相寒暄。

他用手肘架著周蕩，壓低聲音湊到他耳邊：「我說在姜于於旁邊的，是不是那個幫你擋酒的女孩？」

周蕩不說話。

GGBond 看他只盯著別人不理自己，嘖了兩聲，也默默打量起那個女孩。

那人站在不遠處，穿著淺黃色的印花長裙，頭髮自然地放了下來。

是挺養眼的。

周蕩一直一言不發，GGBond 又遲疑了一下，然後試探性地問：「你不會是看上人家了吧？」

本來也只是隨意一句話，沒想到周蕩居然笑了：

「應該吧。」

GGBond 瞪大眼睛，倒吸了一口涼氣。

1　溫泉：遊戲中角色的重生點。
2　LPL：大型遊戲競賽的聯盟名稱。
3　S4：賽事季度的通稱，後面的數字代表屆數。
4　LOL：遊戲 League of Legends 的簡稱，又稱英雄聯盟。

5 私生粉：喜歡刺探、專注於偶像私生活的粉絲。

6 鑽石：遊戲中的積分牌位戰分級的制度，最高到最末分別是：菁英、大師、鑽石、白金、金、銀、銅、鐵。

7 小號：指分身帳號，通常是為了隱藏使用者本人的身分才使用。

8 韓服、國服：指遊戲區域伺服器，職業電競選手常常會跨區挑戰，以便習慣不同地區的遊戲戰略。

9 上車：和組隊是相似的意思，一起玩。

10 輔助：遊戲中的走位，共分為上路、中路、下路、打野，也可稱為上單、中單等。

11 666：在遊戲中稱讚的網路用語，意近流暢、做得很好。

12 水友賽：指非職業玩家間進行的對戰活動。

13 撞車：在遊戲對戰中碰上的意思，通常是兩方是敵隊時。

14 ID：遊戲中的暱稱。

15 Gank：遊戲術語，指其他路線的人突襲，一同進攻某一路的戰術。

16 0/4/1：在LOL中數據的顯示方式，擊殺數／死亡數／助攻數。

17 二十投：在LOL之中積分對戰開始二十分鐘後，可以發起投降，用來提早結束差距懸殊的場次。

18 GG：Good Game之簡稱，指遊戲結束的用語。

第二章　關於女粉絲

後來他們一群人分散，三三兩兩地各自買東西。

姜于於和阿布聊得正開心，直接把書佳拋在一旁。

書佳手裡握著剛買的優酪乳，嘆了口氣，打算自己一個人四處去逛逛。

姜于於這個見色忘友的女人，竟然就這樣把她丟下了……還美其名說要幫她創造機會。

什麼機會啊？這家超市這麼大，她根本連周蕩在哪裡都不知道。

書佳心裡默默腹誹著。

她逛來逛去，也不知道該買點什麼，後來想起表妹喜歡吃巧克力，就打算去買些費列羅[19]。

誰知道剛轉身，她就猝不及防地愣在原地。

周蕩站在她身後，靠在購物架上盯著她看。

他穿著黑色的運動短褲，將小腿露了出來，整個人懶洋洋的。

周圍的光線晃得有些暈眼。

她心慌意亂，連忙捏緊手中的袋子，臉也忍不住紅了起來。

「那個……」書佳停頓了幾秒，試探性地開口：「你找我有事嗎？」

短短一瞬的死寂。

「嗯。」他似乎很疲憊，連聲音都帶有剛睡醒的啞。

周蕩不玩遊戲的時候，一直給人慵懶疲憊、眼睛沒有對焦的感覺。總是漫不經心地，對很多事物都沒有太大的熱情。

她緊張得不知道如何是好，視線在周蕩臉上停留了幾秒，然後克制地移開：「什麼事？」

「妳有東西掉在我這裡。」周蕩依舊看著她，淡然開口：「妳的耳環。」

書佳又是一愣，努力地回想了一下，才想起前幾天莫名遺失的星星耳環。

難怪她找了那麼久都沒有找到，原來是被別人撿走了……

她馬上道謝：「謝謝你，你有帶在身上嗎？」

「沒有。」

書佳覺得，自己實在太不擅長聊天了，周蕩簡短的回應讓她腦內一片空白，不知道怎麼再繼續話題。

他看著她緊張的樣子，突然笑了：「我有時間再拿給妳。」

「好。」書佳呆呆地答應。

＊＊＊

回到家裡，表妹還賴在沙發上看電視，茶几上放了一副用過的碗筷。

書佳放下手裡的東西，無奈地嘆了口氣：「徐嘉螢，妳能不能有點女孩子的樣子？」

表妹聽到她的聲音，回她一個笑臉：「說真的，有妳這麼一個勤勞的表姊，我還需要會什麼呢？」

書佳只能搖搖頭，轉身去收拾殘局：「老是這麼懶，怪不得天天被妳媽媽嫌棄。」

表妹無辜地看了她一眼，又笑著開口：「表姊啊，我敏感地發現妳現在心情不錯。」

書佳噗哧一聲，笑了出來：「那妳眼力還挺好的。」

表妹抬了抬下巴，不以為意地道：「是妳自己太明顯了，整個人就像散發著戀愛的酸臭味一樣。」

書佳被戳中心事，莫名地心虛起來，只能敷衍著回了一句：「妳腦袋裡都在想什麼啊！」

將客廳整理一番後，她回房裡洗了個澡。

坐在床頭吹頭髮時，又想起姜于於傳給她看的那篇文章。

於是，她很不要臉地登入了自己的小號，又偷偷關注了一些 Wan 的女粉絲，用來滿足自己的好奇心。

她默默讀著這些女粉絲上傳的動態，感覺自己好像也加入某種邪教了。

因為這些女粉絲的畫風基本上是這樣的：

『@ALexssandra 的蕩蕩蕩：救命我快死了……快救救我……他真的太好了，這個人太帥了、他太好吃了……嗚嗚……媽媽這個人太可愛了，快幫我戒掉他……』

『@Wan的小仙女：棒式跪姿、轉身三百六十度、前空翻加後空翻、一字馬再原地旋轉、三步跳接著四步跳、單臂上單槓、羽生結弦的旋轉一百八十度飛向空中，這麼跳起來，就是為了送蕩蕩一個飛吻。』

『@蕩丸的秋名山車神：每次看到我蕩的盛世美顏，我就爆體而亡、失血性休克、腎虧型痴呆、漸進式昏厥、腦中風再外加焦躁不安。』

『@周蕩是誰我不知道：感覺快承受不住對Wan的愛了……』

『@Wan是我的男人：我沒有良心和矜持，只要長得帥都是我老公。』

什麼稀奇古怪的發言都有。

書佳像是進入了新世界一般，被這些文章逗得不可抑制，她還在繼續往下看著，突然就找到一篇特別正經的，她仔細讀了起來：

『致我的大魔王Wan：

這是寫給周蕩的情書

許多人都知道Wan、知道丸，卻不知道他叫周蕩。

他今年十九歲了，才剛成年，但在比賽場上，無論是輸是贏都不會有太多表情。

電競最重要的，也是唯一要緊的，就是成績。他能有這麼多粉絲，也是因為他有強大華麗的技術操作，為我們帶來了無數驚喜。

他就是我們口中常說的 Wan 神。

論顏值，Wan 絕對是 LPL 賽區公認的第一把交椅，但他幾乎沒有傳過任何緋聞，也從不消費女粉絲感情，經常一個人在訓練室練習到深夜。連很多知名的賽評都說過，Wan 不僅是因為有天賦，最重要的是他很努力……

賽場上的他沒有太多的情緒，就算到了絕境，也會用實力扭轉局勢。

他是讓隊友安心的存在，是我眼裡最好的 ADC。

周蕩，能遇見你真好。

你是我的榮幸，也是我的驕傲。

——獻給最好的 Wan 和 WR 所有的粉絲。』

書佳一個字一個字認真地讀過。想從隻字片語中，努力地體會那些在粉絲眼裡的，周蕩的曾經。

彷彿這樣就能夠彌補她心裡沒能早點遇到他的遺憾，沒能他和一起體會的勝利和失敗、開心與難過。

她躺在床上，房間裡面的窗戶雖然關著，但是依稀可以聽見汽車行駛過的聲音。天花板上的小燈散著昏黃微光，正好照進她的眼睛裡。她的心也像在柔光之中，被反覆地翻烤著。

書佳想起周蕩，腦海裡忽然浮現出很久以前在書上看過的一句話：

「豔遇是一瞬間的感覺。相信世界上有一見鍾情，並且也只信一見鍾情的愛情。」

周蕩——她在心底輕輕呼喚著。

我相信一見鍾情，那你呢？

＊＊＊

淩晨兩點，WR總部的宿舍裡。

周蕩剛洗完澡，赤裸著上身回到房間，用毛巾來回擦拭還溼著的頭髮。

GGBond本來躺在床上玩手機，一看見他就跳了起來：「蕩蕩！蕩神！你今天怎麼就和女孩子一起逛超市了？速度真不是蓋的。」

周蕩坐回自己的床上，不理他。

GGBond猥瑣地笑著：「你說你，平常是這麼面癱的無口系，想不到一發入魂，一下子就把野神的夢中情人拐走了。」

周蕩習慣性地瞇起眼睛，不耐煩地說：「滾。」

GGBond不死心地黏過來，擠在他的身邊，這還沒完，嘴裡喋喋不休地說：「你這個悶騷男，第一次見面就一直盯著人家看。我和Aaron就在打賭，這個女孩肯定是你喜歡的類型……」

「你煩不煩？」

「我不煩，煩的是你！你要怎麼面對百萬女粉絲破碎的芳心？」GGBond笑得越來越開：「我們家的Wan啊，十九歲了，也是情竇初開的年紀了。」

他邊搖了搖頭，邊用手機審視著書佳的微博：「這個女孩不得不說，真的很正點啊。」

GGBond又翻到一則粉絲的留言，大聲地朗誦出來：「身體柔軟，雪膚花貌。」

「哈哈，明明就只是做個瑜伽，為什麼能形容得這麼色情呢？」

周蕩起身把他的手機搶了過來，一低頭就看到那張照片。

書佳的雙腿左右分開成一字形，雙手伸長在身前撐地半趴著。長髮被綁了起來，露出一大片白皙的後頸。

GGBond在身後踢了踢他：「你別看到起反應了，這裡沒人能幫你解決啊。」

＊＊＊

七月轉眼間就快要過去了。

書佳正忙著蛋糕店推出新品的事，為此消耗了很多精力。終於等到了一個稍微空閒的週末，她推掉外界所有邀請和約會，在床上悶頭睡得天昏地暗。

一覺就睡到第二天中午，被小堵的來電吵醒。

小堵是本地人，在網路上也是一個小有知名度的繪師。當初是因為都熱愛甜點與美食，才和她一拍即合，籌備了很久後，決定一起開一家蛋糕店。

書佳拿起手機，勉強地睜開眼睛，看了看螢幕上的來電顯示，接起電話。

小堵要和她商量七夕活動，最近店裡也要招募員工、要推出新的甜點、在微博上發一些宣傳文案……要做的事情實在太多了，書佳只能打起精神和她討論。

掛掉電話後，卻怎麼都睡不著了。

睜眼發呆了一會兒，她乾脆起床打開電腦上網。

才剛登入聊天室，就收到許多訊息。她選擇性地回覆，同時收到姜于於的私訊。

『魚魚薑：佳佳，今晚是我的生日演唱會，可不要忘了。』

『舒膚佳：（可愛表情）』

『魚魚薑：妳可是我的神祕嘉賓，要留著當送給粉絲的驚喜。』

『舒膚佳：我覺得妳的粉絲也不太認識我吧……』

『魚魚薑：自從那次妳去LPL的現場，坐在第一排觀賽，被團長拍下來後發微博，妳就紅了，妳不知道嗎？』

『舒膚佳：（無言）』

這件事，來自於一個在微博上叫做「一團那點事」的人。他是英雄聯盟的官方攝影師，會去比賽現場觀賽，並且跟拍後臺選手滿足粉絲，也會拍一些觀眾席上的照片發文。

書佳去LPL現場看比賽的那次剛好就被他拍了下來，還發到了微博上。

【@一團那點事：偶然捕捉到一個WR的女粉絲。】

照片上，書佳雙手拿著門口發放的應援物，仰頭看向大螢幕。長髮柔順地披在身後，正好場上的燈光打在她臉上，看上去仙氣飄飄。

然後這則微博又被WR的官方微博轉發。

於是「她」在網路上被搜尋了多次，饑渴的LOL男粉絲紛紛追問女主角的真面目。之後又被挖出來，發現她是直播平臺的女主播後，那段時間，她的微博和直播間都一直被洗版。

尤其是後來……還有不知名的人爆料，說她和Wan神有一些說不清，道不明的關係……

那可是Wan啊！著名電競男模戰隊WR的大隊長，擁有成千上萬女粉絲，身後的太太、老婆無數。他本人更是不近女色、幾乎零緋聞的那種。

於是女粉絲也忍不下去了。

雖然書佳極力否認好多次，想幫周蕩證明清白，並說自己也只是他的粉絲。還是被許多聽見風聲，特別敏感的女粉絲監視著。

後來她就經常被姜于於開玩笑，說她是「人都還沒踏進電競圈半腳，就已經在圈子裡紅起來」的傳奇。

書佳一手撐著下巴，漫不經心地瀏覽網頁。

剛剛被姜于於的訊息提醒，她才想起來，似乎已經很久沒有見過周蕩了。

她的星星耳環還在他那裡，不知道他是不是忘記了。書佳也不敢去打擾他，怕打擾到他比賽和練習時間。

雖然很忙，但只要到了WR比賽的時候，她都會抽時間去看，沒時間看直播就直接看結果。

WR昨晚和YG打完最後一場小組賽，以A組第一毫無懸念地進入決賽。現在等全隊休息一段時間之後，八月中旬再去蘇州打決賽。

書佳用手機連上影音網站，查到昨晚WR的比賽影片留存檔，立刻看了起來。

WR以壓倒性的比數優勢打敗了YG，周蕩拿下了第二場的MVP。

賽後精彩鏡頭再次重播，大多數都是周蕩的擊殺鏡頭，各種閃現[20]開團戰的畫面，就連賽後採訪的對象也是他。

單從影片裡看現場，就能聽見很多女粉絲的尖叫聲，氣氛熱烈。

從鏡頭拍攝過去的舞臺有點距離，大燈已經關掉了，觀眾席的區域有些昏暗。書佳只能看到一群女粉絲擠向臺前，舉著手牌，而採訪地點在舞臺另一側，架設了賽後訪談的背景。

周蕩從舞臺另一側的臺階走去，他脫掉外套，身穿短袖隊服，手臂上的刺青極其顯眼。

畫面切換到美女主播身上，她看向鏡頭，笑得甜美：『嗨！大家好，這裡是LPL的賽後採訪環節，本場比賽邀請到WR的Wan。』

周蕩坐在高腳椅上，拿起麥克風，朝鏡頭打了個招呼：『大家好，我是Wan。』

他音色聽起來清冷，表情更是一臉淡漠，彷彿剛剛贏下的比賽跟他無關一樣。

美女主播開玩笑道：『近距離地看Wan帥，皮膚真好啊！想先問一個比較私人的問題，Wan

考慮過退役後進軍演藝圈嗎？』

『沒有。』

『那你對於網路上把ＷＲ稱為電競男模戰隊，把你封為大隊長這件事怎麼看呢？』

『沒有看法。』

女主播像是終於能逮到周蕩採訪一樣，對他的冷漠毫不氣餒，繼續八卦：『前一段時間，網路上盛傳你和一位直播主關係不單純，至今仍沒有一個官方的回答。粉絲們都很著急，你願意現在回應一下這件事情嗎？』

書佳「噗」的一聲回過神來，這是在說她嗎？

她臉都紅了，現在的賽後採訪……怎麼都是這些不正經的問題？

然後她聽到他若無其事，輕描淡寫地說：『她喜歡的是我的臉。』

現場的觀眾席上，口哨聲此起彼伏，書佳簡直想找個地洞鑽下去。

他怎麼這麼壞啊……

女主播倒是驚訝於他給出這麼曖昧的答案：『看來關係不簡單啊。』

而周蕩沒多作回應。

女主播也識相地不再繼續追問，換了一個話題：『那我們最後說說題外話，網路上都在盛傳說你不會笑，你今天能不能試著對鏡頭前的粉絲笑一個呢？』

她話才說完，現場就騷動了起來。一名女粉絲特別激動地吶喊：『周蕩我愛你！』

整個場館裡的人都在起鬨，可是當事人仍舊無動於衷，一臉淡漠的表情。像是沒聽到一樣，不知道是因為疲憊還是懶得應付，而書佳卻覺得，就算他什麼表情也沒有、什麼動作都不做，就靜靜地坐在那裡，怎麼樣看都看不厭。

她現在終於相信，以前姜于於跟她說過的一句話：「喜歡一個人，會情不自禁地妄想他的肉體。」

美女主播手裡拿著紙稿，見周蕩沒有回應的意思，馬上顧左右而言他，當作什麼都沒發生一樣，繼續問了幾個關於比賽的簡單問題。

書佳則是盯著鏡頭裡的他，心裡不斷想著：他的腰太瘦了，要吃胖一點比較好。

＊＊＊

晚上七點鐘左右，書佳登入小號進到姜于於的直播間。

麥克風上的主持人**PPK**已經開始熱場，生日演唱會八點準時開始，此時房間的人數已經破萬，聊天室被刷得飛快。

書佳一邊喝著優酪乳，一邊在手機上確認訊息。姜于於問她進語音頻道了沒，她把小號ＩＤ回傳給姜于於，過了一會兒就被拉進一個私人群組。

剛加入聊天，她就聽到姜于於笑聲連連：『哇，今天好開心啊！我的生日演唱會你們都來了。』

書佳翻了翻成員列表，看到了好幾個熟悉的ID，蘇少、淩希音、Aaron、黑老闆、老戚、阿倫、阿浩、香蕉……書佳看著看著，忍不住也在心底驚呼。

姜于於開個生日演唱會，到底請了多少個圈子的知名人物……COS圈、古風圈、電競圈、網路小說圈……姜于於真不愧是朵交際名花。

阿浩本來還在和姜于於說話，看到一個陌生ID加入群組，開口問：『這個女孩是誰啊？』

書佳開起麥克風，輕輕咳了一聲：「書佳。」

『哇喔！』Aaron驚訝地開口：『妳就是和我們家蕩蕩傳緋聞的女孩啊！』

書佳無言，現在的人都這麼追八卦的嗎？

她還沒來得及回應，阿浩已經大呼小叫地幫她否認：『什麼東西啊！書佳和Wan連面都沒有見過好嗎？現在網路上的人真無聊，什麼都喜歡幻想！』

書佳覺得尷尬，也不知道該怎麼反駁，一時之間就沒再開口。

Aaron不服氣：『人家女主角都還沒說話，你寶貝個什麼勁！』

『對啊！』香蕉也湊起熱鬧來：『人家Wan那麼帥，佳佳喜歡他也很正常啊！』

淩希音疑惑地開口：『那Wan神和書佳到底是什麼關係啊？』

淩希音是古風圈的名人，同時也擁有不少粉絲。本人是嬌小可愛的軟萌女孩，聲音也是嬌嫩的蘿莉音，很受男孩子歡迎，她本人也熱衷於COS英雄聯盟的角色，有很多宅男粉絲。

但是電競圈的人都知道……她喜歡周蕩，並且是在微博上公開表白的那種喜歡。只是男主角本人卻很冷漠，直接說不認識她，導致後來很多女粉絲組團，去淩希音微博文章底下留言嘲諷她，怪可憐的。

Aaron思考了一會兒，像是突然想起這樁尷尬的往事，緩頻道：『我們這些外人也是亂說的，只有當事人自己才知道啊。』

書佳已經有點厭倦，他們反覆提起她和周蕩，她不喜歡他們之間的事情，老是被眾人當作茶餘飯後的話題，於是自己開口作了結：「其實沒什麼關係。」

Aaron笑了笑，像是對著旁人大喊道：『聽到沒有，人家說和你沒關係，跟你撇清了。』，書佳還沒反應過來，就聽到Aaron又說：『周蕩正坐在我旁邊玩遊戲呢。』

『喂！』姜于於開口：『你既然在宿舍玩電腦，能不能戴個耳機啊？』

書佳這才想到，Aaron和周蕩是住在同一個宿舍的，所以他們應該也待在一起，她剛剛說的那句沒關係也被他聽到了嗎？

我的天……啊啊啊！

書佳後悔極了，她不是真的想和他撇清關係的……也不知道周蕩聽到會有什麼反應，還是會一如既往地無動於衷？

姜于於繼續湊熱鬧：『小A，你就別刺激Wan了，小心他太在意，遊戲都玩不下去了。』

『哈哈！』過了一會兒後，Aaron又笑個不停，聲音曖昧：『周蕩還真的直接退出遊戲了。』

老戚也來火上澆油：『他一定是心情大受影響了。』

書佳則是震驚，退出遊戲？沒這麼嚴重吧？

然後眾人就聽到從 Aaron 那方，遠遠傳來了一句：『滾。』

聲音低啞冷淡。

書佳徹底不敢開口了，最後還是蘇少出來打圓場，轉移了話題。書佳關上麥克風，也沒心思繼續聊下去。

公開頻道上的演唱會已經正式開始了，書佳退出小群組，無精打采地點開網路上的伴奏影片，想先開開嗓，練習一下等等要唱的歌曲。

她一邊唱，腦海一邊回想剛剛發生的事情，周蕩是真的退出遊戲了嗎？不會吧……應該只是 Aaron 開玩笑的。

此時，放在桌上的手機突然震動了起來，收到一則新的聊天室私訊。

書佳心不在焉地拿起手機點開，然後她猛然睜大眼睛，手機都快拿不穩了。

『Wan：？』

周蕩、周蕩他傳了個問號過來！周蕩居然會主動傳訊息給她？

她覺得不可思議，心裡激動得像有十萬個小人正在跳著森巴舞。想了半天也不知道該回些什麼，就這麼一個問號是什麼意思？她真的不知道啊……書佳糾結了好幾分鐘，最後決定也傳一個問號熊熊的表情圖案過去，能賣賣萌也好。

『Wan：什麼意思？』

『舒膚佳：嗯？』

『Wan：妳和我什麼關係都沒有？』

「噗！」書佳再也撐不下去，噴出了一口水，她能感覺到自己的臉正在發燙。我的天啊！周蕩這是在興師問罪，還是在暗示她什麼嗎？她太意外了，甚至都開始懷疑這是不是本人。

『舒膚佳：你被盜用帳號了？』

『Wan：沒有。』

這下書佳更疑惑了。

『舒膚佳：我能和你有關係嗎？』

對方卻久久都沒有回答。

書佳就這樣慢慢等著，心情隨之大起大落，從期待、緊張到一絲絲失落，她只能把他們短短幾個字的對話記錄，翻來覆去地看了又看。

看來看去，越覺得自己當時不該那麼魯莽，可是如果想收回，會更加尷尬吧。她暗暗罵自己，當時怎麼就蹦出這句話了？是不是腦袋被驢踢了！書佳吸了吸鼻子，難過地放下手機。

她所有的心神，都被周蕩幾句話影響著。

所以當場控給了她頻道發語權，把她排上唱歌次序後，她才反應過來還有演唱會這件事！

PKK 略帶笑意的聲音響起：『Hello，聽得到嗎？』

書佳穩了穩心神，開口向觀眾打招呼：「大家好，我是舒淡淡。」

聊天室上的人反應很熱烈，留言洗得讓人眼花繚亂。

『蘇欽：女神的聲音好美啊！』

『七世：哇啊啊！是舒淡淡！』

『吼吼：我來圍觀 Wan 的緋聞女友。』

『九五七嫁給我：PKK 主持起來 Gay 裡 Gay 氣的。』

『此際偏思汝：淡淡晚安啊。』

『新聞女主播：一直都好喜歡淡淡，有種看著就讓人舒服的氣質。』

『小虎牙：怎麼都在告白淡淡，我們家于於才是真絕色啊！』

PKK 顯然很會帶動氣氛：『大家反應這麼熱烈啊，那我們馬上請女神唱首歌怎麼樣？唱完歌再一起玩遊戲。』

書佳清了清嗓子：「大家晚安，那我就唱首《安和橋》吧，祝于於生日快樂！」

『好的，那我先關上麥克風了。』**PKK** 向觀眾傳了個飛吻表情：『淡淡接手。』

她是突然被找來的，也沒有準備字幕，直接點開伴奏影片，順了口氣準備唱歌。

讓我再嘗一口　秋天的酒

一直往南方開　不會太久

這首歌是她的手機鈴聲，有一天朋友問她歌名，她卻因為占有欲不想告訴朋友。

她曾經在內心崩潰的時候反覆地聽這首歌，只因為她最喜歡其中一句歌詞：

「所以你好再見。」

書佳腦子裡胡思亂想著，手裡緊握著手機，不知道還在期待什麼。她的眼睛盯著電腦螢幕上的歌詞，注意力卻始終沒辦法集中。

忽然，手裡的手機一震，書佳的心也跟著震盪，她心不在焉地唱歌，舉起手機來看。

『Wan：妳想和我有什麼關係？』

語音頻道裡面有成千上萬的人，各路粉絲和大神，本來還沉醉在書佳柔柔的歌聲之中，卻沒想到歌聲戛然而止，只剩下伴奏尷尬地繼續播放著。

過了幾秒鐘，書佳才意識到自己的失態。她立刻把伴奏關掉，慌亂而笨拙地道歉：「不好意思，我今天狀態不太好。」

PKK及時拿回發語權打圓場：『哎喲，好聽啊！怎麼突然不唱了呢？打屁屁！打屁屁！』

「不好意思啊，我剛剛發生了一點意外。」書佳艱難地解釋。

PKK不想輕易放過她：『沒事啦，不然妳補償粉絲，唱首色氣的歌讓他們聽好了。』

話一說完，就受到廣大觀眾的附和，聊天室瞬間被一些色氣曲的歌名洗版。

PKK無奈笑道：『你們點歌怎麼點來點去都是《小蠻腰》、《威風堂堂》、《癢》之類的？』

書佳扶額：「我能不唱嗎？」

『當然不能。』PKK馬上反駁：『別人家的高手們都唱《青狐媚》、《骨生花》、《九號公館》、《極樂鴛鴦》、《請不要挑逗我》之類的好嗎？』

他劈哩啪啦說出一大串歌名，場面變得很活絡，聊天室湧出一堆興奮的留言。

書佳目瞪口呆，為什麼非要挑在這個時候，抓著她的小辮子不放啊……

最後她衡量了幾首歌，決定唱比較沒那麼露骨的《骨生花》，唱的時候聊天室禁止粉絲留言，只有被管理員邀請的人可以。於是她看到許多好友在聊天室上歪樓：

『魚魚薑：我聽了毫無感覺，只能略微一硬，表示尊重。』

『阿浩：略微一硬+1。』

『黑老闆：再+1。』

『Aaron：111[21]。』

她有些尷尬，尤其是周蕩不知道還在不在Aaron身邊，她真的不想讓他聽到自己唱這麼沒矜持的歌啊……

唱完之後免不了又是一番調戲，過了半天，PKK才終於放書佳關上麥克風。

書佳喘了一口氣，她靠著椅子上坐著。一隻手撐著頭，看著周蕩傳的訊息，不知道如何是好，她猶豫了很久，也想不通該不該回覆他。

最後，書佳下了個決心，她用本尊帳號登入微博，發了一則動態。

【@站魚-舒淡淡V：喜歡上一個人怎麼辦？】

沒一會兒，粉絲們就像炸開了鍋一樣。有的傷心、有的追問是誰，更多的則是吃瓜群眾。

書佳隨手點開粉絲們的回覆：

『喜歡就衝了啊』

『頂多也就坐牢嘛』

＊＊＊

演唱會開到晚上十一點多，姜于於他們還在閒聊，書佳也沒什麼事，就掛在房間內聽他們聊，自己做自己的事情。

頻道裡的觀眾都走得差不多了，只剩下小部分為了本命留下來的粉絲，津津有味地聽著自家的偶像聊天，在聊天室跟著話題。

『都到午夜了。』姜于於看了看時間，突然提議：『我們來一場午夜場福利嘛。』

『什麼午夜場福利啊？我今天形象毀太多了，我才不想再毀形象了。』香蕉回。

『不是不是，你誤會了。』姜于於向他解釋：『我是想說，今天剛好大家都在，我們去一區玩一場好不好？』

聊天室上粉絲反應熱烈，更加堅定了姜于於的想法。

『好不好啦？』姜于於數著人數：『阿浩、A哥、我、書佳、香蕉，我們五個。剛好五個人，算是深夜福利了。』

『我累了，我先下線了。』還沒等姜于於說完，阿浩就率先打槍。

『喂，你太沒義氣了啊。』Aaron 開口：『你這樣以後容易被放生的。』

姜于於附和：『對啊對啊，你真沒義氣！』

阿浩無奈：『對不起、對不起，老子馬上要出去吃宵夜了，答應別人了。我今天好不容易可以出去玩，我不想窩在家玩笨蛋遊戲。』

『我也不行。』香蕉趁機道：『我等等要陪女朋友看電影。』

姜于於無語：『你們都這麼不講義氣的？」

Aaron 笑得隱忍，壞壞地說：『都半夜了兄弟，你們是去看成人電影吧？』

香蕉不理他：『你們都懂，先下了！朋友們，明天見。』

『我也走了。』阿浩也和他們道別。

『喂！』姜于於失望道：『好不容易想玩一下，真沒意思。』

「沒關係。」書佳打開麥克風，溫柔地說：「我們三個人三排也行啊。」她又想了想：「我們只有三個人，就別去一區了，去四區吧。」

姜于於喊道：『唉！就我們三個人，這樣子都不想玩了！而且我想去一區玩，其他區沒有那麼刺激。』

Aaron 不爽：『喂！姜于於妳是看不起我，還是看不起誰啊？老子可是國服菁英八百分啊！』

姜于於反駁：『本來就是，就你一個人，感覺會翻車。』

『妳知道嗎？我身為一個LPL頂級職業選手，我覺得我的能力受到了質疑。』Aaron 不敢置信：『我一個人別說帶妳們是小意思，扛全隊都沒壓力的好嗎？』

書佳聽到他們兩個鬥嘴，忍不住笑了出來：「好了啦，你們還玩不玩啊？」

姜于於聲音無精打采：『玩吧，Aaron 開直播。』

『等我一會兒。』Aaron 一邊說道，耳機另一邊傳出一陣椅子拖拉的聲音。

『唉。』姜于於又嘆了口氣，轉向和書佳聊天：『佳佳，妳今晚是不是有心事啊？』

『對了！』她像是突然想起了什麼，滿是八卦的語氣：『妳喜歡上誰了？妳剛剛那則微博很曖昧啊，別人截圖給我看，我還不敢相信呢。』

書佳突然聽到她提起這個話題，整個人尷尬極了，也不知道怎麼回答。尤其是還有這麼多粉絲在聽，她只能含含糊糊地說：「不是啦，我就是想和粉絲聊聊天，隨便找了個話題。」

姜于於不依不饒：『妳知道我不會信妳的鬼話。』

書佳嘆口氣：「那我晚點再跟妳講吧。」

幸好，Aaron 及時出現拯救了書佳。

『喂！』Aaron 的聲音再次響起，滿是笑意：『有一個好消息。』

『還能有什麼好消息？』姜于於無精打采。

『我把兩個隊友拉來陪妳們玩，這樣夠不夠好？』Aaron 這一句話，平地炸出一聲雷，喚起所有人的注意力。

『真的嗎？哇！』姜于於尖叫起來：『啊啊啊！別告訴我你把 Wan 也找來了吧？』

不只姜于於激動得不行，聊天室也一起炸了鍋，不停地猜測，Aaron 到底找了哪兩個人。當然，其中刷 Wan 的名字的人最多。

要知道，Aaron 的隊友，那可是意味著ＬＰＬ目前最強的職業選手啊……

而且ＷＲ的隊員不僅是圈子裡出了名的帥，還是出了名的個個都守身如玉，也從來不在公共場合和女孩子玩。可是今天，居然還三個人一起！

書佳不敢置信：「真的嗎？」

『對啊。』Aaron 語氣輕鬆：『Wan 神說，今晚帶妳們遨遊艾歐尼亞。』

Aaron 又交代姜于於：『我把 Wan 和 GGBond 的ＩＤ傳到聊天室，妳把他們拉進來。』

『好。』姜于於連忙答應。

她動作迅速，好像深怕人家反悔一樣，一下子就有兩個帳號被加進管理員頻道，語音次序上突然多出兩個人。

書佳一看到 Wan 的圖示就面紅耳赤。

不知道是害羞多一點，還是緊張多一點，腦子裡都是他剛剛傳來的那句話。

和他一起玩遊戲什麼的……她真的還沒有做好心理準備啊……

兩人均還未開口說話，只是出現在頻道上，粉絲的表白就排山倒海地刷了起來。

『路人1：我靠，第一次看見活的Wan啊！！！！！』

『路人2：啊啊！周蕩知不知道從前從前，有個人愛你很久……』

『路人3：豬豬俠！我愛你，我要娶你回家做媳婦！！』

『路人4：怎麼這麼多腦殘粉絲？太可怕了。』

『路人5：不管不管，蕩是我老公，比愛心。』

『路人6：心疼我A哥，存在感瞬間蕩然無存……』

『路人7：雖然不知道怎麼了，但強勢圍觀！』

『路人8：老夫的少女心啊……』

最後連管理員都不得不出來維持秩序，發公告禁止洗版，還有些人聽到風吹草動，快速前來圍觀，頻道裡人數上漲得飛快。

書佳目瞪口呆地看著這即將失控的場面，默默感嘆，他們的人氣也太高了吧？現在只要長得帥，不管做哪一行都真吃香。

姜于於興奮極了：『哇，我何德何能啊！居然讓大隊長陪我玩遊戲！感覺可以吹噓一年了。』

GGBond馬上調侃道：『妳這吹不了一年吧，人家哪是陪妳打，妳就不要自作多情了。』他點到為止，然後就什麼話都不說了。

姜于於立刻反應過來，曖昧地笑著，也不尷尬：『我懂、我懂，我算是跟著某人沾光了。』

『那我們去一區嗎？』她緊接著詢問意見。

『廢話！』

書佳暗暗在心裡無力，這群人，怎麼就這麼喜歡開她和周蕩的玩笑，她真的不想被砲轟啊！因為有太多的前車之鑑，書佳無比清楚，如果被周蕩女粉絲圍攻，是件多麼可怕的事情。尤其是之前，明明什麼都沒發生，就有人來她直播間帶風向，說她苦戀周蕩，求而不得……真是心累。

只有 Aaron 還不明所以：『你們在說什麼東西啊？』

姜于於嫌棄他不會看氣氛：『沒說什麼，你快開直播，把直播間名字改一改。』

『喔。』

『對了，書佳要開直播嗎？』姜于於問道。

「我不開。」

在 Aaron 架設直播的這段時間中，書佳打開電腦登入遊戲。

她瀏覽著遊戲待機畫面，等他們建立組隊房間邀自己。語音上只有姜于於、Aaron、GGBond 在和粉絲們聊著天。

周蕩應該是懶得說話，所以一直沒有出聲。書佳則是不知道要和他們聊什麼，乾脆就不出聲了。

她正發著呆，突然聽到有個人喊她。

『書佳。』

低而啞的冷淡聲線，像顆顆粒粒的雪，撲簌簌地落在地上。

「啊？」書佳呆住了，愣愣地應著。

周蕩一開口，全場的人都安靜了，只聽得到他的聲音。他似乎就是那種，只要一出現，眾人的關注點就一定會圍繞著他的人，存在感極強。

『進房間。』

「好、好。」書佳後知後覺地反應過來，連忙查看組隊邀請提示，點擊接受。

等到她進到房間，眾人才像反應過來似的。

GGBond 曖昧地問：『周蕩，你什麼時候開始用這個帳號加別人了啊？』

周蕩不理他。

Aaron 這才反應過來兩人有些不對勁，八卦地問姜于於：『什麼情況啊？蕩神和佳佳，他們哪時有這種私下交情了？』

『你現在才知道啊？我早就發現了。』姜于於還是不敢明目張膽地開周蕩的玩笑，只能委婉暗示：『你自己領會。』

眾人都沉默了，也包括書佳自己。

安靜了一段時間，還是 GGBond 出來打岔：『來、來，我們五個都選補位，應該能秒速配對到房間。今天就讓你們體會一下，被最強王者支配的恐懼吧。』

一群人也是運氣好，真的沒過多久就排到了。

書佳被分在下路當輔助。

Aaron是ADC，他賤賤地笑：『老規矩，我跟妹子走下路。』

『那我走上路吧。』姜于於也馬上選好位置。

GGBond則是詢問周蕩：『蕩，我們來一波驚天動地的中打野，怎麼樣？』

周蕩沒說話，只是在遊戲裡打字：【下路給我。】

Aaron立刻不樂意了：『丸你怎麼這樣，ADC你還沒玩夠啊？來搶我的幹嘛！』

『喂，人家要你就給人家嘛。』姜于於嘖嘖兩聲：『你這個人，怎麼這麼不會閱讀空氣！』

GGBond也跟著數落他：『玩個屁ADC，下路給丸，你給我去中路啊。』

『喔。』Aaron只能委屈接受。

書佳則紅著臉，默默裝傻。

＊＊＊

周蕩馬上選了凱特琳。

書佳選來選去，還是決定小聲地徵求他的意見：「周蕩，你覺得我選誰搭配好？」

『妳喜歡什麼就選什麼。』周蕩淡淡地回。

『妹妹啊，』GGBond插嘴：『Wan只要拿到凱特琳，就是召喚師峽谷的一哥了，一打五都不是問題，妳想玩什麼就玩吧！』

書佳無語，看了看己方的陣形，決定選貪啃奇。

畢竟是第一次和他組隊玩遊戲，她真的不想拖累他。

看到書佳拿出貪啃奇，眾人都有些吃驚。

在一般人的印象裡，女孩都是喜歡選索娜、露璐、娜米這種顏值高的女性角色。

Aaron疑惑道：『佳佳，妳怎麼選一隻癩蛤蟆啊？我很少看女孩玩這個英雄，我以為妳會選個索娜之類的，畢竟好看。』

書佳瞬間滿頭黑線。

姜于於也嘲笑她：『蛤蟆女孩，哈哈！』

書佳說不過他們，就沒有解釋。

於此同時，周蕩不耐煩道：『我的輔助玩什麼，和你有關係嗎？』

『沒關係、沒關係。』Aaron立刻認輸：『你、的、輔、助，你自己喜歡就好。』

他故意把「你的輔助」四個字咬字加重，書佳只能裝傻。

幸好這時候遊戲開始了，她不說話也不會顯得尷尬。

只有真的和這個男人一起打遊戲，才知道他有多強悍。

跟著他打對線，書佳完全沒有感受到任何壓力。

周蕩的打法十分強勢，壓了對方很多生存空間，搶升兩等就拿到首殺，把對面的人送回城去。

胖蛤蟆慢悠悠地在靈活女警的身邊晃盪，時不時舔兩個小兵，悠閒到不行。

『書佳。』周蕩直接喊她的名字。

書佳馬上回應：「怎麼了？」

『吃完這隻砲車，回家出裝備。』

她還沒來得及講話，Aaron 就大呼小叫起來：『我靠，周蕩你不是人啊？砲車都給女生吃，你有沒有這麼現實啊？』

GGBond 也感嘆道：『想當初，蕩神穿越半個召喚峽谷，只為到中路搶經驗。現在一對比，嘖嘖嘖，兄弟都是沙。』

周蕩不理會他們的調侃，低聲吩咐書佳：『把兵線推進去，我們回城吧。』

「好。」

姜于於寂寞地在上路玩著，羨慕道：『下一場我也要跟 Wan 神走下路，讓我也體驗一下被世界第一 ADC 保護的感覺。』

『我去你的！小豬你怎麼搶我的藍 Buff 啊！』Aaron 大叫：『去你的！我要亂玩了。』

GGBond 無所謂道：『那你掛網吧。』

Aaron 咬牙切齒地回：『以後打比賽，我不幫你拿藍了！』

聽著他們一來一往地鬥嘴，書佳忍不住也笑了出來。

兩人吵鬧了一陣子，GGBond 像是突然想起什麼，問：『書佳，妳什麼牌位啊？』

「現在鑽二。」

『真的嗎？妳自己打的？』GGBond疑惑道。

書佳覺得莫名其妙：「是啊，怎麼了？」

『沒什麼、沒什麼，只是感嘆，現在一區人太雜，很少看見自己打上來的女生了。』

「什麼意思？」書佳沒聽懂，接著問他。

『妳知道現在有一種說法，』GGBond和她解釋了起來：『首殺聽嬌喘，雙殺去床上，三殺有服務，四殺直接來，五殺做全套，一炮上菁英。』

Aaron糾正他：『現在一炮大概上不了菁英吧？』

書佳震驚，她都聽到了些什麼和什麼啊。

GGBond還沒完，繼續爆料：『妳知道國服有個菁英七百分的女生吧？她就是這樣一路打上來的。』

『對耶。』Aaron也想起來這件事：『那女的之前好像還找過我們家Wan，簡直……』

他們聊著八卦，周蕩顯然懶得參與。書佳也就安安靜靜地和他待在下路，偶爾去河道插個眼，看著他的凱特琳花式秀翻對面，又突然想起之前粉絲說過的話。

他開直播時，從來都不開視訊鏡頭，話也很少。頂多偶爾能從隊友的鏡頭裡看到他，粉絲們就已經超級知足了，常常只能聽見快速敲擊鍵盤的聲音。

但是即使這樣，很多女粉絲還是覺得周蕩敲鍵盤的聲音很……性感？

果然長得好看的人，不論做什麼都有人喜歡。

他的打法極為暴力，閃現一好就準備強行越塔殺人，書佳心驚膽戰地看著他的血條，急忙上前替他頂著防禦塔的傷害。

「周蕩你快回來，對面打野來下路了。」書佳著急道。

『沒關係。』周蕩無所謂地安慰她：『妳先走。』

語氣聽起來是想用剩下的一點點血量單挑對面的援軍。

GGBond 和 Aaron 稀奇地聽著周蕩和女孩兩人的對話。

要知道，Beast 替自家丸輔助的時候，聽到他說最多的話就是：「滾，別煩我！」、「去中路遊走，幫我換了對面」。「再吃一波小兵，你就回溫泉掛網吧。」之類的。

這就是赤裸裸的性別歧視、差別待遇啊……

兩個人都識相地沒有說話，想笑又極力憋著。

書佳眼看著李星從後方繞了過來，一腳就要踢在凱特琳身上，顧不上太多，一跳上前把戀戰的周蕩含進嘴裡，轉身就跑。

書佳還在狂點滑鼠操作，急得背後冒汗，就聽到周蕩說：『妳怎麼這麼喜歡吃我？』

「我、我怕你死！」書佳緊張地回應。

他的聲音很冷靜，還有些無奈和好笑：『我閃現還在，妳怕什麼？』

『噗哈！』另外兩個男人再也忍不住，一起噴笑出來。

『周蕩，你怎麼回事啊？喜歡吃你？』

『你是說吃什麼啊？』

他們笑得痞痞的，最可怕的是，周蕩好像也在憋笑。

書佳面紅耳赤。

姜于於在關鍵時刻挺身而出，拯救自己的好友：『不是我罵你們，你們男生一個兩個怎麼都這麼色？跟蕩神學一下好嗎？禁欲高冷的才討人喜歡！』

『男人不壞、女人不愛好嗎？』GGBond 不服氣地反駁：『再說，妳以為周蕩很正經嗎？』Aaron 還在笑，跟著接話：『妳的蕩神，已經在電腦前，笑到嘴裡叼的菸都快掉了。』

書佳尷尬得想在原地爆炸，只能裝傻，好像什麼都沒聽懂的樣子。

她原本以為，他是那種嚴肅少話，不愛開玩笑、也不愛笑的人……

書佳雖然還在玩著，但腦子裡全都是周蕩嘴裡叼著菸笑起來的樣子，還是循環播放的那種。

唉！

她在心裡嘆息，終於認同之前在微博上看到的一句話——Wan 會抽菸，也會喝酒。但在他那張臉的襯托之下，這些好像都能被原諒。

＊　＊　＊

幾場遊戲打完，書佳精疲力竭。

和一群高手打遊戲，一邊要擔心自己會不會扯後腿，一邊還要應付眾人的調侃。

她真的累極了。

聽著姜于於等人在頻道上和粉絲道別，書佳默不做聲，直接在聊天室上打字，和粉絲說完再見就下線了。

關了遊戲後，她坐在椅子上遲遲回不了神，感覺大腦還是鈍鈍的。拿起手機看看時間，才察覺到已經快要淩晨兩點了。

她又發了一下子呆，赤腳走去廚房裝水喝，剛喝沒兩口，握在手裡的手機就響了起來。

書佳邊喝邊拿起手機，看了一下來電顯示，發現是一串陌生號碼，不會是午夜騷擾電話吧？

她吞下口中的水，接起來疑惑道：「喂？」

另一頭很久都沒出聲。

書佳又確認了一次來電，重新問一遍：「你好？有人嗎？」

『書佳。』對方出聲，音色低啞淡然。

書佳心頭一顫，握住手機的手指緊了緊。

過了好半天，她才遲疑地開口：「周……周蕩？」

『嗯。』

她捏緊玻璃杯，再三斟酌地問：「有事嗎？」

他又靜默了大約兩秒：『妳的耳環還在我這。』

「我知道。」

另一頭，有打火機開闔發出的輕微聲響。

『妳明天有空嗎？』他的聲音有些含糊，像是咬了根菸在嘴裡。

書佳連呼吸都急促著，冷靜了一會兒，她才狀若平靜地開口，低聲回答：「我有空。」

也不知道周蕩聽見了沒有，過了半天，他懶洋洋的聲音才傳來：『嗯，那我明天去找妳。』

書佳一路從廚房走了出來，穿過客廳回到臥室，和靜謐淩晨不相襯的，是她現在亂無章法的劇烈心跳。

她倒在床上用手摀住心臟，看著天花板，開心地想要放聲大叫。

明天要單獨去見他了嗎……

他那麼忙，平時不是在集訓就是比賽吧？除了偶爾可以在賽場上，遠遠見到他一面，或者從他粉絲的微博動態裡找出一點關於他的東西，她就再也想不到可以接近他的時候了。

想到這就會很失落，明明想要靠近他一點，卻有種無從下手的感覺。可是沒想到這次，居然能託她耳環的福……

幸福從天而降地這麼突然，簡直快砸暈她了。

＊　＊　＊

第二天書佳一醒過來，就跑下床。

她伸手掀開窗簾，外頭雨下得很大，窗外霧濛濛一片，看不太清楚。她迅速把手機打開，查看今天的天氣。

天啊，不會吧！

書佳不敢置信地又查了另外兩個ＡＰＰ，資料都顯示今明兩天都有大雨特報，難道約會就要這麼泡湯了嗎？

昨天明明都還好好的，早不下晚不下，偏偏這個時候下。她昨天還計劃了好久，找什麼藉口拉著他逛逛街之類的，連電影票都在網路上查好了時間……

她失望透頂，默默坐回床上，思考著該怎麼辦。

但想了半天也沒想出來，書佳沮喪得不行，乾脆拿起手機傳私訊給周蕩：

『舒膚佳：在嗎？』

沒過多久，周蕩就回了私訊：

『Wan：？』

『舒膚佳：今天好像下大雨了……』

『Wan：看到了。』

『舒膚佳：那你還要來找我嗎？』

『Wan：嗯。』

周蕩似乎是覺得用打字交流很麻煩，他直接撥了電話過來。

書佳手忙腳亂地接通：「喂？」

『妳什麼時候有空？』他直接問。

「我都可以啊。」書佳猶豫了一會兒，問他：「不過，下這麼大的雨還方便嗎？」

他淡淡應了一聲。

說著說著，她突然靈光一閃。

「不然這樣好了，」書佳和他商量：「你知道西街天橋旁有個小巷子嗎？」

『不知道。』

書佳愣了一下：「那你知道天橋嗎？離你打比賽的地方很近。」

他似乎在思考。

書佳詳細地向他描述周遭地標：「就是從體育中心出來向左一直走，看到一個紅綠燈，然後再右轉那個……」

他打斷她：『我知道了。』

書佳臉有些紅，他們好像是小情侶第一次約會，認真地商量碰面地點一樣……

她喘了一口氣：「我在那附近開了家蛋糕店，你下午來找我，我請你吃甜點好嗎？」

書佳生怕他拒絕，硬是補充：「算是謝謝你，幫我保管這麼多天耳環……」

她說完，自己都覺得這個解釋牽強到不行。

而他還是不說話。

她輕輕地呼吸，等著他的答案，連空氣都靜了下來。

過了一會兒，她聽到他那邊傳來回答：

『好。』

＊ ＊ ＊

書佳穿著一件碎花的棉質睡衣，就從床上跳了起來，興奮地在房間裡轉圈。

她用手捧住發燙的臉頰，冷靜了一會兒，又開始糾結要穿什麼衣服。她拉開衣櫃的門，選來選去，成熟風、少女風、蘿莉風、性感風……也不知道他喜歡什麼？

書佳對著鏡子一套一套地換，看來看去都不滿意，折騰了快半個小時，她決定放棄，直接上網查：WR的Wan喜歡什麼類型的女孩子？

搜尋結果一出，馬上令她哭笑不得。

網路搜尋第一筆，也是最醒目的一筆：【驚訝！WR的Wan自爆沒有理想型！】

電競天才、少年成名，在職業這條路上他幾乎花光所有的熱情，所以註定不會在感情上花費其他心思……

這是許多圈內人對他的看法，而一般的群眾對他的印象就是長相好看、WR強悍的隊長、同時像冰霜和烈火一樣逼人。

聲音低啞、囂張、冷漠。

書佳瀏覽著網路資訊，突然沒有信心了。

他這麼好，喜歡他的女生又那麼多，比她漂亮的更不在少數。

她自認沒有特殊的地方可以吸引他。

就算他跟她玩遊戲，幫她保管耳環……做了這些在外人看來足以稱作曖昧的事情，她卻還是怕只是自作多情。

不敢去猜想，周蕩是不是對她有一點點的好感……

她清楚知道他脾氣有多倔。

第一次和他們一群人去吃飯，在飯店偶遇一群拿手機偷拍的女粉絲，其他人或多或少會配合粉絲，只有他，不耐煩地抓起隊服外套遮住側臉。

對不喜歡的東西，他會直接拒絕。

這種男孩子，會答應她提出的約會，她應該要感到開心了。

只是……

也許是天生個性軟弱的原因，又或者是在戀愛裡，女孩子糾結反覆的敏感心思讓書佳有一點點難過，抱著膝蓋坐在地上，連選衣服的心思都沒有了。

＊＊＊

牆上的時鐘正有規律地緩慢擺動。

書佳往外望去，透明的玻璃窗被傾瀉而下的雨珠覆蓋，弄得模糊一片。但雨勢明顯小了一些，大概等等就會停了。

因為大雨特報的原因，她讓蛋糕店裡的員工放假，剩她和小堵兩個人。

小堵坐在窗邊的小桌上，翻看七夕的宣傳單和她閒聊，書佳打開橘黃色的折紙燈，心不在焉地靠著櫃檯，查看手機訊息。

「佳佳。」小堵放下手裡的小冊子，抬頭喊她：「妳說下午要來找妳的是誰啊？是不是最近和妳傳緋聞的那個人？」

書佳遲疑了兩秒，低聲回應：「才不告訴妳，妳又不認識。」

據她所知，小堵好像沒有涉足電競圈，平時對ＬＯＬ也不是很感興趣，所以應該不知道周蕩。

書佳這麼一說，倒讓小堵更加好奇：「怎麼了？妳最近還跟別人有曖昧嗎？」

書佳怔住，下意識地否認：「不是，我跟他連朋友都算不上，妳別亂猜了。」

「那妳帶人家到店裡來幹嘛？」小堵調侃地追問，笑得促狹：「反正我認識妳這麼久，第一次遇到妳專門把人帶來，還想做東西給他吃。」

書佳想解釋，想了想發現自己也說不清楚，只好不做聲。

小堵卻還不依不饒著：「妳看看妳，穿得這麼女神，簡直可以直接開直播了！」

書佳嘆了一口氣，拿起兩個杯子，走到飲水機前裝了兩杯熱水。

「喝水吧。」書佳遞給小堵一杯：「看看喝水能不能堵上妳的嘴！」

小堵接過，上下打量她，繼續嘖嘖出聲。

書佳穿著雪紡材質的長裙，露出瘦瘦的鎖骨和肩，淡淡的香味從長髮裡散落出來。

一看就知道是特意打扮過的。

小堵喝了口水，微笑不變：「網路上都在傳妳和某個電競大神談戀愛了，好像還是什麼男模隊隊長，厲害了呢！我的佳佳。」

書佳差點沒被水嗆死：「什麼電競大神啊？哪有傳……戀什麼戀啊！八字都沒一撇呢！」

「妳是在裝傻吧？」小堵一臉八卦地湊到她身邊：「就差沒上新聞了，我聽說人家男主角是電競圈男神呢！顏值不說，還特別高冷，怎麼就被妳收服了？」

「真的沒有。」書佳無奈：「求妳別再『聽說』了。」

「那妳告訴我怎麼回事嘛！我真的想知道，當分享經驗啊。」

「沒什麼啊，就是他幫了我個小忙而已，真的不是大家想像的……那個樣子。」

小堵又向她擠眉弄眼：「那妳前天晚上，發文寫了什麼來著，喜歡……」

「好了。」書佳迅速地打斷她：「妳別說了，我認輸。」

小堵笑得花枝亂顫：「承認吧！不然下午的時候，我幫妳助攻一波？」

「不用了。」書佳果斷拒絕：「妳等等別亂來，什麼都別說就是幫我了。」

小堵聳聳肩，也不知道聽進去了沒有，低頭玩著手機。

反倒是書佳，被小堵的幾句話弄得心煩意亂，她趴在櫃檯上，百無聊賴地盯著手機，終於收到周蕩的私訊：

『我到了』

走出店門口之後，外面的雨勢已經小了很多，馬路上的積水卻還是很深，書佳在門口撐起傘，朝和周蕩約定的地方走去。

細雨不時落在她身上，讓她裸露在外的肩膀起了一層雞皮疙瘩。她小心地提著裙子，擔心這件純色的裙子會沾上泥水。

往前走了一會兒，她終於看到周蕩穿著黑色外套的背影。

他撐著傘，站在路口的一棵樹下，就立在那裡，一副安安靜靜、心無所屬的樣子。

他時常看起來很靜，靜得彷彿和這世界沒有一點關聯。

書佳停了下來，站在不遠處看著周蕩，和他隔著漫天的雨幕，相距十幾步的距離。

她的心跳如擂鼓。

好想再多看看他，卻又心疼他淋著雨。

她輕輕順了幾口氣，喊出他的名字。

＊　＊　＊

小堵悄悄地趴在櫃檯後面看周蕩，心裡默默讚嘆著。

哇，這張臉，真不愧被捧得那麼高，簡直就是一張能治百病的臉啊。

那些什麼ＬＰＬ顏值王，什麼最帥ＡＤＣ，什麼電競吳亦凡……不是騙人的啊。

書佳手裡拿著柔軟乾燥的毛巾回頭，就被小堵的目光嚇了一跳。

「妳幹什麼？」書佳壓低聲音：「能不能別這麼猥瑣地偷看人家！」

小堵一臉痴迷：「書佳，我要和妳搶男人了。」

書佳不理她，直接繞過小堵，徑直走向周蕩。

「喂！」小堵拉住書佳，一臉認真地囑咐道：「下次玩遊戲請找我，我決定要踏入電競圈了。」

書佳滿頭黑線，甩開了她的爪子。

「拿這個擦一擦頭髮吧。」書佳把毛巾遞給周蕩，又說：「你身上都溼了。」

他短短的黑色碎髮已經被雨打溼了許多，肩上也是潮溼一片，脫下外套後，白色短袖被水暈得有些透。隱約透出身體的輪廓，在燈光下有一種漫不經心的性感。

書佳擔心他感冒，和他商量著：「我先去煮點薑茶給你喝好不好？」

「我不要。」周蕩邊擦頭髮邊拒絕。

他抬頭看她，大概是因為近視，所以眼睛習慣性地瞇著：「我不喜歡喝那個。」

日光燈下，他的臉色有些蒼白，眼眶下纏著淡淡的烏青，看起來很疲倦。

他似乎一直都是這樣，膚色偏白，唇色也很淡，一副很久沒有好好休息過的樣子。

書佳有點心疼地問：「你昨晚幾點睡？」話剛脫口馬上又覺得不妥，就結結巴巴地解釋：「我是說……就是、你看起來……臉色不太好。」

他的眼角眉梢都帶著幾分倦意，隨口回了一句：「早上五點多。」

聽他這麼一說，她立刻內疚了起來。

他能休息的時間這麼寶貴，要不是她約他出來，他今天應該可以好好睡一覺的。

她沉默了。

周蕩看她不說話，直接把手中握著的東西遞了過去：「妳的。」

書佳低頭，一枚白色星星耳環躺在他的掌心上，她一愣，心底突然柔軟了起來。

「謝謝。」書佳向他道謝，伸手去拿。

指尖剛碰到他手心，她猛地收回手，他掌心的溫熱彷彿帶著細弱的電流，瞬間流遍了全身。

而他盯著她看。

乾淨的黑色琉璃珠，上面有一排像小森林般的濃密睫毛。

「你先坐一會兒。」書佳因為緊張，語不成詞，話才說完她就飛快地跑了。

一直跑到後廚烤麵包的地方，她才停了下來，背靠著牆，用手輕拍胸口。

心跳真的好快。

還沒等書佳反應過來，就看見小堵端著托盤走了過來，托盤上有一杯檸檬蜂蜜熱茶。

「什麼？」書佳問她。

「好緊張。」小堵看也不看她：「我去送溫暖給男神。」

＊＊＊

書佳穿著小熊維尼的圍裙，在廚房忙著。

她本來頭髮只鬆鬆地攏在腦後，頭一低，髮絲就順著耳廓一路下滑，遮住了半張臉。

她彎起手把頭髮撥到另一邊，卻又垂了下來。

書佳嘆了一口氣，低頭看了看滿是麵粉的雙手，無奈地朝廚房外喊：「小堵，過來幫個忙。」

小堵聽到呼喊聲，馬上跑了進來：「怎麼啦？」

「幫我把頭髮綁起來。」書佳吩咐她。

「等等。」小堵後退了兩步，掏出手機，鏡頭正對著書佳：「我覺得妳現在這個樣子特別溫柔賢慧，這種賢妻良母的樣子，我必須拍下來。」

書佳無言，盯著小堵東拍西拍，還想找不同的角度，不由得急道：「妳快來啦！我的頭髮要沾到麵粉了。」

「來了、來了！」小堵終於滿意了，放下手機跑了過來。

「書佳啊。」小堵幫她綁好頭髮，湊到她耳旁問：「到底是發生什麼事，妳才能勾搭上外面那尊的？分享一下經驗嘛。」

書佳把揉好的麵粉放在一旁，低頭用茶勺攪著檸檬汁，沒理會小堵。

小堵在旁邊看著書佳忙，感嘆道：「真是羨慕，妳說，還有妳追不到的男人嗎？」

書佳出聲反駁：「我沒有！」

「沒有什麼？」

「沒有追他。」

小堵顯然不相信：「那妳現在和他是什麼情形？」

書佳把攪拌機抱到懷裡，想了想，正經地道：「我是他的臉的粉絲。」

她一說完，自己忍不住先笑了出來。

想到那天，女主持人聽到周蕩的回話後一臉噎住的那個表情。

小堵倒是一臉有趣：「妳別這麼說，他長得是真的帥，人也是真的高冷。」

書佳附和著：「是、是、是。」

「好難過啊！」小堵回憶剛剛的情景：「我把東西端給他後，他雖然有跟我說了句謝謝，但頭抬都沒抬，看都不看我一眼。」

「這不是很正常嗎？」書佳笑盈盈地，用刮刀把混合後的低筋麵粉和蘇打粉翻拌均勻：「別人都說他個性冷淡。」

「個性冷淡？」小堵思考了一會兒：「我覺得他長得是好看，就是有種特別孤獨的感覺。」

書佳把烘烤好的小蛋糕，從烤箱中取出來。

她摘下手套，把一個個可愛的檸檬小蛋糕放進愛麗絲主題的圓盤裡。

她還做了幾個抹茶戚風小點心，添加了一點檸檬，飄散出柑橘的香氣，烘烤時就能隱約聞到。

書佳耐心地將它們擺放好，然後淋上一層薄奶油。

搞定後，她甩了甩手，滿意地看著自己的作品，看著看著就想起周蕩，書佳不由得走神。

也不知道他在外面等得無不無聊。

她從包包裡拿出小鏡子理了理頭髮，思考著要不要去補個口紅什麼的，糾結了半天，覺得還是不要太明顯，隨便收拾了一下就準備出去。

她端著托盤從廚房走出來的時候，小堵正戴著耳機坐在櫃檯後面看影片。

小堵抬頭看見她走出來，抬手對她比了個噓的手勢。

書佳不明白。

她端著托盤，走到周蕩身邊時突然停了下來。

他就在不遠處，坐在細瓷柔白的光線裡撐著額頭在淺寐，表情難得柔和，睫毛在眼睛下方打出薄薄的陰影，黑色細軟的髮漾開一層細細的光圈。

書佳連呼吸都放輕了，站在不遠處仔細地盯著周蕩。

鼻翼、睫毛、唇，他的五官有種古典主義的香豔，輪廓柔軟，略帶著女性氣質。

怪不得會那麼得女孩子喜歡。

看他這麼疲倦，書佳站在原地，默默地嘆了口氣。

心裡又內疚了。

她不該把他約出來的。

「妳還要看多久？」周蕩懶洋洋地開口，不知道什麼時候醒過來了。

書佳本來還在發呆，聽到他突然開口說話先是一愣，隨即反應過來，羞得滿臉通紅：「不是不是，我、我沒有偷看你。」

小堵在她身後爆出一陣笑聲。

書佳強忍著尷尬，在心裡反覆地要自己冷靜下來。

她走到他身邊，把托盤放在他面前的桌上，儘量不去看他的臉：「我做了很多，你吃不完可以帶回宿舍拿給你隊友吃。」

他的手撐住額角，漫不經心地看著面前小巧可愛的甜點：「妳很喜歡檸檬？」

「嗯……」書佳猶豫了一下子：「我覺得你會喜歡。」

「不是、不是。」她說完就快速否定自己：「其實是，我最近很喜歡檸檬……」

周蕩看她說話顛三倒四地，終於輕輕笑了出來。

書佳愣愣地呆在原地。

在她的記憶裡，很少看到他笑。

不管是賽場上還是私底下，他都有些孤僻與沉默。

她站在不遠處，暖色的燈光下，穿著白色的雪紡裙、黃色小熊維尼圍裙，看著他的笑容，唇角有渾圓的梨窩，和若隱若現的小虎牙。

心像陷在柔軟的積雪裡。

小堵撐著下巴，在收銀臺那默默地看著書佳和那個大帥哥，隔著這麼遠的距離都能感受到那曖昧的氣氛。

她臉上浮出妙不可言的微笑。

啊，戀愛的季節到了啊。

＊＊＊

到了傍晚的時候，雨已經停了。

書佳收拾著自己的東西，儘量無視身後小堵曖昧的眼光。

「你們兩個速度還真快啊，電競吳亦凡輕易地就被妳拿下了。」小堵滿是不懷好意地笑：「妳現在要去哪裡啊？」

書佳找著自己的鑰匙，沒空理她。

小堵往窗外看了看。

「電競吳亦凡」在門外靠著牆抽菸，應該是在等書佳，面無表情，看起來冷冷的，令人難以接近的樣子。

但也讓人少女心爆發啊！

「我受不了了，說好的連朋友都不是呢？直接就變成男女朋友了嗎？」小堵不服氣：「妳這是在欺騙我的感情！」

書佳繼續裝傻：「妳別亂說了，不是跟妳說了，我只是他的粉絲而已嗎？」

小堵翻了個白眼：「我現在也是粉絲了，妳等等幫我問他要不要和我談戀愛？」

書佳無法再跟她繼續對話。

她怕周蕩等得不耐煩，迅速收拾好自己的東西，拿起手機準備離開：「妳等等關門的時候記得鎖門。」書佳交代完小堵，不等她答覆就跑向門口。

小堵望著她的背影，咬牙切齒。

女人陷入愛情就是急躁，一股戀愛的酸臭味。

---

19 費列羅：巧克力品牌名稱。

20 閃現：遊戲中的角色技能，可以瞬移一小段路到指定位置。

21 111：用於表示開心的網路用語。

第三章　讓我照顧你

夏日的傍晚，剛下完雨也不覺得悶熱，空氣很清新。

街道不遠處有幾個小攤商，老梧桐樹溫柔地展臂架出陰涼處，知了低聲叫喚著。

書佳走在周蕩的旁邊，近得幾乎可以聞到他身上乾淨清甜的檸檬味。

「周蕩。」她鼓起勇氣叫他的名字。

他低頭看她。

「就是，」書佳糾結著用詞：「我覺得你必須好好休息。」

她終於把心裡想說的話說出來：「你總是看起來好累，職業選手是不是很辛苦啊？」

「我習慣了。」周蕩打量著書佳的表情，聲音平淡：「小時候覺得累，現在沒什麼感覺了。」

書佳聽他這麼一說才想起來，他好像十五歲就開始打職業比賽了……

「那你每天都睡多久？」書佳追問。

「看情況，大概三四個小時吧。」他若無其事地，一副輕描淡寫的口吻。

本來他也就是隨口一句話，但是書佳的表情明顯變了。

「你、你這樣不行。」書佳停頓了幾秒，慎重地說：「你這樣對身體傷害很大的。」

周蕩一言不發。

倒是書佳遲疑了，覺得自己是不是管太寬了：「我……我就是……」

他突然傾身，湊近了看她：「妳的耳環呢，怎麼不戴？」

書佳本來還想說什麼，被他這樣打斷，大腦立刻一片空白，什麼話都說不出來了。

「我……我現在戴。」她結結巴巴地回：「在我口袋裡。」

周蕩停下來等她。

馬路上有喧囂的車聲、人聲、蟲鳴，晚風徐徐吹著，雪紡的裙襬晃過她的腳踝。

書佳拿出她的星星耳環，略略偏頭，手指摸索著耳垂上的小洞。

周蕩認真又略帶好奇地看著她戴耳環。

個子高的男人很容易顯得強勢，尤其是他還微微屈身逼近她。

她心裡壓力瞬間大到爆棚，連手都在輕微地顫抖。

書佳緊閉嘴唇，努力克制自己不要紅起臉來。

「好……好了。」書佳甕聲甕氣地說：「我們走吧。」

周蕩懶洋洋地又看了她兩眼。

書佳越和他相處，越覺得他像小時候奶奶家養的貓咪。

剛開始的時候，對不認識的人都冷冷淡淡，理都不理，高傲得不得了。

熟了才發現，牠其實很喜歡被寵著、愛著，又沒有安全感，喜歡被人抱在懷裡順毛，縮成一團，當被人疼愛的時候，就會緊緊地黏著人磨蹭。

「周蕩，我家就在前面了。」書佳停下腳步，怕耽誤到他的時間：「你早點回去休息吧。」

他也停下腳步。

「你們什麼時候要去蘇州準備決賽？」書佳捨不得就這麼和他說再見，就隨便找點話題。

他思考了一下，回答她：「下個星期。」

「那你要好好休息。」書佳也不想再管語氣，和她現在到底是以什麼身分去叮囑他了：「睡前喝點溫牛奶比較好睡，儘量少熬夜，早餐也都要記得吃。」

大概所有的喜歡都很相似，膽小、克制、試探。

她對他說著不著邊際的話題，卻又不敢說出內心最重要的話。

周蕩用少有的耐心聽著，陪著書佳的忸怩。

夜裡微涼，她聲音輕柔。

書佳圈起手臂，緩緩摩挲自己的皮膚，低下眼眸，最終還是和他道別：「謝謝你特地送我回來，你也早點回宿舍吧。」

「甜點明天吃不完就要丟掉了，別吃壞肚子。」她最後不放心地叮嚀他，看到他點頭才又說：「那我走了。」

「等等。」周蕩喊住調頭的書佳。

書佳轉身看他：「怎麼了？」

他脫下外套丟進她懷裡，慢悠悠地說：「穿上。」

書佳一直到披著明顯大一號的外套回到家的時候，都還有些回不過神，她滿腦子都是周蕩穿著白色短袖走遠的背影。

她躺倒在沙發上，被周蕩乾淨直接的味道包圍著，呆呆地看著天花板。

心裡覺得自己要完蛋了。

因為太喜歡一個人，所以真的好辛苦。

＊＊＊

她手機傳出訊息的提示音，書佳打開來看，發現是小堵傳給她的幾張照片。

是今天她穿著圍裙，在暖黃燈光下散著頭髮的樣子，還有一些是小堵偷拍她和周蕩的照片。

她默默把合照存到手機裡。

然後挑選了幾張做蛋糕時的照片，隨手發了微博：

【@站魚-舒淡淡V：今天很開心。】

她上傳完就沒去管了，脫下周蕩的外套，認認真真地疊好，準備去洗澡。

等她回來再打開微博刷新的時候，被數量龐大的轉發和留言弄得傻眼。

她的微博就只有十幾萬粉絲，其中還有不知道有多少是官方給的人頭帳戶。

書佳翻了翻，那些在她微博底下留言的全是：

『Wan 神觀光團！』

『觀光團打卡！』

『那麼問題來了，淡淡嫁丸神嗎？』

『丸這是要得罪千萬女粉絲啊 @WR.Wan ！』

『GGBond 剛剛直播說淡淡和丸在約會，不敢相信……』

『哇！女孩知不知道，妳美的不像話？』

『天啊，這種十八線小網紅怎麼勾搭上 Wan 神的啊……』

『我只想說，沒想到 Wan 是這樣的大隊長，說好的高冷人設呢？』

『Wan，我們分手再見、再見、還是再見！』

『為什麼我老公要跟妳走？』

『Wan 的老婆含淚而來。』

『喂，居然沒人關心我們 Beast 的心碎太平洋了嗎？』

書佳莫名其妙，完全不知道在這短短的時間裡究竟發生了什麼事。又找了半天，她才弄清楚事情的源頭。

她這則微博居然被 GGBond 轉發了：

【@WR.GGBond：蕩說他今天也很開心 //@ 站魚 - 舒淡淡 V：今天很開心。】

真正讓粉絲激動的是，Wan神居然點讚了她的微博！

Wan更新的頻率幾乎是幾個月一次，首頁乾乾淨淨，寥寥幾條還是從官方微博轉發來的。

所以現在，莫名其妙點一個網紅的讚是怎麼回事？

女粉絲集體崩潰了，大批觀光團迅速到達戰場。

書佳哭笑不得。

她不得不佩服，周蕩的女粉數量之龐大，簡直快把她的手機炸到當機。

姜于於更是直接打了通電話過來。

『妳和周蕩在一起了？』姜于於開門見山地問：『微博都要爆炸了，連我的首頁也被你們的事淹沒了。』

書佳無奈：「沒有啊，什麼跟什麼啊。」

『你們在一起不就好了。』姜于於吐槽：『妳說這周蕩，平常都走高冷風，怎麼這次談戀愛鬧得滿城風雨的，好像全世界都知道了？』

「沒有，我也處於傻眼的狀態啊。」書佳不知道要怎麼解釋：「我和他現在真的就只是朋友。」

『現在是朋友，那以後呢？』姜于於繼續追問。

書佳沉默了良久，才說：

「以後就慢慢追他吧。」

書佳嘆了一口氣，終於自暴自棄地向好友承認：「我是喜歡他，就別再為我添亂了。」

＊＊＊

儘管書佳向姜于於誇下豪言壯語，其實心裡根本沒底氣。

她掛上電話之後，想了想還是登入微博，打算看看最新的情況。

她的微博被各種圍觀自是不在話下，連 GGBond 轉發的那則貼文，下方的評論都十分詭異。各種留言都是女粉絲的照片，感覺像來到了相親聚會的現場。

書佳哭笑不得地看著。

看了一會兒，她又點進周蕩的微博首頁。

他的微博和他的人很像，簡單兩個字概括就是——冷淡。

他僅有的幾則貼文都是轉發官方的宣傳文，基本上沒有任何爆料或是日常生活動態。

這就讓他最近點讚書佳的那則微博顯得更加突兀。

書佳心情複雜，不知道開心多一點，還是擔心多一點。

她天生木訥，從小到大好像都沒有碰見特別喜歡的人。但自從遇上周蕩，生活的平衡就彷彿被打亂了，他的存在讓她時常不知該如何是好。

就連她自己也不知道是怎麼回事，從第一次看見他的時候，他在比賽臺上，把耳機摘下，舉起杯子仰頭喝水，略溼的黑色短髮在燈光下閃耀著光澤。

那個畫面，就像刻在她腦海裡一樣，揮之不去。

她關上微博，握著手機無所事事地發呆，手指在發亮的螢幕上滑來滑去。

現在才八點半……也不知道他在幹嘛，回總部了沒？

躺在床上又翻滾了幾圈，她坐了起來，心裡想著打通電話給周蕩，但手機握在手裡，卻又有點躊躇。

糾結來糾結去，她最終下定了決心，還是把電話撥了出去。

電話才剛響兩聲，就被接起來了。

『喂。』

另一頭聲音嘶啞。

書佳嚇了一跳，連準備好的臺詞都忘記了，急忙地說：「你怎麼了？聲音聽起來好啞。」

他低低咳了兩聲：『嗯，感冒了。』

書佳想到他今天淋了雨，離開之前還把外套給她，自己穿著短袖就回去了。

晚上又那麼冷……

她心疼又內疚，問他：「那你有吃藥了嗎？」

他像是換了個地方，嘈雜聲小了許多：『沒有。』

書佳著急了起來：「你怎麼不吃藥呢？身體最重要啊。」

『我不喜歡吞藥丸。』他懶懶地應答。

書佳被噎住，怎麼這麼嬌氣？

「你這麼拖著之後會更嚴重的。」她咬了一下唇，耐心地勸他：「就算不喜歡吞藥丸，也可以泡藥粉啊。」語氣簡直把他當小朋友來哄了。

周蕩依舊不說話，也不知道聽進去了沒有。

書佳只能嘆氣，一時也無語。

『妳為什麼打電話給我？』

書佳被周蕩這麼一問，才想起最開始要說的話：「喔！我是想說，剛剛我和于於講電話時，聽她說有個遊戲網站找她，後天要去你們總部採訪。」

『嗯。』

「我是這樣想的。」書佳頓了一會兒，才又開口：「我明天把衣服給她，然後請她把衣服轉交給你，好不好？」她徵求著他的意見。

『不好。』沒有一絲猶豫，周蕩回絕：『我不喜歡別人碰我的衣服。』

書佳一愣，心裡想，難道我就不是別人了嗎？

臉有些紅了，還是耐著性子問他：「那怎麼辦才好？你馬上就要去外地比賽了，這段時間應該會很忙吧？」

他像是思索了一會兒：『妳那天和姜于於一起來。』

「不行。」書佳下意識拒絕：「他們是去工作，我……」

『沒關係。』他打斷她：『這種來總部做採訪的，通常都是娛樂性的。』

書佳又猶豫了一會兒，還是不忍心拒絕他：「那……那好吧。」

「對了。」她又開了話題，微微有些窘迫：「我的那則微博，是你本人點讚的嗎？還是你隊友搶你手機……」

『我點的。』他的語氣沒有一絲波瀾。

她也沒了勇氣，不敢追問他為什麼要這麼做。

『我剛剛……』他安靜了一陣子，又頓頓地開口。

「什麼？」

『關注了妳的微博。』他把剩下的話一併說完：『但是妳沒有關注我的。』

書佳聽完一呆，臉徹底紅了，結結巴巴地回應：「我……我沒注意到，微博留言太多了，我沒時間看……」

周蕩聽完她的解釋，很是不滿地輕輕「哼」了一聲。

「你這樣……」書佳猶猶豫豫，糾結著用詞：「你就不怕和我傳緋聞嗎……」

他又「嗯」了一聲，聲音不低不高，然後掛了電話。

電話已經斷了，書佳還遲遲沒辦法回神。

他的那個「嗯」到底是什麼意思？這是介意還是不介意啊……

她就像是沒談過戀愛的小女孩一樣手足無措，因為沒信心，只能不停地去揣測。

又過了一陣子，姜于於打了通電話來，約她出去吃燒烤。

書佳本來不想去，抵擋不住姜于於軟磨硬泡的攻勢，還是換了身衣服出門。

到了的時候，姜于於坐在熱鬧喧嘩的露天座位上，口裡咬著棒棒糖，正在玩手機。

「妳前幾天還說妳要減肥。」書佳把包包放在一邊，坐到姜于於對面。

姜于於看到她來，把手機收起來：「怎麼？女人心情不好，放肆一次不行嗎？」

「心情又怎麼不好了？」

「我的心情肯定沒有妳好。」

「我怎麼了？」

「妳沒怎麼了，妳就是我們電競圈裡，現在最春風得意的女人而已。」

書佳差點被水嗆住：「什麼？春風得意……」

姜于於瞪了她一眼：「妳是不是該跟我解釋一下，妳和周蕩的事情？」

書佳無言。

「唉！」姜于於單手撐著下巴，也沒再繼續逼問她，反而心事重重地嘆了口氣：「我覺得，我喜歡上一個人了。」

書佳吃了一驚：「誰啊？我怎麼沒聽妳說過？」

這時候肉串和啤酒剛好一併上桌了。

姜于於打開一罐啤酒遞給她：「是妳認識的。」

「我認識？」書佳努力思索著，又謹慎小心地問：「不是……不是周蕩吧？」

姜于於翻了個白眼：「妳怎麼一點都不瞭解我？他才不是我的菜！我喜歡的型是陽光開朗的暖男好嗎？」

書佳鬆了口氣：「那我怎麼猜啊？我認識的人這麼多。」

「算了，直接跟妳講吧。」姜于於低頭點了一根菸：「是 Aaron。」

「啊？」書佳被震驚到了：「你們又是什麼時候勾搭上的啊？」

書佳在腦海裡回憶了一下 Aaron 這個人。

發現除了記得他高高的，頭髮有些捲，是 WR 的上路選手，其他什麼都不記得了。

姜于於正在吞雲吐霧，冷然地看著煙霧被夜風吹散：「就我生日之後，他老是跟我一起玩遊戲。本來只是一起玩，玩著玩著，就覺得自己有點喜歡上他了。」

書佳不知道該說什麼。

姜于於想直接一點把事情告訴她，斟酌著字句：「我昨天跟他告白了，然後，他就告訴我他已經有女朋友了。」

「我該怎麼辦啊？書佳。」姜于於難過了起來：「如果周蕩有女朋友了，妳會放棄他嗎？」

書佳一時之間居然無法回答她。

過了很久，才聽見自己這麼說：

「我希望有個人能陪陪他，他只要能幸福就好了。」

＊＊＊

去WR總部的當天早上，外頭風很大，雨也淅瀝瀝地下著，氣溫很低。

姜于於那天晚上喝得爛醉如泥，之後就不省人事。書佳只能把她扶回家裡將就住一晚，她就在書佳這裡又住了一兩天。

姜于於在梳妝鏡前化妝。

書佳看了看外面的天氣，提醒她道：「我拿一件外套給妳穿吧？外面感覺很冷。」

姜于於湊近鏡子，仔細地刷上睫毛膏：「做我們這一行的，還能怕冷嗎？」

書佳認真地說道：「但是妳只穿著小禮服，肯定會冷的。」

「妳別太小看我了，我可是經歷過大風大浪的女人。」

「那隨便妳吧。」書佳說不動她，坐在一旁等姜于於打扮，用手托著臉，無所事事。

「好了。」姜于於收好口紅，整理包包後抬頭，才發現書佳不見了。

「書佳？」她剛轉身想找人，就看見書佳從廚房裡走出來，手裡還拿了兩包藥粉和一袋奶粉。

「妳拿這個幹嘛？」姜于於覺得莫名其妙。

書佳不自然地移開視線，抿了抿嘴唇：「沒什麼。妳好了的話，我們就走吧。」

姜于於狐疑地多瞄了她兩眼：「鬼鬼祟祟，一臉心虛的樣子。」

書佳也不理她，徑直走到沙發去，把包包和裝著外套的袋子都抱在懷裡：「走吧，他們都在樓下等好久了。」

她們才剛下樓，就發現今天的溫度降得厲害。

書佳打了個冷顫，攏緊了身上的外套，哆哆嗦嗦地道：「所以我才要妳多穿一點，妳只穿件洋裝該怎麼辦。」

姜于於拿著手機聯絡採訪團隊，她也冷得不行：「好了，先走吧，他們的車停在社區入口，我們上車再說。」

書佳和姜于於逆著風，小跑出社區後，看到馬路對面停著一輛保姆車，車身上有很大的遊戲網站圖示。

姜于於拉著書佳的手狂奔到對面，拉開車門就鑽了進去，把冷空氣阻擋在車外。

「你們等很久了嗎？」姜于於抱著自己的身體發抖，邊和車內的人打招呼。

「沒有多久。」一個年輕的男生轉過頭來，朝她們和善地笑了笑，接著傾身向司機說：「大哥，可以走了。」

車子徐徐開動著。

書佳的臉凍得通紅，喘出了幾口熱氣，環視了車內，有點尷尬地打招呼：「你們好。」

車裡一共五六個人，三個男生和兩個年輕的女生併坐在前面。

其中一個男生看到她們凍成這個樣子，不由得佩服地說：「今天這麼冷，怎麼穿這麼少啊？」

姜于於搓了搓手臂取暖：「今天是室內活動，不用穿那麼多。」

書佳坐在一旁聽他們說，把包包抱在懷裡，深怕撞到周遭那些看起來很貴的攝影器材。

坐在前面的女孩轉過頭來，好奇地問書佳：「妹妹，妳是不是那個，搶了電競圈夢中情人的網紅？我到現在還有種不真實的感覺，妳真的追到丸了嗎？」

書佳一陣尷尬，不知道該怎麼回答才好。

怎麼所有人現在看到她的第一句話就是這個？

另一個女孩看書佳沒回答，趕忙出來打圓場：「七七妳怎麼這麼八卦？妳這種聊天開場白不太對啊！」

名叫七七的女孩皺起鼻子，吐了吐舌頭：「美女妳別介意啊，就是最近微博被 Wan 神的女粉絲炸翻天了，所以對本尊有點好奇。」

「也是。」一個小助理點點頭，哭笑不得地說：「連我們的網站都有人問……」

書佳聽到這裡，心裡默默想著，要是被那些粉絲知道，自己創了小號關注她們，不知道會怎麼樣。

姜于於坐在旁邊，拿著手機不知道和誰聊天聊得正開心，完全沒心思理會書佳。

書佳只能硬著頭皮，自己解釋了兩句：「我和周蕩是朋友。」

「什麼類型的朋友？」

「一般有私情的都會這麼說。」

幸好姜于於還有點良心，關鍵時刻站出來為書佳撐腰：「都多久了，人家周蕩也十九歲了，談戀愛還被圍觀得這麼慘！而且又沒有證據，之前不是也有人說野獸暗戀我閨蜜嗎？」

「所以是……」小助理開口，聲音低得幾乎聽不見：「野神被丸神搶女友了嗎？」

姜于於也反駁不了，只能撇嘴，岔開話題：「算了！說正事，把今天的流程核對一下吧。」

七七翻了翻手裡的小本子：「是這樣的，我們先拍一點WR總部近幾年的歷程，然後下午主要拍攝職業選手的日常作息，再挑幾個人出來專訪，晚上是集體採訪，最後一起吃個飯。」

姜于於記下幾個重點：「好，妳等等把採訪的稿子拿給我。」

脖子上掛著單眼的男生也湊了過來，對書佳說：「我想單獨替丸神採訪，拜託書佳，妳能不能幫我問問他？」

他朝她擺出懇求作揖的手勢。

書佳連忙揮手：「不行不行！我、我和他也沒有很熟……」

書佳一路上就這麼煎熬著，被一群陌生人圍著不停詢問八卦。

書佳覺得，自己以前真的低估了，低估周蕩在電競圈中的吸引力。

LPL人氣王這個暱稱，真的不是隨便說說而已……

早上九點多，馬路上有些塞車，他們斷斷續續行駛了快一個小時才到。

書佳一下車，就看向面前的一棟玻璃建築大樓，最上方掛著很大的黑色 LOGO。

她在心裡佩服……WR 電競公司的老闆是真有錢，在上海這種寸土寸金的地方還能把總部弄得這麼大氣，不知道要花多少財力和物力。

姜于於整理了一下頭髮，等到車上的人陸續走下來後，才小心地把設備搬下車。

WR 戰隊的經理 Fay 在大樓的門口等著，看見他們就迎了上來。

姜于於明顯和他很是熟稔：「你怎麼親自來接？」

Fay 笑得意味深長：「還不是因為有貴客，聽說連我們 Wan 的緋聞女友都來了。」

他意有所指地向旁邊看了看，書佳臉紅，低頭默默裝傻。

Fay 帶著他們一群人走進總部大廳，一邊跟他們介紹著。

舉著單眼的男生跟在後方，一路拍攝進去。

書佳混在採訪團隊裡，參觀著 WR 的冠軍紀錄牆。

上方的獎盃無數，還有一些粉絲自製的紀念相冊，在那之中書佳看見一張照片。

五彩燈光閃耀下，亮片和細碎的彩紙飛舞著。周蕩和 WR 其他幾個大男孩站在領獎臺上，穿著隊服，手裡舉著獎牌，笑得十分燦爛。

那應該是他剛開始打職業的時候，臉上輪廓還很青澀，看起來還沒有疲倦的感覺，戾氣也沒有現在的重。

十五六歲的他看上去真的好小，好可愛啊……

書佳心滿意足，偷偷拿出手機，把閃光燈關閉後，默默拍了幾張留存。

一群人在另一邊商量今天的拍攝內容、會有的流程和細節。

書佳就一個人在大廳隨便逛逛。

逛著逛著，她發現不遠處的牆上貼了幾張像是資料的紙張。

她好奇，走上前去看，才發現上面是WR戰隊的規章制度：

『一、一點前，所有人必須坐在電腦前，準備好一切工作，開始訓練。（違反扣除三分，半小時以上扣六分）』

『二、下午一點到晚上一點為訓練時間，電腦上只能是英雄聯盟，其他一律禁止。（違反扣除兩分）』

『三、訓練時間禁止使用手機，必須上交給領隊。（違反扣除一分）』

『四、每日訓練任務暫定為十二場遊戲，訓練賽制算三場遊戲。未完成基本任務者，以違規視之。（違反扣除三分）』

『五、任何外出需向領隊或經理提出申請。』

『六、訓練時間禁止任何消極行為。』

書佳一項一項仔細地看著，默默在心中感嘆WR戰隊的嚴格……

怪不得WR能稱霸LPL好幾年，橫掃國內大大小小的無數獎項。

「書佳，快過來啊！」姜于於在遠方呼喊她，一群人停下來等著。

書佳應了一聲，急忙跑過去跟上採訪團隊。

「妳剛剛在看什麼？」姜于於問她。

「沒、沒看什麼。」書佳不好意思承認她看WR的規則看得入迷。

他們跟著Fay上二樓，樓梯旁的牆壁上全是一些簽名，還貼著各種動漫角色的頭像。

Fay停下來，向他們介紹：「都是為WR效力過的現役和退役的選手簽名。」

阿有，也就是那個揹著單眼相機的男生，邊點頭邊拍攝。

姜于於仔細看了看，認出了很多元老級的人物，不由得感嘆道：「這些都是信仰和初心啊。」

「咦？你們總部怎麼這麼安靜，隊員們呢？」看完簽名後，姜于於轉頭問。

「他們？」Fay想了想才回答：「好像打訓練賽打到早上，現在還在睡。不過你們都來了，他們等等應該就起床了。」

阿有嘖嘖兩聲，搖了搖頭：「職業選手都挺不容易的，關了直播還要培訓，肯定很累吧……」

Fay倒是一臉無所謂的樣子：「電競本來就是一種很殘酷的運動，你不努力，別人就會超過你，你也就混不下去了。」

一行人被助理帶上二樓布置場地，準備下午的正式採訪。Fay就帶著姜于於和書佳兩個人參觀，邊和她們閒聊著。

書佳四處打量環境。

「書佳？」

Fay 看她一臉好奇寶寶的樣子，笑著和她聊起天來：「妳和 Wan 是好朋友嗎？」

「嗯……」書佳猶豫地答：「就是普通朋友。」

「普通朋友？」Fay 疑惑。

姜于於插嘴：「前面加個不。」

Fay 若意味深長地看了她一眼：「能和 Wan 當朋友的，確實不普通啊。」

書佳努力地裝傻，假裝完全沒聽懂的樣子。

他們走著走著，就走到 WR 隊員平時訓練的地方，全玻璃的外牆，兩側各有五臺電腦一字排開，桌上還散亂著沒喝完的咖啡、隊服、耳機、沒丟的便當盒……

Fay 看著訓練室，回憶著說：「轉眼間我也在這待四五年了，也算是一步一步看他們長大的……」

「周蕩一開始就是在 WR 戰隊嗎？」書佳好奇地問道。

「他嗎？」Fay 懷念地嘆了口氣：「當初還是我把他帶來這裡的。」

「哇！」姜于於一臉求八卦的表情：「說點 Wan 的事給我們聽嘛，他的人物資訊太少了。」

在網路上，周蕩被挖出來的料真的是少之又少……連寥寥幾張能讓粉絲珍藏的照片，都是靠官方才拿到的……

書佳雖然沒說話，但也是一臉期待的樣子。

Fay 取下眼鏡擦了擦，回想起以前的時光：「Wan 啊，從小脾氣就差，生氣了就誰也不理。」

書佳想到他總是一臉「我不開心，誰也別惹我」的樣子，不由得笑了出來。

「他就是需要被人哄，很可愛的。」Fay 說到這裡，自己也覺得好笑：「得替他找個臺階下，年紀那麼小就出來打職業，我們全隊都很疼他。」

「于於！」

「小公主？」Fay 笑了笑：「他也的確是我們戰隊最受寵的選手了。」

「哈哈！」姜于於笑了開來：「你怎麼把他描述得像個小公主一樣？」

遠處傳來一道響亮的男聲，成功吸引了三人的注意力。

「豬豬？」姜于於有些意外：「你怎麼沒在睡覺啊？Fay 說你們訓練賽打到很晚。」

GGBond 的視線從姜于於身上掃到書佳身上後，揚了揚眉，答非所問地說：「我就說嘛，不然丸寶貝怎麼會這麼亢奮。」

「你們全都起床了？」Fay 問他。

「沒有，就我和 Wan 起床而已。去你的，自己睡不著也要把我一起吵醒才甘心。」

Fay 又笑著說：「那 Beast 呢，書佳都來總部了，他還睡得著？」

GGBond 笑了笑：「睡不著還能怎麼辦，獨自讓悲傷逆流成河了！被阿蕩拐走也只能認了。」

姜于於沒注意到書佳的失神，繼續問：「那怎麼只有你一個人來？」

GGBond 聳了聳肩：「我也不知道他跑去哪了，可能去解決男人早上的生理問題了吧？」

正說著，書佳的手機就震了一下。

她拿起來低頭看，是來自周蕩的簡訊：『廚房，過來。』

＊＊＊

書佳手裡提著裝了外套的袋子，按照周蕩的指示磕磕絆絆，一路尋找著WR的廚房。

一路上，她都不敢去回想當時她收到訊息，說要離開一會兒的時候，那幾個人臉上各自精彩的表情……

找了老半天，她終於找對地方了。

她輕輕推開門，一走進去就看到周蕩蹲在冰箱前面。

他穿著WR夏季賽的短袖隊服，應該是才剛睡醒，黑色的短髮亂糟糟的。

她走過去蹲在他身邊，猶豫了幾秒，問：「你在找什麼啊？」

「優酪乳。」

他側頭看了她一眼，也不驚訝。

回答時聲音很低，因為感冒，還有些沙啞。

書佳伸出手把冰箱門關上，耐心地看著周蕩，輕聲說：「你感冒還沒好，不能喝冰的。」

他默默地站了起來，居高臨下地看著她，露出瘦瘦的鎖骨，皮膚冰白細膩。

他一聲也不吭。

書佳跟著他站了起來，把衣服遞給他：「披個外套吧，今天很冷。」

他瞄了一眼，接過她手上的衣服。

書佳的心慢慢地、慢慢地跳動著，看著他的眼睛問：「你吃藥了嗎？」

他的視線在她臉上停留了一會兒，然後移開，搖了搖頭。

周蕩本來就長得比普通人還要白，再加上感冒和睡眠不足，顯得更加蒼白了。

書佳輕吐出一口氣，低頭從包包裡拿出兩袋成藥藥粉和一包奶粉。

她捧著藥舉到他的面前，和他商量：「你先喝藥，喝完了再泡奶粉給你喝，好不好？」

書佳也是偶然從他粉絲那裡知道他很喜歡喝牛奶、優酪乳、奶酒、奶粉……等等。抽菸、喝牛奶。

當時她就覺得……這種反差的愛好和他平時的樣子，未免太違和了點……

他比她高出半顆頭，垂著眼眸看她，懶懶地沒說半句話，一副什麼都沒聽進去的樣子。安靜，還是安靜。

書佳低了低頭，捏緊手中的包裝袋，想要緩解這直逼宇宙等級的尷尬。

「你……你不喝的話……那我……你……」她語無倫次地，不知道要說什麼。

還沒說完，她就感覺到手心被握住，手裡的奶粉包裝袋被慢慢地抽了出來。

他的手指碰上她的。

溫熱的皮膚，乾淨有力，骨節很直。

她愣住，一抬頭就看到了他的眼睛，正靜靜地看著她，沉沉的像是黑色琉璃珠。

「妳幫我泡。」

他的聲音不知道怎麼的，有點嘶啞。

書佳耳後根發燙，眼睛沒辦法再繼續盯下去，只能低聲答應他：「好。」

等他們完從廚房出來，七七一行人已經布置完場地，總部和遊戲網站的一群人正在聊天。

有人看到書佳和周蕩兩個人走出來，一群人先後望了過來。

書佳知道大家都在看向這邊，也不敢回視，只聽見有人大喊了一句「弟妹」，一大群人壞壞地笑了起來。

姜于於咳嗽了一聲，看著書佳，似笑非笑地問：「剛剛去哪幽會了？」

「嗯？」書佳裝傻，默默走過去，並不多作解釋：「我還個東西給他。」

周蕩的隊友顯然都極其興奮，八卦地湊到周蕩身邊問現在是什麼情況。

「全壘打了嗎？」Aaron 笑得極其猥瑣。

「十九歲純情處男的第一次？」GGBond 笑得不只猥瑣，還很賤。

周蕩還是平常那副冷淡的樣子，掃了他們一眼：「滾。」

一旁的小助理用手壓著胸口，紅著臉悄聲對七七說：「天啊……沒想到可以這麼近距離看到丸神……本人好帥啊……」

在WR總部的時間，不知不覺間已經消磨了整個下午。

書佳也沒什麼事情，就在二樓的會客室看電視，腿上趴著總部養的貓咪。

這隻貓星人好像和她特別有緣。

牠看到書佳的第一眼，就不停用尾巴掃著書佳的小腿，頭抵著她蹭來蹭去，輕聲呼嚕著。

姜于於告訴她，這隻貓叫做牛奶，在微博上的粉絲都有好幾萬人，也算是一隻風靡電競圈的網紅寵物了。

戰隊裡的選手們都很疼牠，直播時偶爾會把牠抱在懷裡，出鏡率比周蕩還高，可以說是WR的粉絲看著長大的。

書佳輕輕順著貓咪的毛，看牠窩在懷裡發出舒服的呼嚕聲，不由得笑了起來。

於此同時，姜于於縮著脖子，推開會客室的門，抖著聲音喊著：「走了！終於都結束了，我們下樓，一起去準備晚餐吧。」

書佳把貓抱在懷裡，聽話地站了起來，跟著姜于於下樓。

到了樓下，工作人員基本上已經收工了，有幾個人圍在一起確認今天拍攝的畫面。

七七招呼助理一起去廚房準備火鍋湯底，看到書佳過來，眼睛瞬間一亮：「美食主播，有沒有興趣和我去廚房露一手？」

書佳猶豫了一下，點點頭答應她：「好。」

GGBond正好下樓喝水，路過她們，對著書佳擠了擠眉眼：「弟妹啊，下午怎麼不去找蕩蕩玩呢？妳不去找他，他又不高興了，打個積分都在發脾氣……」

他話說得這麼露骨，讓書佳極為尷尬，不回話也不是，但是要回話又不知道該說什麼。

她最後只能乾笑：「你別老是開他玩笑啦。」

幾個會做飯的女生在廚房幫煮飯阿姨的忙，總部裡的職業選手都是大男孩，沒多久就和遊戲網站的工作人員混熟了，坐在客廳圍成一圈，玩起手機遊戲來了。

「妳能吃辣嗎？」七七蹲了下來，在櫥櫃裡翻選湯底。

書佳拆開食物的保鮮膜，聞言點點頭：「可以啊。」

「馬辣、老四川、海底撈……」小助理一樣一樣地看著：「他們平時很喜歡吃火鍋嗎？」

阿姨在水槽旁洗菜，笑著點點頭：「除了周蕩不喜歡吃辣的，其他人都很喜歡吃。」

「好像整天都沒看見周蕩了。」七七突然想了起來：「本來還想找他專訪的，結果忘記了。」

「對啊！」小助理也是一臉惋惜的樣子：「要是能和他說到話就好了。」

阿姨拿了鍋子，把抽油煙機打開，感慨道：「小女生都很喜歡周蕩嗎？我在這工作這麼久，也覺得他真受歡迎。」

阿姨停頓了一會兒，才繼續說：「經常有粉絲寄禮物到總部來，裡面有很多都是寄給周蕩的牛奶……也不知道怎麼會有這麼多人喜歡他。」

「哈哈！」小助理作為一個資深迷妹，立刻眼冒春光：「沒有為什麼啦！就只是始於臉、陷於臉、醉於臉啊。」

「妳怎麼這麼膚淺？」七七嘖了她一聲，不屑道。

小助理嘿嘿一笑，攤手承認：「對不起我就是膚淺，接受妳的鄙視。」

書佳專心處理手上的食物，有一搭沒一搭地聽著她們閒聊。

七七又問：「書佳，妳下午都在幹嘛？好像一直沒看到妳。」

書佳眨眨眼：「我在會客室裡看電視呢。」

七七頓了半秒鐘：「喔，我還以為妳跟 Wan 待在一起，我整個下午也沒看到他。」

沒等到書佳回話，阿姨就說：「他應該在睡覺吧？這兩天身體好像都不怎麼舒服。」

書佳心頭一緊，小聲地問：「他怎麼了嗎？」

今天碰到他時，還以為是沒睡好加上感冒，才會臉色很差……

小助理也「哇」了一聲：「他沒事吧？馬上就是決賽了，怎麼突然生病了呢？」

阿姨搖了搖頭，心疼地說：「他們這些打職業的孩子，年紀輕輕就天天熬夜，作息時間也不規律，身體當然差。」

書佳甩了甩手上的水珠，斟酌了幾秒：「不好意思了，妳們先忙，我去外面找個東西。」

她在客廳找到混在人群中的姜于於，一群人玩遊戲玩得正激烈，氣氛熱火朝天。

她點了點姜于於的肩膀，問她：「于於，我的包包在哪？」

姜于於抬頭看了她一眼，不知道書佳要幹嘛，指了指旁邊的沙發：「在那邊。」

書佳點了點頭，走過去拿，從包包裡拿出一次性的體溫計。

她手裡握著略溫的水，站在二樓訓練室的玻璃牆外。裡面光線昏暗，窗簾被拉上，只有周蕩一個人在。

他真的看起來很疲憊，雙手抱在胸前，眉心緊皺，沒有血色的薄唇抿著，不耐煩又困倦地窩在寬大的電競椅裡淺眠。

他面前的電腦還是LOL的組隊介面，微弱的螢幕光一閃一閃的，他應該是在等遊戲開始的間隙中休息一會兒。

書佳握著水杯的手指又緊了緊。

周蕩隱約聽見腳步聲，察覺到有人朝他靠近，下意識地睜開眼。

他轉頭，然後看到她，在他兩公尺遠的地方。

書佳長得白淨，皮膚有透明的質感，隱約看得見細小的血管。

她感受到他的視線，眨眨眼睛，耳根漸漸燒了起來。

「周蕩。」她躊躇著，很小聲地叫了他的名字。

接著她蹲了下來，與他對視，把一次性的體溫計遞過去：「你量一下體溫吧，阿姨說你這幾天都不舒服，我怕你發燒了。」

他看著她的臉，近在咫尺，連呼吸都可聞。

這時候，遊戲開始的音樂響起，書佳被嚇了一跳。

他將視線移開，沒有一秒的猶豫，直接抬手移動滑鼠，關掉遊戲介面。

於是，氣氛又安靜了下來。

書佳看他遲遲不說話，只好把水放在一旁的桌子上，自己低頭拆開體溫計的包裝袋。

「你先含住，五分鐘後再拿出來。」書佳試探地指示他。

周蕩垂眼片刻才答：「我不想量體溫。」

書佳愣住：「為什麼？」

「我不想吃藥。」

書佳不自覺咬了咬下唇，又湊近了點，想說服他：「你如果不吃藥，就會一直很不舒服，說不定還會影響你比賽……」

他蹙眉，聲音暗啞：「妳逼我吃藥。」

他的語氣是陳述句，像是在指責她的不是。

書佳哭笑不得。

她正張了張口，還未出聲，身後就傳來一聲響動，他們同時向門口看去。

Aaron 被抓個正著，尷尬地杵在原地，不知道已經偷看多久了。

氣氛一時間僵住，周蕩用眼神示意他滾出去。

Aaron 只能舉起雙手，扯了扯嘴角，往門外退去：「你們繼續、繼續，我什麼也沒看到。」

周蕩別過臉，在書佳還沒反應過來時突然湊近她，傾身把她舉著的溫度計含進嘴裡。

然後含含糊糊地囁嚅道：「我要吃橘子。」

書佳動作落了好幾拍，才反應過來答應他：「好。」

她坐在旁邊的椅子上，手裡慢慢剝著橘子，偶爾盯著周蕩的側臉出神。

他的臉頰很瘦，輪廓卻很柔軟，長睫像羽毛一樣。

嘴裡含著她給的體溫計玩遊戲，透著一股令人舒服的順從。

比她的貓還可愛。

書佳在心底嘆了一聲，想起在微博看見的一句話：

覺得一個人帥或者美，總會有厭倦的一天；但是你如果覺得他可愛，那就徹底沒救了。

她自己也覺得莫名其妙。

只是看著他安安靜靜待在自己的身邊，她就願意拿所有的溫柔和耐心去寵他。

橘子願意為他剝，蘋果願意為他切好，火龍果、西瓜願意幫他準備好湯匙，荔枝、櫻桃、枇杷連籽都可以先幫他去除。

她真的好想告訴他。

你當我的男朋友好不好？我去幫你摘天上的星星。

晚上從WR的總部回家，保姆車駛入書佳住的社區，按照她的指示停在她家樓下。

書佳下車，關上車門，和一行人道謝：「我先回去啦，謝謝你們送我回來。」

「掰掰！」七七和姜于於從窗戶探出身子，對她拋了個飛吻。

書佳站在原地目送車子開走了才轉身上樓。

她關上公寓的門，彎腰準備換鞋，一個東西從外套口袋裡掉出來，翻了幾圈滾到她眼前。

書佳一愣，先是把它撿起來，捧掌心上審視。

是一個黃色的小紙盒，勉強能辨認出上面有一行潦草的字跡。

書佳心跳漏了一拍，把燈打開想看清楚。

那行字隨著燈光飛入眼裡：

『妳是不是有點遲鈍？』

就這麼一句話，讓她的大腦瞬間空白，無法運作。

＊＊＊

從總部回來兩天後，書佳就從WR官方公告裡得知，他們一行人已經去蘇州了。

這幾天，她怕影響周蕩準備比賽，克制住自己不能聯繫他，也不敢問周蕩那句話到底是什麼意思。

兩人瞬間沒了交流。

她自己也還有工作，直播平臺最近有個圈內美食交流的活動，書佳忙得焦頭爛額，沒時間和精力花在別的事情上。

這天，書佳去蛋糕店巡視了一下，就被姜于於約出來吃飯。

姜于於還帶著幾個陌生人，書佳覺得有些眼熟，但又想不起來，只能禮貌地對她們點點頭。

其中一個美女看到她，掐滅了香菸，抬頭璀璨一笑：「妳好啊，我叫童童。」

「妳好。」書佳拉開椅子，坐在姜于於身邊。

「妳就是書佳？」童童好奇。

「嗯。」書佳點點頭。

她們吃的是火鍋，書佳才剛坐下來，還覺得有些熱，不由得舉起手在臉旁搧風。

姜于於眼睛看著菜單點菜，嘴裡卻壓低聲音，不耐煩地說：「好了吧？我把書佳約出來讓妳們看過真人了，以後別煩我了。」

聽到這句話，書佳愣了一下，不知道這是什麼情況。

其中一個女孩捏著紙杯盯著書佳，逗她道：「百聞不如一見啊，感覺會是我們蕩蕩喜歡的類型呢。」

書佳本來在喝水，聽到這些話差點嗆到，什、什麼……怎麼突然扯上他了？

「她們都是周蕩的粉絲，吵著說一定要看妳本人。」

姜于於看書佳一臉沒反應過來的樣子，開口向她解釋：「誰叫妳是他微博上唯一關注的網紅呢？後來還互相關注了。」

書佳一臉窘迫，突然有種莫名其妙的心虛感。

童童撐著下巴，一臉感嘆：「真是羨慕。」

「不是，不是。」書佳揮了揮手，結結巴巴地解釋：「我、我們……沒什麼。」

等菜上桌的空檔，姜于於突然想起一件事：「對了書佳。」

書佳抬頭，疑惑回應：「怎麼了？」

姜于於看著她，毫不避諱地說：「前幾天Aaron說，周蕩給了他兩張決賽的門票，是第一排的位置，某人說一張要拿給妳。」

書佳的臉不爭氣地紅了。

其他女生本來都低著頭看手機，聞言全都向她瞟了一眼。

童童挑了挑眉：「那可以啊，我們一起去。」

她把正在逛網拍的手機遞了過來：「書佳妳想買嗎？到時候能一起穿著去看比賽，要的話我們幾個就一起買。」

書佳接過手機來看，頁面上是WR的官方商店。

裡面有各種WR的周邊服飾，還有這季的WR隊服外套、男款夏季賽短袖T恤，每件商品都搭上WR隊員的宣傳照……

書佳上下滑動頁面，感嘆道：「他們怎麼除了打比賽，還當起網拍的男模了啊？」

「有這麼好的外在條件，當然要好好利用嘛。」

姜于於不以為意：「要不然妳以為WR是電競圈的男模戰隊，只是隨便說說而已的？」

書佳默然，其實她真的以為是隨便說說的……

＊＊＊

轉眼到了八月二十七日，書佳跟著姜于於一群人穿上在官方商店買的ＷＲ夏季賽短袖隊服，一大早就搭高鐵去了蘇州。

一路上本來還有些害羞，等到了舉辦比賽的體育館，書佳就徹底放下矜持了……

一大群人在三樓演藝廳外排隊，等著安檢、驗票。

不少人舉著應援燈牌，上面綴著文字和圖片，閃爍著藍色或粉色的光。

內容大多都是「ＷＲ加油」、「Wan 我愛你」、「ＹＬＤ加油！」、「豬豬俠親一個」之類的。

還有一些人臉上、腿上都貼著兩個戰隊的隊徽，三五成群地喊著口號。

書佳排在人群後面等待驗票，有些不知所措。

感覺自己像是進入了某個明星的狂熱粉絲團體……

她緊緊跟在姜于於身邊，進入演藝廳，悄聲嘆息：「誰說電競圈沒有女生……簡直太可怕了，我剛剛好像入了什麼邪教。」

姜于於瞪了她一眼：「妳就應該慶幸，妳沒有被哪個周蕩的女粉絲認出來。」

書佳指了指臉上的口罩：「所以我戴了這個。」

「妳不怕熱？」

「這是透氣的。」

數千個觀眾席座位呈階梯狀排列，觀眾陸陸續續入座，隨著舞臺燈光逐漸暗了下來，很多燈牌都開始搖動著。

大廳正前方牆壁上掛著一幅巨型螢幕，正交替播放WR戰隊和YLD戰隊的宣傳影片，正下方的舞臺，比賽席呈八字分列左右，依序放著五臺電腦。

總決賽的宣傳片中，攝影師懷著私心。大多數選手都是一個側臉或背影一閃而過，偏偏只有周蕩，鏡頭一直對準那張臉。他的黑色碎髮被水打溼，眼睛像是溪底的黑曜石，看向鏡頭。

視覺效果很驚豔。

螢幕只要一放到這裡，現場總會引起一片騷動，女粉絲的尖叫聲響徹雲霄。

氣氛熱烈，高漲不下。

書佳坐在第一排觀眾席上發呆。

他應該已經在熱身了吧？

姜于於漫不經心地搖著手裡的扇子：「剛剛那幕真的挺帥的。」

書佳也認真地點頭，贊同道：「好看。」

「我敢打賭，到英雄聯盟這遊戲倒閉之前，都不會再出現像周蕩這種年紀小、技術好、不占粉絲便宜、還亂帥一把的選手了。」

書佳聽了不由得笑了出來：「妳怎麼突然對他評價這麼高？」

「我只是感嘆，妳知道多少粉絲羨慕妳，說妳上輩子拯救了銀河系嗎？」

書佳開玩笑似的回：「現在還只拯救到太陽系，銀河系還需要再努力一下。」

姜于於還沒回話，被書佳握在手裡的手機突然震動了起來。

她看了一眼來電顯示，心裡一悸。

「喂？」她接起來。

『妳來了嗎？』是周蕩的聲音，依舊低啞。

她默認未答。

她才在大螢幕裡看見他，身後的無數粉絲都為他在宣傳片上一閃而過的臉瘋狂地吶喊。那種不真實的感覺還沒褪去，現在卻能直接聽見他的聲音在耳邊響起。

書佳的眼睛直直盯向前方，像是在發呆，她依稀能聽見他身邊隊友的笑鬧聲。

「周蕩。」書佳輕輕叫了他一聲，停了一下。

「比賽加油。」

話音剛落的那瞬間，她掛上電話，心神不寧地思考著。

姜于於似笑非笑側過頭看了她一眼：「來自銀河系的電話？」

書佳笑了笑，點頭。

＊　＊　＊

下午一點整，主持人做著簡單的暖場。

「現場以及所有在螢幕前收看直播的召喚師們，大家午安！」

現場一片歡呼，尖叫聲不絕於耳。

「現在，用你們體內的洪荒之力，大聲喊出你們所支持的隊伍吧！」

觀眾席上，瞬間湧出粉絲排山倒海般吼著WR和YLD的應援聲。

燈光在此時全暗了下來，觀眾們一時之間沒搞清楚狀況，正交頭接耳著，就聽見主持人激昂的聲音高喊：「讓我們歡迎，今天LPL兩方隊伍的銀河戰艦！」

他的手往後一揮，場上兩邊大螢幕的畫面碎裂，變成雙方戰隊的隊徽。

場中燈光猛烈地閃爍著，環繞音效震耳欲聾，現場氣氛燃到最高點。

兩方的選手從舞臺側的升降機登上臺來。左邊是穿著WR黑色隊服的五個人，右邊是穿著YLD紅白隊服的五個人。

幾乎在選手露面的那一瞬間，現場的粉絲就又一次躁動了起來，場面將近失控。

現在舞臺上站著的，可是全國最會玩英雄聯盟的一群人啊……

很多人高喊著：「丸我愛你！」更多的人則是為各自的戰隊加油，聲響幾乎蓋過主持人的音量。

書佳張了張嘴，被現場的氣氛震驚到了，她真的不是在某個明星的演唱會現場嗎？

後排粉絲更是擠上前想要拍照，激動得不行。

兩支隊伍的選手走回舞臺上，陸續坐進比賽席位。

姜于於湊到她耳邊，因為太吵，只能摀著耳朵朝她大吼：「我們是不是走錯地方了？這哪是英雄聯盟比賽現場啊？我的耳膜要爆炸了！」

主持人似乎很滿意現場熱絡的氣氛，情緒激動地喊：「現在我正式宣布，二〇一六LPL夏季總決賽，正式開始！」

兩座高架機械手臂，舉著無數個鏡頭對準了賽場的各個角落，而賽評也就戰鬥位置，開始向全國玩家播報這場世紀對決

＊＊＊

「大家好，這裡是夏季總決賽的現場，我是賽評娃娃。」

「我是賽評Rice。」

娃娃用手推了推眼鏡，在鏡頭前和Rice閒聊了起來：「那麼今天兩隊都已經蓄勢待發，我們剛才也看到，選手們非常帥氣地從舞臺底下升了上來。」

Rice接話：「現在英雄聯盟花招是越來越多了，場地以前好像沒有這種東西吧？」

「當然沒有。」娃娃忍不住笑了出來，開場氣氛活絡。

「好的，我們回到今天的比賽上。由於WR和YLD在本賽季積分上處於遙遙領先的位

置，所以這兩支隊伍已經提前獲得了世界賽的資格，對於他們來說，接下來爭奪的重點在於誰是一號種子與二號種子的差別。」

「是的，對於WR來說，從常規賽打到第二階段後期，他們好像一場都沒有輸過，今天就是看看YLD能不能打破他們這個不敗紀錄了。」

場中的大螢幕上，選手們已經端坐在比賽席上，有人不時調整一下耳機的位置，或者和坐在旁邊的隊友說笑兩句，等待著比賽的開始。

賽評簡單分析完賽況，又進入了閒聊環節。

「你猜猜看今天兩方各會拿下幾場？」娃娃問。

Rice沉吟了一下：「我覺得應該可以打滿五場，YLD這個賽季都表現得很穩定，我覺得他們或許可以治治WR。」

娃娃看了一眼Rice，笑著說：「你有沒有聽過，網路上流傳專治WR的方法？」

「什麼辦法？」

「前期專攻中路，後期集中火力秒殺Wan帥。」後者立刻反應過來，也笑了出來。

書佳聽得頭昏眼花，她之前不常看比賽，不知道是什麼意思，只能請姜于於幫她解釋。

姜于於仔細想了想，簡單地講解了起來。

網路上有很多人總結出WR比賽時特有的一種經典戰術。前期靠GGBond去跑下路護航Wan，換取下路穩定成長，後期就靠Wan無限輸出。

書佳聽完覺得有趣，在口裡默唸了一遍主持人的話，喃喃道：「這句話還挺順的。」

「好了好了，比賽要開始了。」

姜于於早就沒心思和她對話了，眼睛緊盯著大螢幕，看第一局的禁用和選角狀況。

比賽前期，WR雖然拿下YLD打野的首殺，但在李星的幫助下，對面中路的奧莉安娜和上路的凱能在壓制WR上有一定的成效。

不過WR擅長打野和輔助聯動，沒一會兒局勢就扭轉了。

WR的亞歷斯塔與赫克林利用強勁的前期優勢，配合ADC搶下了小龍，在團戰中擊殺了YLD四人。

觀眾爆發出陣陣尖叫。

Rice正語速極快地分析場上的狀況，語氣有些激動：「Wan的圖奇在這波團戰中拿下了三殺，現在可以回城補裝備，靠這一波起飛。」

大螢幕上重播小龍池那一場精彩的團戰。

娃娃回想起剛剛的細節，興致盎然地道：「你有沒有發現，剛剛Wan的操作真的太漂亮，圖奇開大絕，直接走到對方的核心面前輸出。」

「哈哈，WR的大家好像整體年齡都還很小，一群年輕人就是這樣，敢玩敢秀，滿腦子都是操作技巧。」

「嘖。」Rice語氣嘲弄了起來，開玩笑似的感慨道：「今天Wan也不知道怎麼了，在線上打得這麼急，會不會是因為今天粉絲來得特別多的原因啊？」

導播應景地把螢幕畫面導到周蕩身上，現場立刻引起一片騷動。

都說認真的男人最帥。

書佳很少見到他這麼高度集中的樣子，眼睛眨也不眨一下，戴著耳機，嘴唇飛快地開闔著，像是在跟隊友交流著什麼。

只是，她一看到他的臉，就有些心神不定。

身後傳來兩個女生交談的聲音，也是興奮無比。

「導播每次切換到蕩蕩的臉，就是為了紊亂軍心。」

「把YLD的女粉絲都迷得暈頭轉向，分不清東西南北了。」

「不過妳沒發現這兩隊的輔助也很萌嗎？都是鄰家小弟弟型的，我的菜。」

「還可以吧，反正LPL我只服蕩神，一顰一笑都銷魂。」兩人轉眼就開始互相拆臺。

一顰一笑皆銷魂。

書佳在腦海裡把這句話又唸了一遍，形容得很恰當啊，有機會一定要跟他說。

到了比賽中期，Beast展現出其輔助MVP的實力，第三十分鐘YLD開巴龍時，關鍵繞後抓起對面的打野Double，幫助Wan瞬間秒殺對面的ADC，並連續擊殺YLD其他三人。

這波團戰之後，WR趁勢收掉巴龍，掌握比賽節奏。

娃娃搖搖頭，惋惜道：「YLD還是太急了，打野都沒死就開始推巴龍，古人說得好，巴龍會毀一生啊。」

Rice 笑著調侃：「Double 這幾波，都是在龍池裡送溫暖了。」

娃娃也好奇地說：「也不知道是怎麼想的，每次都在龍池裡開團戰。」

而 YLD 似乎經歷了巴龍池那場團滅後，這一局已經不想再進行下去，沒有什麼抵抗地直接讓 WR 一路高歌猛進，他們直接拔掉內塔加上水晶兵營，拿下第一場比賽的勝利。

第一場比賽結束以後，書佳鬆了口氣。

姜于於像是按捺不住激動似的，喋喋不休地在書佳耳邊嘮叨：「我的天啊！這就是電子競技的魅力嗎？我快要化身成妳男朋友的粉絲了。」

書佳眼睛看著舞臺，都當作沒聽見。

姜于於看書佳不理她，冷哼了一聲：「有這麼入迷的嗎？我說話妳都不聽了，只顧著看男人了嗎？」

書佳側頭，捏了姜于於手臂一下：「妳就愛天天說這種話來調戲我。」

姜于於無辜地說：「誰叫妳……」

書佳斜著眼睨過去，不准她繼續講話。

經過了中場休息，第二場比賽馬上開始。有了剛剛的士氣，WR 整個隊伍變得更加殘暴，依靠前期中、下兩路建立出來的優勢滾雪球取勝，以二比零的成績搶先奪得賽點。

場上觀眾的心情都發生了微妙的變化，氛圍更是兩重天，一邊激動得不行，另一邊安靜如雞。

賽評也在惋惜地分析著：「說實話，從戰隊風格來看，兩支隊伍差異很明顯。」

看著剛剛比賽的精彩鏡頭，娃娃搖搖頭說：「YLD擅長防守反擊，透過中後期的經營來拖垮對手節奏，而WR因為Wan打法積極的原因，整個隊伍都壓在了前期的攻擊性。」

「對。」Rice贊同：「所以WR會在前期取得大優勢，把主導權握在手裡，後期就不好翻盤了。」

娃娃又說：「但是不管怎麼樣，都希望YLD心態不要垮掉，打好下一場比賽。對於兩個隊伍來說，這些都不是終點，他們以後還要面對其他賽區的選手。」

YLD能走到今天這一步，在總決賽的舞臺上和WR對戰，自然不會是省油的燈。他們明顯調整好隊伍狀態了，一開始就無限瘋狂地針對中路，導致WR中路直接被貫穿。而周蕩選了凱特琳就是要打大後期的，但是WR沒穩住，被YLD勢如破竹，一舉拿下。

書佳坐在臺下，比打比賽的人都還要緊張。她甚至一度不敢去看比賽，反覆拿起手機查看文字消息，或是看看微博。

第四場開始。雙方前三十分鐘打得十分焦灼，擊殺與經濟數基本上持平。

娃娃看著場上情況，分析道：「我覺得YLD這兩場維持得很好，面對WR這種豪門，可以拖到後期發揮，穩住心態，今天的結果就不好說了。」

事實證明，娃娃確實是LPL的先知，反面的那種。

到了第四十二分鐘，YLD出現團戰失誤，The Years的吶兒開團時站位太過靠前，導致輸出沒辦法打出有效傷害，反而被WR切割陣形拿下團滅。

臺下一片唏噓。這場決勝局，到了後期被WR抓到破綻後，以高速節奏拖垮敵方陣營。WR勢如破竹，直接攻入對方高地。

「正中間Beast從正面衝進戰場，Aaron暈到了對面，被打出一個洞，對面上路倒下了！」Rice聲音激動，語速極快：「這邊又被Wan收走了一顆人頭，難道結局就這樣了嗎？」

「UJKISS被Beast一口吞下，Wan收走了人頭，WR拿到一個團滅！這是要一波結束了！」

現場氣氛已經嗨到最高點，全場響徹著尖叫和吶喊。

最終，WR耗時五十六分鐘戰勝YLD，並以三比一的成績結束了夏季總決賽。

水晶兵營炸裂的那一刻，音樂響了起來，舞臺四周噴起白煙。

兩名賽評同時開口：「那我們恭喜WR拿下了二〇一六年LPL總冠軍！」

螢幕上WR隊員的畫面被放大，燈光閃耀，五個少年臉上都是笑容。

Aaron起身，嘴角揚著抑制不住的笑容，拍了拍周蕩的肩膀。

周蕩摘下耳機，眼睛也笑彎了，露出小虎牙。不知道有多少粉絲沉醉在這個笑容裡面。

主持人重回舞臺上，用例行的祝賀詞收尾。

書佳的心跳地飛快，眼睛緊緊盯著周蕩的身影，全場多數的女孩子都笑得極其開心，用手機不停地拍著照。

書佳突然閃過一個想法：「以後活動，如果都用WR的臉當宣傳照，會不會賺更多錢？」

姜于於理所當然地嗯了一聲，遞給她一個眼神：「WR的噱頭之一就是選手長得帥，網路商店都開得風生水起。」

WR五個人走過去和YLD的選手握手致意，再陸續走到萬眾矚目的舞臺中央。

場上代表WR戰隊的旗幟緩緩升了起來，鏡頭拉得很近。

主持人再次大聲宣布WR獲得冠軍。

禮花和彩帶瞬間噴出，在粉絲的狂呼聲中，五個少年一起舉起獎盃。

第四章　甜言蜜語有什麼錯

直到暖場音樂響了起來，現場的粉絲還是遲遲不肯離去。

空氣裡有菸味、汗味，人影紛亂晃動。

書佳坐了有五分鐘之久，還是遲遲回不了神，忘不了剛剛他們一起舉起獎盃時的場景。

聚燈光打在五個人身上，旗幟在背後緩緩升起，讓局外人看了血液都在翻騰。

臺下萬人吶喊WR，掌聲雷動。

他就站在那裡，光芒萬丈，好像信仰一樣，不論輸贏，都沒有太多表情。

周蕩。

她軟軟地靠在椅背上，眨了眨眼，無聲地唸了他的名字。

從第一次遇見他，就覺得他在發光。

現在認識久了，只是這麼遠遠看著，還是覺得在發光。

姜于於起身收拾東西，看書佳還一動也不動，不由得戳了戳她的肩膀：「在想什麼呢？這麼入迷。」

書佳看她一眼，搖了搖頭，直起身問：「要走了嗎？」

「等等吧，童童她們去拿訂的蛋糕。」姜于於拿出手機看了看：「Aaron 跟我說，他們又被抓進媒體室採訪了，大概還要一個多小時。」

「她們訂蛋糕做什麼啊？」

「妳說呢？」

書佳莫名其妙地回問：「我怎麼會知道？」

姜于於又頓了頓，像是很吃驚地看了她一眼：「今天是妳家周蕩的生日啊！」

「啊？」書佳沒反應過來，今天是周蕩的生日？

「不是啊。」姜于於納悶：「妳剛剛不也在現場嗎？」

「什麼？」

「剛剛娃娃才說今天 WR 贏了，是因為 Wan 的生日好運加成啊，妳沒聽到嗎？」

書佳沒有回話，她看比賽看得太入迷，真的沒聽到賽評講了些什麼……

現場觀眾已經陸陸續續離開，姜于於「嘖」了一聲，把丟在一旁的包包拿起來：「先去門口等童童吧。」

書佳和姜于於隨著人群慢慢步出體育館。

被姜于於那麼一說，書佳這一路上才發現，今天很多女粉絲手上都拿著裝禮物的小盒子，有些應援牌還是生日蛋糕的形狀，她怎麼會這麼遲鈍啊！

「我們要去哪裡？」書佳把口罩戴在臉上。

姜于於看了看錶：「等等跟他們吃飯啊，大概還要再一下子。」

「妳怎麼會和 WR 的人這麼要好？」書佳好奇地問。

「我沒跟妳講過嗎？我表叔是 WR 的股東。」

書佳又看了姜于於一眼，沒記錯的話，她之前明明只跟自己說是粉絲。

她們邊聊邊走，下樓的時候看到轉角有幾個 Coser，許多人正圍著拍照。

書佳饒有興致地盯著看：「那個阿璃和趙信打扮得真好看。」

「像這種 LOL 的大型比賽都會有啊，這有什麼好稀奇的。」

說到這裡，姜于於突然想起來：「妳知道嗎？以前 LOL 四週年的時候，WR 官網有放出全體選手變裝的照片，當時就引起很大的反響。」

「啊？」書佳被提起了興趣。

姜于於一副回憶的表情：「我記得小野好像是拉克絲，FingKing 那時候還沒換隊伍，被分到索娜，超級好笑。」

書佳在腦海裡想像一個男人，打扮成索娜的畫面……

「他們全部都反串嗎？」

「也沒有。」姜于於笑了笑：「周蕩那麼有個性，怎麼會聽話。」

書佳誠懇地說：「我覺得，他如果被分到凱特琳或是阿璃，一定可以擄獲一大票男粉絲。」

話題說著說著，又拐回周蕩身上。

姜于於似笑非笑地瞥了她一眼：「他倒是拿了一個最符合他形象的。」

「哪個？」

「妳猜。」

書佳想了想：「伊澤瑞爾？」

姜于於搖了搖頭。

「塔里克嗎？」書佳繼續猜。

「妳不要都猜這種小白臉的角色啊！」

「啊？」書佳無語：「他們會很小白臉嗎？我覺得很帥啊……」

「當然。」姜于於點點頭：「妳不知道，塔里克和伊澤瑞爾被稱為最佳搭檔，是LOL裡最帥氣的『小白臉』二人組嗎？」

「那妳直接告訴我吧。」她不想猜了。

姜于於賣了半天關子，才肯告訴她：「是塔隆。」

書佳一愣，回想了兩秒。就是那個，被形容成孤傲冷酷的刺客，酷酷帥帥的英雄嗎？

姜于於皺了皺鼻子：「所以說，他不僅是LOL玩家中顏值最高的那群人之一，連COS英雄，都是走在角色顏值的前段班啊。」

「還有還有。」姜于於又笑了起來，揶揄道：「自從他那張照片一出，網路上就有人送了他一個封號。」

書佳好奇：「什麼封號？」

「銅鑼灣陳浩南[22]之稱的面癱王。」

她們一行人在體育館的大堂裡等著，童童把蛋糕放在沙發的扶手上，拿出手機看微博。

書佳看了看，周圍都是三五成群的粉絲，和她們一樣在這裡等。角落還時不時傳出一陣笑聲，一個個都年輕活潑，嬌俏可愛。

「于於。」書佳低聲詢問姜于於：「這些女孩子都是在等 WR 和 YLD 的人嗎？」

姜于於聳聳肩：「應該是吧。」

書佳喔了一聲，沒再多問。

「天啊……」戚飄從遠處跑過來，氣喘吁吁。

「妳們知道人生中最尷尬的事情是什麼嗎？」戚飄一屁股坐在書佳旁邊：「我的天……我剛剛……妳們簡直……」

童童翻了個白眼：「妳把氣都喘完了，再來跟我說話。」

戚飄跺了跺腳，越想越氣，抱怨道：「我剛剛找到 Double 想要合照，他姿勢和表情什麼的都擺好了，我還加了個相機特效，結果我手一抖按成鎖螢幕了！」

「噗！」姜于於沒忍住噴笑出來。

書佳也忍不住笑了出來。

那個畫面，仔細想了一想，真的好尷尬啊。

「ＹＬＤ的人已經出來了嗎？」緩過氣後，書佳問。

「對啊。」戚飄揚了揚下巴：「在北門那邊跟粉絲拍照簽名，快把我擠死了。」

戚飄一邊跟她們吐槽，抱怨剛剛擠了老半天，被一些粉絲弄得都尷尬起來了。

「我是真的不能忍了。」戚飄憤憤地說：「妳們知道嗎，那些人就差沒把手伸進人家衣服裡面摸了，妳們說過不過分？」

姜于於在這一行混得久了，一副習以為常的表情：「女性本色啊，這是本能。」

「本能？」

童童撇了眼生氣到要變形的戚飄，淡淡開口道：「講道理嘛。」

姜于於頓了頓：「好吧，我講不出來，書佳來。」

書佳笑呵呵地：「我也講不出來。」

姜于於看到她的反應倒是樂了：「好不容易能見到偶像，又這麼近距離接觸，妳不激動？」

「可是他們又不是偶像，我最討厭某隊的粉絲，老硬要把追星的那套方法帶到電競圈來。」

「那妳為什麼老是迷戀 Wan 神的臉？」姜于於反問她。

戚飄一噎，強行解釋：「可是我沒騷擾丸的現實生活啊，而且我最喜歡的還是他的實力，顏值什麼的，在我看來就是錦上添花好嗎？」

書佳再也忍不住，輕笑了出來。

姜于於則是懶得跟她爭。

WR的採訪到晚上七八點才結束，許多粉絲還堵在門口等著。

由於和飯店有些距離，她們也沒辦法跟著隊員一起搭保姆車，就決定直接先去。

一路上，書佳都在刷新微博上的首頁。

WR夏季賽奪冠的消息已經眾所周知，她的小號已經被這則消息霸占了頁面。

「那個。」書佳鎖上螢幕，把手機收了起來，側頭和坐在後面的姜于於她們說道：「等等妳們去吃飯吧，我就不去了，我還有點事。」

「什麼事啊？」童童瞅了瞅她：「重要到連飯都不吃了？」

書佳心虛地不接話。

「去幫周蕩挑禮物？」姜于於一眼看穿她，直截了當地問。

書佳臉皮本來就薄，被她這麼一說直接從臉燒到耳根。

「也沒有，就是老跟著妳們我有點尷尬，畢竟妳們是圈內人……」

戚飄知道點內情，有些驚訝地問：「今天周蕩生日，妳不來嗎？」

書佳搖了搖頭，扯起嘴角：「嗯，妳們去吃吧，我等等打電話給妳們。」

姜于於又看了她一眼，隨她去了。

因為作為書佳多年的好友，姜于於無比清楚，她看起來雖然溫順，但決定好的事情不是別人能輕易改變的。

書佳在半路下了車，記好飯店大概的位置，和她們道別後自己朝旁邊的小街走去了。

她在體育館坐了整個下午，頭還有些暈。蘇州晚上的空氣和風都很舒服，行人也不多，偶爾還有幾處的屋簷掛著紅燈籠和風鈴。

風吹過的時候，清脆的聲音響起，還能聞到淡淡的古鎮茶香。

她摘下口罩，沿路慢慢走，想了又想，然後拿出手機搜尋附近的陶藝店。

她本來方向感就不好，按照手機查出的地址，彎彎繞繞找了好半天，最後不得已才摸進一個社區，又向警衛求助後，才找到那家臨街的陶藝店。

店面倒是小小的，掛著粉白色的棉布簾，裡面透出昏黃的光暈，看上去很溫馨。

書佳把手機握在手裡，拉開簾子走了進去。

店面有兩層，很是熱鬧，大人小孩都有。

坐在櫃檯後的老闆娘看到書佳進來，起身招呼道：「您是第一次來嗎？」

一旁穿著圍裙的小女孩也笑吟吟地看著她，很是溫柔。

書佳點了點頭。

老闆娘捧起手冊，讓書佳看圖選擇款式，仔細介紹著：「我們這裡可以搓泥條、手拉胚、瓷盤彩繪、手工陶藝，還可以刻名字喔。」

書佳低頭仔細看著，詢問道：「在這裡自己做完一個作品，大概需要多久？」

老闆娘考慮了一會兒：「到您做好，六七天後可以拿走。」

「啊……」書佳猶豫了一下又問：「有沒有現在做完，就能直接取走的款式呢？」

「您很急嗎？」老闆娘有些訝異。

「很急，我想在今天晚上十二點之前拿走。」

「這……」對方也遲疑著。

書佳急忙補充：「我不用釉色，只要簡單的一個陶胚，刻幾個字烘乾就好了。」

老闆娘看她這麼堅決，只能點頭答應：「那好吧。」

她跟在老闆娘身後，邊走邊參觀。教室裡放置著幾架拉胚機，琳琅滿目的成品和半成品，被隨意地擺放在一旁的木架子上。

「小姐，妳在這裡等一下，馬上會有師傅來教妳製作。」

老闆娘把書佳帶進一個小教室中，一架陶胚器擺放在正中間，旁邊還有一座洗手池。

書佳點了點頭，回應道：「好。」

老闆娘出去後，書佳坐在木頭制的小長椅上，好奇地打量著眼前的機器。房間裡還擺放著花瓶、小盆罐、茶杯……

她看得太專注，以至於師傅進來都沒發現，直到被人拍拍肩膀，她才抬頭。

一個有些圓潤的中年男子笑咪咪地看著書佳：「小姐，洗個手吧，我們開始。」

師傅帶著書佳揉泥，邊指導邊詢問她的想法：「妳想捏什麼呢？」

書佳專心致志地揉著手上的陶泥，聽到這個問題也是一愣。

「杯子吧。」她大致在腦海裡構思了一下：「我想要桃心的胚底，杯身從底部開始，漸變到杯口窄小一點……還有就是，握柄也要桃心的。」

做這種手工藝，需要慢慢靜下心來做，很考驗一個人的耐心。

不過她慢條斯理地自得其樂，也是一種享受。

書佳也許是天生有手工藝的天賦，大約半個小時後，已經能夠自己拉胚了。

她滿手的陶泥，拉胚機轉啊轉地，她用手慢慢推杯塑形。

多餘的泥水從指縫裡滑落，不時還會濺到臉上。

剛開始的時候她做得太急，到後來都沒辦法成形。

失敗了幾次，加上師傅給的竅門，她又慢慢地磨了兩三個小時。直到店裡的人都走光了，她終於能夠做出自己想要的東西了，泥土也厚薄均勻，形狀對稱，沒有半點裂痕和氣泡。

師傅把書佳的成品固定好，打趣地說：「妳還算比較有天賦的，很多客人到最後都是我來幫忙完成。」

書佳用水沖洗手掌，聞言笑道：「我平時自己也喜歡做手工藝，所以比較靜得了心。」

「對了。」她想起還有事沒做：「我還想刻字，可以嗎？」

「可以的。」

等到走出店門的時候，外面的月色已經清涼如水，夜晚靜謐。

書佳拿出手機，時間快到晚上十點了，還有幾通未接來電。

有兩通是姜于於的，還有一通是……周蕩？

書佳考慮了一會兒，小心翼翼地抱著手裡的盒子，一邊在路邊攔計程車，一邊回電給姜于於。

『喂？』電話響了兩聲，很快就被接了起來。

「妳們吃完晚餐了嗎？」

姜于於那方的背景音很嘈雜：『妳等等，我換個地方。』

『吃完了，現在在唱歌。』她邊講邊走，很快噪音就小了一點。

書佳的耳朵終於好受了一點：「在哪裡唱歌？」

『就飯店旁邊。』

書佳喔了一聲，又問：「周蕩和妳們在一起嗎？」

姜于於沒回答這個問題，反而是笑了一聲，慢悠悠地反問：「那妳去哪裡了，選個禮物要這麼久？」

書佳沒回答。

姜于於等了一陣子，自討沒趣道：『他早就回飯店了，脾氣差到不行，聽他們說是去見女生了。』

書佳聞言一愣，視線飄開：「女生？他不是要慶生嗎？」

姜于於像是懶得再說，含含糊糊地岔開話題：『今天我們也在這裡住一晚，我跟妳同一個房間，就在剛剛那間飯店。』

「嗯。」

『妳要來唱歌嗎？』

「不去了。」

『為什麼？』

「我還有點餓，去吃東西。」

『也可以。』姜于於告訴她：『我把房卡放在櫃檯了，妳回來直接找櫃臺拿，房號501A。』

書佳又回應了幾句，就掛上電話了。

在車上的時間，書佳都在思考是把周蕩約出來，還是等明天拜託姜于於轉交到他手裡。

可是，再一個多小時就到明天了。

還有姜于於口中的女生……

但要是現在約他，如果他睡著了怎麼辦，或者不方便又怎麼辦？

書佳不停胡思亂想，整條路上都魂不守舍的，連計程車司機都看出了點什麼。

「妹妹啊，妳怎麼看起來不太好？」

書佳啊了一聲，不好意思地搖搖頭。

司機很熱心，安慰書佳道：「妳還這麼年輕，沒有什麼過不去的坎。」

書佳哭笑不得，只能點點頭回應：「謝謝您了。」

飯店離上車地點不遠，司機也沒帶書佳繞路，六分鐘左右就到了。

下了車，書佳道謝後，看著計程車駛離。

夜風微涼，馬路上偶爾有呼嘯而過的車子。

她坐在飯店前的花壇臺階上，握著手機，心裡正猶豫要不要和周蕩聯絡。

做了很久的心裡建設，她還是找到他的手機號碼，撥通電話。

手機「嘟……嘟……」的應答聲持續著，沒人接聽。

她把手機從耳朵上拿下來看了看，又重新再打一次，也不知道為什麼，心裡開始有些慌了。

到了第三次的時候電話被對方直接掛斷，書佳一愣，反應不過來是怎麼回事。

周蕩不想接她的電話。

會不會是有事在忙……

電光火石之間，她又想起姜于於剛剛跟她說過的話，讓她在黑夜裡呆住了。

默默低下頭，把剛剛做好的陶泥杯小心地拿出來，捧在手心上看。

記得還小的時候，媽媽曾和她說過，女孩子要小心翼翼地保護自己，不要輕易對一個男人洩露心緒。

她自己也很笨，天生對感情木訥。

當碰到一個好喜歡的人，也不知道該怎麼辦。

書佳咬了咬下唇，把盒子裡另一個小小的陶瓷娃娃拿出來端詳。

它穿著白無垢，留著黑色的齊瀏海短髮，她用拇指仔細地擦乾淨上面的灰塵。

書佳打算就坐一陣子，也不再去打擾他了。在這裡吹一陣子涼風後，上樓洗個澡，然後睡覺。

只能明天拜託姜于於把東西給周蕩了，如果他還願意收的話。

她望向馬路對面大幅的廣告燈牌，夜色無邊無際，心裡還是微微泛起酸澀。

心臟揪著，混沌的情緒在腦裡翻騰，她像是被淹沒在海水裡。

眼睛瘆瘆的，可能是太喜歡他了，落淚也會顧忌，自己的情緒崩潰也怕打擾到他。

她呆呆地看著陶泥杯和陶瓷娃娃許久，最後還是把它們好好地收回盒子裡。

書佳把手機扔進包包，抱起盒子準備往飯店裡走，才走了兩步，包包裡突然震動了起來。

她腳步一頓：「喂。」

書佳心裡軟弱，不敢去看來電顯示，只能直接接起來。

對方一直沒有說話。

她也沉默著，默默站在原地不遠處的玻璃落地窗，能看見前方飯店的大廳，人來人往。

過了很久，她忍不住嘆了口氣。

「周蕩。」她叫了他的名字：「你在和我鬧脾氣嗎？」

等了很久，他還是沒有說話。

書佳眨了眨眼睛，略帶掩飾地說：「那，那我先掛電話了。」

『妳不在，妳騙我。』他只說了這一句話。

書佳握著手機呆站在原地，心口上像是被開了一槍。

她內心洶湧，卻說不出任何一句話。而另一頭像是等了很久，才又開口：

『我今天生日。』

書佳吸了吸鼻子，說：「我知道。」

『妳不在。』他很固執，反覆地說：『我打電話給妳，妳不理我。』

書佳沒有解釋，低下音量，順著他的話跟他道歉：「對不起，周蕩，我沒看到。」

她該怎麼辦才好？不論他做什麼讓她不開心，她都會幫他找一萬個藉口。

書佳的手不自覺地握緊，指甲嵌入手心中，隱隱生疼。

她聽見自己的心在胸口跳動的聲音，鼓起全部的勇氣，她終於開口：

「你下來好不好？我在飯店門口等你。」

直到她掛了電話，還是有種強烈的不真實感。上一秒地獄，下一秒人間，大概就是這種體會吧。

他就等在花壇旁的欄杆邊，戴著黑色鴨舌帽，背對著她。

書佳看著他的背影，在原地猶豫了幾分鐘，好像就算沒看到她的人，他也不在乎似的。

書佳突然有種如果她今晚沒出現在這裡，他也可以等上一夜的錯覺。

她又遲疑了幾秒，大腦仍舊空白著，只是默默繞到他身後。

周蕩動也沒動，似乎在想事情。

書佳慢慢地靠近他，輕聲喊他的名字：「周蕩？」

他轉過身。

一張好看乾淨的臉，眉骨明顯，被昏黃的燈光打出陰影，冷清地像是峭壁上的花，那雙漆黑沉默的眼睛，漂亮得讓她的心又侷促了幾分。

他不說話，氣氛更加尷尬了。

周蕩低頭打量她的衣服，書佳感受到他的視線，才後知後覺地反應過來。

她身上還穿著當初和大家一起買的夏季戰隊隊服，款式和周蕩身上的一模一樣，這算是一種另類的情侶裝嗎？

她的臉又開始燒起來了，小聲囁嚅道：「我今天去現場看你比賽了。」

他不說話，書佳心裡七上八下地，看著他的眼睛問：「你現在還在生我的氣嗎？」

他抿著沒有血色的薄唇，依舊不說話。

雖然她根本不知道為什麼周蕩會生氣，她自己又為什麼要道歉。可是只要感受到他不開心的情緒，她就不知道怎麼辦才好了。

「姜于於說妳回上海了。」

他音調不高，話說得不鹹不淡，聽不出一絲情緒，書佳卻瞬間明白周蕩的意思，姜于於真是損友。

「我沒有。」書佳有些著急，向他解釋：「那是姜于於騙你的。」

幸好此時沒有別的人在場。

如果有的話，一定會嘲笑他們，笑他們在感情方面像個小學生一樣，不成熟、純潔又笨拙。

書佳脖子上都是淡淡的粉色，她把抱在懷裡的盒子遞過去，柔聲說：「周蕩，生日快樂。」

「周蕩。」像是怕對方沒聽到一樣，她堅持著又叫了一遍。

望向他漆黑的雙眼，像寂靜的深海底部泛著光暈的岩壁。

「這是我親手做的，生日快樂。」

書佳的心就像汽水中翻騰的氣泡，搖啊搖地，他們的距離是如此接近。

周蕩穿著白棉短袖隊服，看起來寡淡平靜，身上散發著熟悉的檸檬味道，暖和清淡。

她骨架瘦小，揚起花瓣一般皎白的臉認真地告訴他：「當初我媽媽說過，我爸爸自己去做了一個陶泥杯，就把她追到手了。」

周蕩「嗯」了一聲，垂眸靜靜聽她說。

他的眼神是溫的，並不寒冷，乾淨地盯著她看。

「當時爸爸對媽媽說『我會賺很多錢，然後全部都給妳。』，雖然我不能賺很多錢，但是我會把我有的都給你。」她伸手輕輕拉著他衣服的下襬，像是撒嬌，又像是承諾。

她的臉正對著他，像是要看進他的心底，誠懇地說：「我很乖，也很會照顧人，你能不能考慮我？」

其實書佳想說的是，你真好，我好喜歡你。

可是她不是詩人，現在的她已經說不出更動聽的情話了。夜真的太安靜了，耳邊沒有風聲，沒有行人，沒有蟲鳴，只有她溫柔而堅定的話語。

「我什麼都沒有。」

他的眼睛盯著她，一個字一個字地慢慢說了出來，聲音嘶啞。

書佳一直覺得，他身上混雜著矛盾的氣質，同時包含了驕傲和脆弱。

這種人，沒有人可以完全降服和占有，除非他自己心甘情願。

蘇州的夜晚，只有零星的街燈、寂靜的馬路，像在星光下的水底，光影溫柔。

她踮起腳尖抱住他的腰，悄聲地在他耳邊說：

「現在你有我了，一切都會有的。」

＊＊＊

書佳盯著熱水壺發呆。

她還暈乎乎地，整個人陷入不真實的感覺中，思緒縹緲，腦袋無法運作。

於此同時她感覺到手機震動了一下，她拿起來，是一封簡訊通知。

『明天跟我一起回上海。』

她的眼睛微微笑著，直接回覆了他：『不行啊。』

周蕩很快又回覆：『？』

『我買好高鐵的票了……』

『退了。』

『我和是朋友一起來的，還有姜千於她們在。』

熱水這個時候煮滾了，書佳乾脆直接撥通對方的電話，放下手機去關熱水壺的電源。

沒一會兒電話就被接通，反正他不喜歡說話這件事，書佳已經習慣了。

「你等等我，我去找個耳機線。」

手機另一頭一直都很安靜，書佳都懷疑自己是不是在自言自語了。

「周蕩，你在做什麼？」

『跟妳講電話。』他的聲音沙啞又帶著睏倦。

書佳皺眉，直接問：「你是不是又在抽菸？」

他沒說話，空氣中只有空調運行輕微震動的聲音。

過了許久，她還是不忍心對他說什麼狠話，無奈地嘆息了一聲：「你年紀這麼小，抽菸別抽這麼凶，對身體傷害很大的，好不好？」

他這次很快地反駁：『我年紀不小了。』

書佳沒忍住，笑了出來：「不論幾歲都不能有菸癮。」

她把在飯店房間裡找到的杯麵打開，拿出調味粉包後，小心地注入熱水。

周蕩開口：『妳在做什麼？』

「想你。」她回話時沒有停頓，情話信手拈來。

書佳等到說完才覺臉熱，自己是不是對他說太多肉麻話了？現在都已經能順理成章，直接脫口而出了。

周蕩沒有應答，書佳只好咳了一聲，轉移話題：「今天的比賽，你好厲害喔。」

他「嗯」了一聲，有著理所當然的自信。

像他這麼冷淡的個性，從來不在乎別人是否認可，連這種誇讚的話，應該早就聽到麻木了吧。

「你還在抽菸嗎？」她輕聲問。

『沒有。』

書佳「嗯」了一聲，她從來不知道，和喜歡的人在一起之後，會是這種感覺。就算兩人什麼話也不說，只是聽聽對方的呼吸聲，都有無窮無盡的樂趣。

『書佳。』耳機裡突然傳出周蕩低啞的聲音。

她應了一聲，等待他接下去。

『妳喜歡我。』這句話是平靜的陳述句。

書佳無聲地笑了出來，心裡甜得像是清晨花蜜上的露水，她低聲回應著：「我喜歡你喔，你呢？」

兩人之間又沉默了許久，周蕩才開口：

『喜歡。』

他回答的聲音低得幾乎聽不見，有種放棄的坦然，但書佳還是聽到了。

我喜歡你，喜歡到無法形容。

我們只是見過一次面，我的一顆心就變得稀巴爛了。

＊＊＊

從蘇州回上海的車票是早上八點多的。

書佳一大早就醒了過來，天才剛亮，姜于於還躺在身邊沉睡著。

她也有些迷迷糊糊，拿起枕邊的手機看了看時間，六點半。

「于於。」書佳小聲呼喚：「該起床了。」

她們一大群人，三三兩兩地拖著行李箱去飯店櫃檯辦理退房。

書佳看著她們一個個都睡眼惺忪，忍不住問：「妳們昨天晚上玩到幾點才回來？」

童童打了個大哈欠，懶懶地說：「大概接近三點吧。」

「妳們做什麼去了？」

「唱歌，唱完了就去吃宵夜。」

姜于於故意回問：「那妳昨晚又去幹嘛了？」

書佳瞥了她一眼，不說話。

戚飄又接著解釋：「反正昨天也是為了躲粉絲，妳不知道上次蕩神在飯店被堵得有多慘。」

她說到這裡就停住了，書佳卻好奇了起來：「有多慘？」

「直接跟去房門口要合照了，夠不夠慘？」童童誇張地嘆口氣：「整個電競圈的女粉絲，我推算至少有一半以上，都是迷戀周蕩的人。」

她們一路聊著天，精神倒是好了起來，一群女人湊在一起，永遠樂此不疲的就是八卦。

上了高鐵，童童、姜于於和書佳坐在同一排。今天高鐵上的人不算很多，座位也沒坐滿，戚飄就選了和她們相隔一個走道的座位坐下。

「對了，書佳妳知道嗎？」童童突然壓低聲音，神神祕祕地說：「昨晚淩希音也來了。」

「嗯？」書佳沒反應過來。

童童接著說：「圈內人都知道她喜歡周蕩，誰知道阿蕩這麼不給面子，看到她就走了。」

姜于於想起昨天的事情，搖了搖頭：「昨天，簡直就是修羅場現場。」

「怎麼了？」

「也沒事，就是周蕩過生日，大家覺得氣氛好，隨口起鬨要他們在一起，然後就……」

說到這裡，童童突然想了起來：「周蕩昨天好像從一開始，心情就不怎麼好呢。」

姜于於正在一旁玩手機，聞言漫不經心地道：「那是因為書佳沒去啊。」

她隨口的一句玩笑話，童童也沒放在心上。倒是書佳，聽到這句話特別心虛。

童童依舊毫無察覺：「有時候，我都懷疑周蕩是不是同性戀，面對無數身軟音甜的女孩還那麼能把持得住。」

「人家以前可是有個『站在冰箱上的Wan』這個稱號呢。」

戚飄和她們隔著一條走道的距離，聲音有點大，引得前面幾排的人側目。

這個外號說起來也有一段故事。

雖然周蕩長相帥氣，但是平時在隊伍活動或者賽後採訪裡，話確實很少，常常只是寥寥幾句，樣子又冷漠囂張，被戲稱像是會移動的冰箱。

童童不禁感嘆道：「真是羨慕以後Wan的女朋友，也不知道誰能拿下他這種男人。」

書佳雖然嘴上不說，心裡卻默默想著，如果讓她們知道，她昨晚恬不知恥地向他告白……

她應該會成為電競圈的標靶吧？

很快，列車開動了，大家都安靜了下來，各做各的事情。

姜于於玩著手機，童童靠著椅背閉眼補眠，書佳閒著無聊，但也不想睡覺，就把手機拿出來看看新聞。

誰知才剛把手機拿出來，正好有一通電話打來。

書佳馬上接通，壓低聲音應了一聲，列車上很安靜，幸好她的座位靠著走道。

「周蕩？」她小聲地喊他，悄悄起身，走到列車間的緩衝區講電話。

『妳人呢？』

一聽到他的聲音，她就控制不住地想起昨晚的事情。

想到……她抱著他，能聞到他身上乾淨好聞的味道，貼著冰冰涼涼的皮膚，摟著精瘦的腰。

書佳一邊想著，臉又熱了起來。

沒聽見書佳回應，他又問了一遍：『妳人呢？』

書佳讓自己鎮定下來，手指不自覺地劃著面前的玻璃窗：「我回上海了。」

「你別生氣。」她聽他又沉默了，咬起下唇：「我怕我跟你一起回去，會給你們戰隊添麻煩。」

周蕩微微蹙眉，掏出一支菸在唇邊點燃。

書佳聽到輕微的「啪嗒」一聲，那是按打火機的聲音。

「周蕩？」她嚴肅地喊他的名字，問道：「你是不是又在抽菸？」

『嗯。』他叼著菸，聲音略顯混沌和含糊。

直到很久以後，書佳才發現每次只要不順著他的意，他就會拚命折磨自己，想讓她心疼、讓她難受。

書佳知道周蕩喜歡自己沒有原則地哄他，而她的確拿他一點辦法也沒有。

眼睛看著窗外飛速略過的風景，放棄地嘆了口氣，書佳妥協道：「下次你覺得不開心時，就直接跟我說，我儘量答應你，好不好？」

另一頭好久都沒說話，她也就沉默等待。

像是想了很久，他嗓音低啞：『好。』

列車剛好駛進隧道，陷入一片漆黑之中，她的手機沒訊號，電話也被強制中斷。

書佳拿著手機回座位，姜于於看到她回來，放下手裡的雜誌，用手肘推了推她，湊過來小聲地問：「妳和那個在一起了？」

書佳還沒跟她算昨天的帳呢，斜瞪她一眼，問：「妳為什麼跟周蕩說我走了？還故意跟我說，他去見別的女生了啊？」

「我不就是故意刺激一下嗎？」姜于於扯起嘴角：「你們誰都憋著不說，沒有我催化一下，妳哪來的幸福？」

「行，妳別說了。」書佳恨不得摀住她那張亂說話的嘴。

姜于於還沒完，用手摸摸書佳順滑的長髮，心滿意足地上下打量她，調戲道：「我們書佳寶寶好棒，電競圈最大的一塊肥肉都被妳搶到手了。」

書佳推了她一下，比了個噓的手勢。

因為童童還在補眠，她也不敢有太大動作，只能壓低聲音：「妳能不能先別說了。」

姜于於語氣十分正經地問：「那妳和我說，妳到底是不是和周蕩……」

書佳深吸一口氣，拿她沒辦法了，乾脆承認了。

「他跟妳告白的？」

書佳搖搖頭。

「妳跟他告白成功了？」

姜于於看書佳沉默不回答，嘆息了兩聲：「妳先做好被討厭的準備，畢竟周蕩他……」

書佳早就有心理準備了，她順了口氣，交代姜于於：「妳先別跟別人說。」

「才幾天啊？現在就被拐跑了？」

書佳沒心思跟她開玩笑，嚴肅地再次叮嚀：「他現在還在打職業賽，年紀又這麼小，我不希望外界的事情，干擾到他的生活。」

「那妳真的太不瞭解他了。」姜于於點到為止，慢悠悠地靠回自己的座位上，說：「我覺得啊，妳這麼寵著他，早晚有一天會出事的，妳信不信？」

書佳沒回應她。

「真的。」姜于於補充了一句，忠告道：「別太寵周蕩了，寵壞了妳會很累的。」沒有誰能比她更知道，書佳這種女孩多討男人喜歡，多容易讓人上癮。

書佳敷衍地「嗯」了一聲，根本沒把這件事放在心上。

姜于於搖搖頭，心裡想，曾經看過一句話叫什麼來著？最致命的女人，就是最溫柔的女人。

＊　＊　＊

書佳到家後實在是睏得厲害，隨便洗了澡就倒在床上補眠。

等睡醒時，才發現窗外天空已經黑透，好像還下起了小雨。

她睡眼惺忪地，穿著睡衣披散著頭髮，赤腳走去廚房拿優酪乳，涼涼稠稠的優酪乳入喉，才讓她昏沉的意識稍微清醒了點。

回到臥室後，書佳拿起桌上的手機，趴在床上，邊喝優酪乳邊查看訊息。訊息還沒回覆完幾則，小堵就打電話來了。

書佳接通，先應了一聲。

『妳回上海了嗎？』小堵直接問她。

書佳吞下口中的優酪乳：「嗯，回來了」

『那好，妳今天會開直播吧？』

經過小堵這麼一提醒，她才想起來，她這個月太忙，好像很久沒直播了。

書佳嘆了口氣，向小堵道謝：「謝謝妳提醒，又到了月底補直播的時候了。」

小堵忍俊不住：『誰叫妳月初都在混。』

『對了。』這時她才想起主要目的：『妳今天直播時記得宣傳店裡的活動啊。』

這個活動是下個月的十號，蛋糕店開業一週年，她們預定要回饋粉絲福利，只要當天是兩個人之間其中一位的粉絲，消費都能以半價結算。

「我知道了，先不跟妳聊了。」

『行。』

書佳又道別了幾句，才把電話掛斷，床的另一側堆滿了衣服、化妝品、書籍和ＣＤ。她把喝光的優酪乳瓶丟進垃圾桶。隨便選了一件裸色裙子換上，坐在梳妝鏡面前，把頭髮輕輕攏到腦後，簡單化了個淡妝。

妝扮好之後，她走去廚房，打開冰箱查看了一下食材，發現奶油和起司已經接近告罄。上次答應教粉絲做的慕斯牛奶蛋糕，今天大概是沒辦法了。

外面的雨聲越來越大，滴滴答答地砸在窗上。

不知道是不是睡得太久，加上下雨天的原因，她現在反而越來越疲倦。

書家平臺上的直播一開，一直守在裡面的死忠粉立刻洗版聊天室，奔相走告。

沒一會兒，看直播的人數就直直飆升。

書佳伸手調了調麥克風，輕聲問：「你們聽一聽，聲音還可以嗎？」

她太久沒用電腦直播，設備都不知道還是不是好的。

確認觀眾能聽到聲音後，書佳打開視訊鏡頭，把房名改成「今天不做美食，單純聊天」。

果然很多觀眾都在問，今天為什麼不做慕斯蛋糕了。

她微微後仰了身體，頭靠著椅背，解釋道：「前幾天出了一趟遠門，忘記買食材了，所以今天用電腦直播，想跟你們聊一下天。」

和觀眾說話說了一陣子，書佳有些口渴，就把放在一旁的礦泉水拿了起來。

這瓶礦泉水不知道為什麼瓶蓋鎖得特別緊，她把礦泉水放到桌上，一手扶著瓶身，一手捏瓶蓋用力轉開，轉了半天蓋子卻沒反應。

到最後，她自己也放棄了，把水往旁邊一放。

而聊天室看到這搞笑的一幕，自然不會放過歪樓的機會：

『這時候就需要一個男朋友。』

『主播需要男朋友嗎？一百九十公分，有八塊腹肌，最寵老婆的這種。』

『叫男朋友幫妳開！』

『男朋友、男朋友、男朋友！』

『淡淡也太可愛了吧！』

『如果我是ＤＪ，妳會當我女朋友嗎？』

『刷一百個火箭，直播一姊舒淡淡就能跟你回家，只需要你幫忙開瓶蓋！』

書佳看著聊天室飄過的關鍵字，哭笑不得：「為什麼突然說起男朋友來了。」

說到男朋友，她自己也是一愣，控制不住地直接想到了周蕩。

也不知道他現在回總部了沒有……

書佳用手撐住下巴，彎著指尖輕敲桌面，開玩笑似的問：「如果我說我有男朋友了呢？」

不出所料，聊天室再一次暴動了：

『舒淡淡我要退訂！』

『妳的粉絲還有五十秒提著大刀到達戰場。』

『誰！說出來我去砍他！』

『退訂！』

『馬上說再見！』

『妳別開玩笑啊，我的小心臟很脆弱……』

她邊看著聊天室邊笑，順手拿過旁邊的橘子，慢條斯理地剝了起來。最後笑意盈盈地轉移話題：「我開玩笑的，等我吃完這顆橘子解解渴，今天再打幾場遊戲就關播了。」

書佳之所以在直播主中人氣高，不僅是她會唱歌、會做飯，更重要的是她英雄聯盟也玩得好。一個女玩家能靠自己打上鑽石牌位，完全可以當正規的遊戲直播主了。

但是書佳本人卻很少直播打遊戲，基本上每個月就一兩次，也不拿這個當賣點，所以粉絲突然被福利砸中，注意力很快就被轉移了。

但今天也不知道為什麼，訊號很差，ADC又總是中離遊戲。

書佳這次被排到ADC位置，結果因為畫面卡頓，在關鍵時害了隊友幾次，導致隊伍輸掉，被罵得很慘。

她脾氣好，說了句對不起就退出房間，繼續回到大廳排隊。

在等遊戲的間隙，她因為喉嚨不怎麼舒服，就沒說話。聊天室以為書佳輸了遊戲心情不好，紛紛出聲安慰她，一邊送虛寶禮物。

書佳笑了笑，本來想解釋，卻突然看到遊戲介面跳出一個邀請組隊的提示。

她點開，是來自 Landdroverdang 的。

這好像……是周蕩小號啊？書佳心裡猶豫著，滑鼠移動了幾下，還是點擊了接受。

她把放在一邊的手機拿過來，傳簡訊給周蕩：『周蕩，我在直播……』

『我知道。』

『你是要跟我雙排嗎？』

『對。』

書佳看著這短短幾個字的訊息，心裡冒出一顆顆小泡泡，忍不住想要笑出來，但顧忌到還在直播中，只能強壓笑意，輕輕咳了一聲，問觀眾：「你們不介意我跟一個朋友雙排吧？」

聊天室當然不介意，不過少部分的人看到這個 ＩＤ 覺得有點熟悉，都在猜測這是誰。

書佳只是在心裡默默偷笑，才不會告訴他們。

雙排加快了組隊速度，遊戲很快就開始了，他們走下路雙人線。

周蕩是 ＡＤＣ，書佳站輔助位。

聊天室上有人說對面的 ＡＤＣ 就是上一場的打野，不停嘲諷書佳的那個人。

書佳有些驚訝，確認了對方的 ＩＤ，好像真的是，他用的英雄剛好就是上一場書佳玩的希維爾。

對面那個人依舊很不友善，大概也是認出書佳了，又在聊天室開啟嘲諷模式，說要教書佳希維爾的正確玩法。

她很無奈，也不想跟他吵架。

直播間的聊天室也跟著吐槽，都在說因為書佳的ＩＤ太過於中性，才會被罵得毫不留情。

而那位仁兄，一開始還秀操作秀得很起勁，對自己十分有自信。

等到他被周蕩的汎單殺第四次時，終於忍不住在聊天室上爆發。

【喂，塔都不管，專打我一個？】

周蕩直接無視他的那句話。

書佳的遊戲依然卡頓，但是有周蕩在，他們的下路直接貫通。

至於對面那個一開始很活躍的希維爾，直接被打成啞巴，一句話都不說了。

像一區這種鑽石場，很少有二十分鐘就結束的對局，書佳每次和他玩遊戲，都有種強烈的抱大腿感，外加一種，被最強王者支配的恐懼……

最後在高地上擊破水晶兵營前，周蕩秀出五連殺操作，隊伍拿下團滅。

不止是隊友在聊天室裡讚聲，求大神加好友。直播間的聊天室也都被震驚到，直問主播是從哪裡找來，一根這麼粗壯的路人大腿……

玩英雄聯盟這個遊戲的樂趣是什麼呢？

當然是用實力血虐後，嘲諷到對方說不出話來。

書佳一直都不知道周蕩是這方面的高手。他估計是殺紅眼了，打出一次五連殺還不夠，堵在溫泉門口見一個就殺一個。

在水晶兵營快要爆裂的時候，還連連亮出疑惑的信號燈，再秀出WR的隊徽。

他的隊徽一亮出來，書佳的直播間炸了翻天。

聊天室不停地問，和她雙排的人是不是WR的Wan。

許多周蕩的粉絲也不知道從哪裡得來的風聲，紛紛湧入書佳的直播間。

書佳眼看局勢越來越往控制不了的方向發展，開始後悔自己考慮得不夠周全。

她慌忙傳訊息給周蕩，要他別跟她一起玩了，但周蕩沒回。

他似乎完全不擔心，也不在乎外界發生了什麼，上一局遊戲結束後又拉書佳進組隊房間。

眼見著她的聊天室，就要被他的名字淹沒了。

書佳嘆了口氣，直接把遊戲關上。

她現在不想影響他，也不打算把他們的關係公布於眾，讓他和他的粉絲困擾。

書佳看著那驚人的觀眾數量，覺得頭都大了，不得不解釋道：「嗯……你們別亂猜了，也別亂傳八卦，今天網路有點糟，我就先不玩遊戲了。」

她是真的不知道怎麼辦才好，不知道要如何面對直播間裡那一大群觀光團。

＊＊＊

書佳最擔心的事情還是發生了。

那天晚上之後，事件很快地開始發酵。戰爭的硝煙從書佳的直播間蔓延到微博上。兩邊的粉絲開始互罵，範圍和規模之大，堪稱年度電競圈和網紅圈的大戰。

本來剛開始，大家對這件事都是抱持著觀望和喜聞樂道的態度。

也是，畢竟男帥女美，顏值氣質都擺在那裡，也算得上賞心悅目。一起玩個遊戲，加上之前的緋聞渲染，知情的人會心一笑，不知情的人單純看熱鬧就好了。

但一些嗅覺敏銳的粉絲還是看出這件事明顯沒這麼簡單，越挖越深。

從之前夏季賽女主持採訪周蕩的影片被挖出來開始，到最後一個粉絲爆出前幾天蘇州總決賽，書佳穿著 WR 隊服在現場的照片。

雪球接著越滾越大，越來越多的料被陸陸續續抖了出來。

一位自稱是書佳粉絲的人發了篇貼文，成為這場大戰的導火線，惹毛了周蕩所有的女粉絲。

那則微博的大意大概是這樣的：

【舒淡淡身為直播圈一姊，要美貌有美貌、要內涵有內涵，拒絕過無數個高富帥的示愛，結果最後居然被一個玩遊戲、不務正業的窮屁孩追走？只能說這段感情太不相配了，鮮花插在牛糞上。】

這則兩面刃的微博內文，在短時間內就被轉發了上千筆。

不僅是周蕩的女粉絲被激怒，男粉絲也是不吃素的，紛紛站出來替他撐腰。

書佳的粉絲看到這一幕，肯定也不能讓自家女神受到委屈，立刻就捲起袖子和他們互罵了起來。也不管一開始是誰對誰錯，反正到最後，雙方微博都淪陷了。

這場年度跨圈大戰莫名其妙展開。

玩LOL的男人雖然喜歡耍嘴皮子，但是對美女還是比較寬容的。所以他們的言詞上比較溫柔。不涉及人身攻擊，基本上就是以教育為主：

『@xxx：十四歲開始玩遊戲，支配四個區所有的人。後來在一區一路登頂到國服第一，第一年打職業就成為WR的首席ADC。這就是你口中的，不務正業的窮屁孩？』

『@xxx：這位兄弟，我什麼都可以不計較，就看你這句。說Wan很窮的，麻煩你搜尋一下WR老闆身價多少再來戰。』

『@xxx：會覺得Wan配不上你家女主播，是活在夢裡喔？』

『@xxx：說Wan是窮屁孩我第一個就打你臉，讓你醒一醒，你知道人家活成了多少人羨慕的樣子嗎？』

『@xxx：信不信我給你一巴掌，讓你搞清楚人生贏家和窮屁孩的區別？』

但是電競圈的女粉絲們就沒那麼好說話了，更何況這次被砲轟的對象還是她們平時放在手心裡疼的Wan。女人天生愛八卦，手裡握著的資料也比較多，所以她們基本上是以冷嘲熱諷，加上拿出實證為主：

『@yyy：笑死我了，直播一姊算什麼東西？仗著有點人氣就想伸手進電競圈，拉著周蕩炒新聞？之前給妳臉還要不要了？說周蕩配不上的，麻煩您先搞清楚人設好嗎？』

『@yyy：你家女主播有多漂亮？要不要我把圈裡圈外追Wan的美女名字一個個報給你聽？再看誰比較漂亮？』

『@yyy：她就是想紅吧，真是看都看不下去了。』

『@yyy：心疼我家蕩蕩，炒作別找他好嗎？真煩。』

『@yyy：她是腦殘嗎？我媽賣的藥先給她一份。』

『@yyy：某網紅女大家知道吧？當初還追Wan追到割腕。你以為你家女主播是電？是光？是唯一的太陽？對不起，一個白眼給你，我們周蕩她碰不起。』

【@yyy：吃屎吧樓主，是梁靜茹給你勇氣的，讓你用窮屁孩這個詞嗎？】

書佳雖然早就做好了被罵的心理準備，但是實在是沒想到會來得這麼猛烈，她微博上的私信被四面八方不知名的人士輪番轟炸。

她明明什麼都沒做，一頂頂帽子就朝頭上被亂扣，髒水也一盆接著一盆潑向她。

姜于於看到微博上轟轟烈烈的大戰後，第一時間打電話給她，開口就罵道：『妳是不是笨蛋，我昨天才跟妳說別寵著他，妳居然就跟他雙排直播？妳腦袋抽筋了嗎！』

書佳盤腿坐在床上，沉默地聽完姜于於的一大段話，嘆了口氣說：「我當時沒想那麼多。」

『妳沒想那麼多？』

「嗯。」

姜于於無奈：『妳自己看看，現在事情變成這樣，兩邊的粉絲都鬧起來了。』

書佳搖了搖頭，情緒低落：「我也沒想到會變成這個樣子。」

確實是，大家都沒料想到這件事情越鬧越大，一向被戲稱「電競自古無熱門」的微博，即時熱榜已經被霸占，隨便點開都是舒淡淡和 Wan 的關鍵字。

『那妳現在打算怎麼辦？』姜于於又問。

「不怎麼辦，先這樣吧，就是有點擔心。」

姜于於也挺心疼書佳的，莫名其妙被罵成這個樣子。她頓了頓，還是安慰道：『妳別太難過了，不要在意網路上那些言論，說什麼……』

書佳打斷姜于於，有些莫名其妙：「我沒有難過啊。」

『那妳在擔心什麼？』

書佳沉默了一會兒，說：「我只是擔心周蕩……」

姜于於本來還在喝水，聽到這句話差點把自己嗆死。

『書佳，妳是不是喜歡周蕩喜歡到病了啊？』

書佳聽到這句話，自己也悶悶地笑了起來：「我也不知道，反正就滿喜歡他的。」

其實她只是偏執地覺得，先跟周蕩告白的是自己，想要在一起的也是自己。所以不管發生什麼事她都想先保護他，讓他遠離網路紛爭……

她現在還有心思開玩笑，說明心情還不算太糟。

『那好吧。』姜于於翻了個白眼：『妳自己看得開就好了，不用去管別人怎麼說。』

書佳也笑了，連著「嗯」了兩聲：「妳不用擔心我了，這種事情我本來就不怎麼在意的。」

但掛上電話後，書佳還是重重嘆了兩口氣。

腦海裡浮現的，還是第一次看見周蕩時，他在舞臺上寡言認真地打比賽。當時閃耀的燈光落下，周圍一群熱鬧喧嘩的人，他戴著耳機坐在那裡，安靜地彷彿與世隔絕。

想著想著，就不由得聯想起他粉絲說的話。

十四歲成為四區夢魘，第一年打職業就成為WR這種頂尖戰隊的首席ADC，從此在職業舞臺上成為萬眾矚目的焦點，真的好厲害。

而她回到上海之後，好像都沒見過他了。書佳手背托著腮幫子，心裡默默勾勒周蕩的模樣，一筆一劃。

他真好看，哪裡都好看。

蘇州的那個夜晚，她能抱住他，能好近好近地看著他，他的睫毛很長，像一排濡溼的黑色翎羽。

連風的味道都被她記在心裡了。

剛洗完澡，她的頭髮還溼漉漉地滴著水。

書佳把床頭的檯燈打開，在柔和的光線裡邊看書邊擦頭髮，看到睏了，燈也忘記關，就沉沉地睡了過去。

正到半夜，一陣急促的鈴聲將她吵醒。

書佳閉著眼，摸索手機摸索了半天，放到耳邊，模模糊糊地「喂」了一聲。

一接通，表妹慌亂急促的聲音就傳了過來，還帶著濃濃哭腔。

『姊姊！我、我爸爸出車禍了……』

＊　＊　＊

書佳馬上驚醒，匆匆披上外套，抓著手機、錢包和鑰匙就衝出門。

等趕到醫院，表妹背靠著走廊的牆上，低頭在玩手機。

看到書佳來，她整個人還在驚嚇的後勁中，恍惚地喊了聲姊姊。

書佳也膽戰心驚地迎了上去，急急地問：「還好嗎？妳爸爸在哪？」

徐嘉螢眼睛還紅著，聞言搖了搖頭：「還在裡面檢查，醫生說可能是骨折了。」

書佳一聽，氣急地輕拍了一下她的頭：「妳在電話裡說得那麼嚴重，大半夜的嚇死我了。」

徐佳瑩委屈：「我、我當時看到爸爸摔在地上，我很害怕啊。」

「表嬸呢？」書佳又問。

「去武漢找同學玩了，剛剛才買票趕回來。」

後來聽完表妹顛三倒四地敘述，她才知道原來是表叔晚歸，大概是天色太昏暗，一不留神被一輛機車撞倒在地。肇事者逃跑了，索性人沒有大礙。

書佳終於鬆了口氣。

淩晨的醫院靜悄悄地，她安撫好激動的表妹後，獨自拿著錢包去大廳掛號。醫生說需要住院觀察兩天，她就直接辦理好手續，付了訂金。

上上下下跑了幾個地方，折騰了許久。

等到她返回病房時，表妹已經靠著牆，頭一點一點地打起瞌睡來了。

書佳看在眼裡，只能默默搖搖頭。

她上前輕輕搖了搖表妹，徐嘉螢本來就睏得不行，看到是書佳來了，意識也模糊，嘟嘟囔囔地被書佳哄著去旁邊的床上睡覺。

書佳輕輕拖過一張椅子，鄰著床邊坐下。

表叔躺在病床上，還未入眠，默默看著書佳這一連串的動作，在心裡嘆口氣。

書佳這個孩子，就是太懂事了，從小就很聽話，懂事得讓人心疼。

「叔叔，腿還痛嗎？」她幫表叔拉好被角。怕吵到病房裡的其他人，壓著很低的音量問。

徐戊拍拍她的手，欣慰地說：「不痛了，妳也跟小螢去睡吧，我沒事的。」

書佳搖搖頭，堅持道：「叔叔你先睡吧，我守著，晚上有事就叫我。」

徐戊沉默，知道她有些事很堅持，也沒有再說什麼。

夜深人靜，總是讓人無端想起一些往事。

書佳從小父母走得早，也沒有兄弟姐妹。這麼多年都是表叔一家一直照顧她，供她讀書，真心把她當第二個女兒疼。她心裡一直很感激，所以把徐嘉螢當作親生妹妹照顧。只要表叔一家有事有難，她能幫上忙都盡可能地幫。

剛剛一聽到表叔出事，她是真的嚇到了。坐車來醫院的路上，手一直發抖，眼淚不爭氣地掉。失去親人的滋味，大概只有體會過，才會知道有多難受和絕望。

幾乎所有認識書佳的人都覺得她性格恬淡、溫順，卻不知道其實是因為家庭原因，她比較早熟。雖然也算不上自我封閉，只是比較習慣對人付出、對周圍的人好……

她感到疲累，微微靠著椅子看向窗外的夜色。

這一守，就是一整晚，等到天快要亮起來時，她拿出手機看了看時間。

翻了翻訊息，發現幾分鐘前周蕩傳了訊息給她。

書佳皺眉，現在才五點多，他為什麼不睡覺？

她傳訊息過去：『周蕩？沒睡嗎？』

沒過多久，手機就震了一下，她拿起來看訊息：『嗯。』

書佳拿著手機出去，動作很輕地掩好病房的門，走到走廊上打電話給周蕩。

那邊響了兩聲，很快就被接通。

「你怎麼不睡覺？」書佳脫口就問他這句話。

他頓了頓，聲音平淡地說：『打排位。』

「打了一整晚？」書佳問。

他沉默。

她蹙了蹙眉，因為守夜陪床，整個人也顯得疲憊，聲音啞著問他：「周蕩，你這樣身體受得了嗎？」

她已經不知道自己是第幾次問他這個問題了。周蕩這次沒有猶豫，很快地又「嗯」了一聲。

她本來還想繼續說，就被他打斷。

『妳怎麼這麼早醒？』他像是現在才想起來，這種時候，正常人應該還在睡眠之中。

書佳不知道是因為昨天的事還沒緩過來，還是生氣他又熬夜，反正悶得慌。

她從走廊的椅子上站了起來，慢慢地踱步，想緩解心裡不舒服的感覺。

周蕩聽到她不說話，低啞地問：『妳為什麼不理我？』

像是有些委屈，也帶著疑惑。

書佳的心忽然就軟了下來：「我沒有不理你。」

早上五點的醫院走廊上幾乎沒人，幾個值班的護士帶著同樣睏倦的神情，靠在掛號臺上交頭接耳。

她疲倦地靠在牆上，放輕聲音說：「你下次熬夜之前，能先告訴我嗎？」

等了好半天，另一頭沒有什麼回應。

書佳嘆口氣，想再開口結束對話，就聽到他說。

『我想去找妳。』

＊＊＊

上海一連下了幾夜的雨，今天一大早又起了霧。

昨晚出來時她太急，還穿著棉質的連身睡裙，只有罩了一件寬大的外套。

書佳頭髮也沒綁，隨意地放了下來，只拿著手機就去醫院外和他約定的地點找他。

一路上還有些霧氣，可見度不高。在醫院旁的小橋上，隔著幾公尺的距離，她就看到他背影。

背對著她，穿著黑色短袖和長褲。

書佳放緩腳步，悄悄靠近他，幾乎沒有聲音地在他身後站定。

走近了才發現，他柔軟滑順的黑色短髮已經被霧氣浸溼，不知道在這裡等了多久。

書佳湊近他耳邊，輕喊他的名字。

周藹轉過身來，書佳眨了眨眼。他也不說話，視線不知道是懶得移動還是怎麼樣，只一直盯著她看。

周藹眼角略揚，又不是很顯眼，卻似有若無地撩人。

看到他的模樣，書佳笑了，踮起腳，用手捧住他的臉問：「冷不冷？」

他盯著她的臉又看了幾秒，終於有了反應，用手環住她。周藹的手骨節很直，手指細長，輕輕鬆鬆就能圈住她整個手腕。

書佳略微掙脫了一下，發現掙不開，兩人之間近得幾乎沒有間隙。

他們現在的姿勢，遠遠看上去就像在擁抱，親密無間。

他仗著身高優勢，趁著書佳還沒回過神來把她抱在懷裡。動作熟悉自然，彷彿早就做過千百遍了。

終於把她抱著，才發現她好瘦。

書佳思緒依舊在神遊，就聽到他近在耳邊的聲音：「妳為什麼要調戲我？」

她哭笑不得，側著臉，把頭靠在他肩上，輕聲說：「現在明明是你調戲我。」

他的身上，有著大男孩特有的，乾淨直接的味道。不濃烈，像他的人一樣，有種清冷的甜。

周蕩不反駁，「嗯」了一聲算是承認。

書佳本來不算太矮，但是在他身高的襯托下，一百六十公分就相對有些吃力。

「周蕩，你好高啊。」她聲音輕飄飄地，在他懷中嘆了口氣。

他偏了偏頭，像是想到什麼似的說：「姜于於跟我講過。」

「講過什麼？」書佳好奇。

「天王蓋地虎，書佳一百五。」

「那是姜于於亂講的。」書佳拉著周蕩的手，帶他去附近的小店吃早餐，一路上不甘心地想為自己的身高平反。

「我都到你的下巴了，怎麼可能只有一百五十公分？」書佳用另一隻手比劃著，仰起頭來看他：「你看啊。」

周蕩不喜歡說話，但視線很直接，只看著她。

「你說對不對？」書佳抬頭問。

他垂眸，因為熬夜，眼窩有些深。書佳看著，就想起另外一件事。也沒空去糾結身高了，直接問道：「你多久沒睡了？」

她想不通，玩遊戲這麼耗費精力和腦力的事情，而他們這些職業選手天天不睡覺、不休息，到底是怎麼堅持下來的。

他頓了頓：「前天有睡過。」

書佳瞪大了眼睛，心裡默默計算。前天睡過，也就是說昨天到今天一直沒睡，已經幾十個小時的時間……

「我不會累。」他接著說。

書佳語氣冷了下來：「我早就說過你要好好休息，你也不聽我的話。」

她低下頭踢路上的小石子，低聲說：「你現在有女朋友，要聽女朋友的話。」

他看不到她的表情，只看得到她脖頸處露出一片白皙的肌膚。

她身體微微靠著他，頭垂下來，長髮傾瀉在臉側。

周蕩心不在焉地握著她的手掌，纖薄柔軟，想聞聞她頭髮的香味。

「訓練很重要，但健康更重要。」書佳沒注意到他的思緒，繼續慢慢說教：「你要是再這樣子，我可能會生氣，然後……」

「我會聽妳的話。」

她話沒說完，就被周蕩打斷，他太輕易妥協了，反倒讓她一愣。

「但是你從來沒聽過。」

「我會聽。」他馬上否認。

書佳很輕地哼了一聲，沒有繼續跟他爭論。

時間太早，他們去的那家早餐店裡沒有多少客人，只零零落落地坐著揹著書包上學的小孩子，和早起鍛煉的老人家，書佳和他找位置坐下。

「你想吃什麼？」她放開周蕩的手，拿起桌上的菜單翻看。

他靠在一邊的牆上，手撐著額角，懶懶地看著她：「都可以。」

書佳瞄了他一眼，手裡拿著菜單起身，囑咐道：「我去點，你坐正一點，別靠著牆，有灰的。」

她走去前面的櫃檯，點了兩份粥，裡面人正在忙著，聽到之後應了兩聲。

書佳想了想，微微彎腰，問：「老闆，你們這裡有沒有牛奶？給我一杯吧。」

一杯豆漿牛奶很快從櫃檯遞了出來。

書佳接過拿在手裡，感覺有點涼涼的。

她猶豫了一會兒，小聲詢問：「阿婆，能不能替我加熱一下啊？我的胃不好。」

「妳放前面吧。」

等端著餐盤走回座位，周蕩正在講電話。

也不知道是在說什麼，他什麼表情都沒有，只是沉默地聽著。稍微有點不耐煩地回應，時不時「嗯」幾聲敷衍著。

書佳安靜地在他對面坐下，動作很小地把粥放到他那邊。

等他掛上電話，她才問：「你是不是偷偷跑出來被發現了？」

他低眸，看著面前那碗粥，淡淡地說：「我沒有偷跑出來。」

她笑了笑，像是想到什麼又說：「我上次去了你們總部，看過戰隊的規定，感覺好嚴格。」

他「嗯」了一聲。

「你們戰隊有沒有什麼條款，比如說現役選手不能談戀愛之類的？」

周蕩只是搖搖頭。

書佳吃了兩口粥，垂了眼眸，抿了抿唇問：「你是不是有點不開心啊？」

他還是不說話，雙方又沉默了一陣子。

書佳低頭吃粥時，聽到了他的聲音：「妳為什麼坐在我對面？」

她先是一愣，很快又反應過來，忍俊不禁，覺得他好可愛：「我剛剛看你在講電話啊。」

書佳拿著剛剛熱好的牛奶，坐到他身邊去。

要是被姜于於知道，她又這麼寵著周蕩，大概會被她嘲笑不止。

她把吸管插進錫箔的小孔，遞到他眼前：「我坐過來了，你別動不動就生氣啊。」

他乖乖張口，含住吸管，兩人湊得很近，近到書佳可以清楚看到，他T恤下微露出形狀漂亮的鎖骨。

他看到她漾起笑容，臉上都是掩飾不住的溫軟。

這時候，放在桌上的手機響起來，書佳看了一眼，接了起來。

「喂？」是表妹的來電。

『姊，妳回家了嗎？』徐嘉螢大概是才睡醒，發現書佳已經不在病房了。

書佳心情大好，聲音也帶著笑：「我沒回家，和朋友在吃早餐。叔叔醒了嗎？我等等幫你們帶早餐回去。」

徐嘉螢嘟嘟囔囔不知道說了句什麼，然後道：『我要吃米粉湯，妳幫我爸買蔥油餅就行了。』

「叔叔怎麼樣？醒了嗎？」

『爸爸還在睡覺，妳等等別忘記幫我買瓶優酪乳回來啊。』

書佳答應後把電話掛了。掛上電話，才發現周蕩正盯著她看，也不說話。

書佳奇怪地問：「你為什麼這樣看我？」

「我不是妳的朋友。」他答非所問。

書佳不明所以，依舊帶著詢問的眼神看著他。

「我是妳的男朋友。」

書佳被嚇到了，過了幾秒，還是忍不住笑了出來：「對，你是我男朋友。」

看著他一本正經又沉默寡言的樣子，她的心真的，軟得一塌糊塗。

兩個人只是吃個早餐，卻幾乎吃了一個小時，拖拖拉拉的。

他今天要搭十二點的飛機去北京，書佳怕會耽誤到他的時間，看了看錶的時間說：「你現在快回去總部吧，別太晚了。」

剛剛她才知道，之前那通電話是 Fay 打來的。

是為了提醒周蕩，今天 WR 的隊員得去北京拍攝機械鍵盤的商品廣告，要他早點回來。

「聽說北京降溫了，你要多穿點。」她很認真地叮嚀。

周蕩每次都穿得太少了，這幾天上海溫度只有二十度左右，他卻只穿著單薄的 T 恤和長褲。

兩人大概又要有一段時間不能見面了。

書佳知道時間真的很緊湊，雖然捨不得，還是嘆了口氣：「照顧好你自己喔。」

他「嗯」了一聲，看著她問：「妳會打電話給我嗎？」

她又忍不住笑了出來，他們現在是在演韓劇的十八相送嗎？

她仔細地看著周蕩，摸了摸他的臉，輕聲說：「我會的。」

＊　＊　＊

因為表叔在這段期間需要住院，表嬸也不會做飯。於是徐嘉螢天天跟著書佳，在她家混吃混喝。書佳平常和徐嘉螢吃完正餐會再另外做飯菜，帶去醫院給表叔。

她提著兩個便當盒，推開門剛想進病房，徐嘉螢和一個大男孩就迎面走了出來。

書佳愣了愣，是不認識的人，徐嘉螢則是喊了聲姊姊。

那個男生高高瘦瘦的，帶著一個圓框眼鏡，也是有些詫異地盯著書佳看。

書佳點點頭打招呼，問：「這是妳男朋友嗎？」

徐嘉螢點頭，為她讓出路來：「妳先進去吧，等會兒出來我再跟妳說。」

徐嘉螢捏了捏身邊的人，白眼快要翻出天際：「我知道我姊很漂亮，你也不用連後腦勺都盯著看這麼久吧？」

陳飛宇被捏痛了，向她求饒：「不是不是，我不是看妳姊長得漂亮。喂，妳先鬆手好不好？好好說話，不要動手動腳的。」

徐嘉螢「哼」了一聲，放開他。

「不是啊。」陳飛宇揉著被捏痛的地方，湊過來神神祕祕地說：「妳知道妳姊滿有名的嗎？」

他自己都露出不敢相信的表情：「天啊！我室友的女神居然是妳姊姊，這個世界真的太小了，網紅就在我身邊啊！」

徐嘉螢聽完這句話被刺激到了，臉色變得難看：「什麼鬼啊？網紅又怎麼樣？神經病。」

她聲音有點大，路過的人都紛紛回首。

陳飛宇怕被病房裡面的人聽見了，連忙摀著徐嘉螢的嘴：「不是！我是說，我室友的女神是妳姊姊，我的偶像，又是妳姊姊的男朋友。」

他絮絮叨叨地，徐嘉螢更聽不懂了：「我怎麼不知道我姊有男朋友，還有你的偶像是誰啊？」

陳飛宇真是怕了她的大嗓門，小聲說：「說了妳也不知道，等等妳姊出來幫我要個簽名。」

書佳正巧走了出來，發現氣氛有些詭異。

她也沒多想，直接問道：「你們愣在走廊上幹嘛？擋到別人的路了。」

徐嘉螢還沒出聲，倒是旁邊的男生猶猶豫豫地開口，眼睛亮亮地看著她道：「女神，能幫我簽個名嗎，我是妳的粉絲。」

徐嘉螢冷冷地笑了一聲。

書佳像是明白剛剛氣氛為什麼會怪怪的了，哭笑不得地同意：「可以。」

那個男生遞來不知道從哪裡找來的紙和筆，書佳接了過來，把紙墊在椅子上，認真地簽上自己名字。

陳飛宇的少男心一直冒出泡泡，不禁神遊想著，怪不得室友這麼喜歡看她的直播，真人真的好漂亮、好溫柔……

他連連感嘆著，連女朋友越來越低的氣壓都自動忽略掉了。

書佳簽完名後，把紙和筆還給他。

他接過，憨厚地抓了抓後腦勺，躊躇地問：「姊姊，能不能再拜託妳幫個忙？」

徐嘉螢踹了陳飛宇的小腿一腳：「誰是你姊姊啊？你膽子真夠大啊，陳飛宇！」

書佳把正發著脾氣的表妹拉到一邊，嘆了口氣說：「你說吧。」

「能不能跟我幫向 Wan 要簽名？」

他的話一出口，三個人都沉默了。

書佳聽完他的話，還沒反應過來：「啊？」

徐嘉螢則是不懂他們在說什麼。

陳飛宇笑嘻嘻地接著說：「姊姊，妳就別和我裝傻了。」

「什麼？」她小心翼翼地詢問。

「Wan 轉發的那則微博貼文我們都看到啦。」

書佳這幾天忙得暈頭轉向，完全不知道網路上又發生了什麼事，她聽完陳飛宇的話，心裡一震。

周蕩微博又轉發什麼了？

22 陳浩南：香港漫畫《古惑仔》的主角，是冷面的黑道大哥。

第五章　男朋友太可愛的痛苦

【@WR.Wan//@WR.GGBond：大家亮點自己找//@橘玩遊戲網：】

【英雄聯盟WR總部獨家專訪：橘娘帶你走進電競男模隊的生活】

【夏季賽WR奪冠熱潮，想必又將這支顏值超高的男模隊帶進大家視線，那麼小編也是專門到了WR總部做專訪。在採訪時，發現每個隊員私下都很可愛，快點來看看他們是怎麼說的吧。（內含彩蛋）】

書佳手指在螢幕上滑來滑去，就是沒有勇氣點開影片。

一回到家，她馬上開啟微博，果不其然受到了瘋狂的標記提示，私訊和留言幾乎多到爆炸。她直接去看周蕩的微博。

第一則最新的轉發是昨天凌晨發的，大概就是，陳飛宇口中的那件事。

徐嘉螢坐在她身邊，看她那副猶猶豫豫、想看又不敢看的樣子，不由得急聲催促她：「姊姊，妳再不看我就要自己搶過來看了。」

「我都不急，妳急什麼？」

「主要是剛剛陳飛宇幫我介紹了妳的男朋友，我現在好奇心要爆炸了！」

書佳背靠著床角坐著，聞言瞥了她一眼：「妳哪來那麼多好奇心？」

徐嘉螢正在吃東西，嘴裡含著餅乾，模模糊糊地說：「因為聽說很帥啊，人還特別冷淡，是我喜歡的類型。」

她說著就想起剛剛在醫院時，陳飛宇眉飛色舞地描述那個人的樣子，不由得嫌棄道：「陳飛宇也真是噁心，一提到妳男朋友，整個人就像嗑了藥一樣。」

而讓書佳頭痛的是，徐嘉螢現在張口閉口就是「妳男朋友」，還無比自然。

一分鐘過去了……兩分鐘過去了……十分鐘過去了……

書佳還是握著手機，沒點開那個影片。

最後徐嘉螢忍不住了，一把奪過她的手機。

書佳反應不及，剛想傾身搶回來，就聽到影片的開場音樂，動作不由得一頓。

『是的，我們採訪小組已經抵達WR的總部了，今天主要想採訪一下選手們，第一位，是我們的Aaron，A哥向鏡頭前的觀眾朋友們打聲招呼吧。』

『大家好，我是WR的上單Aaron。』

採訪影片開始播放了。

徐嘉螢拿著手機看得津津有味，邊看邊評論：「這個男生長得滿好看的，陽光男孩。」

書佳趴跪著，默默直起上半身，湊到徐嘉螢身邊看那轉發破萬的影片。

採訪地點在WR的會客室，熟悉的沙發，熟悉的吊燈，熟悉的掛畫映入眼簾。

書佳記得，她上次去時還在那裡抱著貓咪，看了整個下午的電視。

『這次拿到夏季賽冠軍有沒有想特別感謝的人呢？』採訪影片還在持續播放著。

Aaron 明顯不太適應這種一對一採訪，有些羞澀地朝鏡頭笑了笑：『最感謝的還是一直支持我的家人和粉絲吧，還有隊友們……』

這時的影片觀眾留言區飄過一句話：『平時直播滿嘴胡說的A哥，好像也害羞了！』

『你們一路走到今天，有沒有覺得想要放棄的時候呢？』

Aaron 沉吟了一會兒，像是在回憶：『還是有吧，我記得最辛苦的時候，就是剛開始大家不熟悉彼此，好像是馬上要比春季賽了，那時候滿冷的，大家有時候為了訓練賽……』

他說著就搖搖頭，笑道：『因為我們都是線上打法比較凶的那種類型嘛，團隊意識也不是很強，所以磨合得不算很好吧……』

『可是我記得，你們當時好像是拿下春季賽冠軍？』

Aaron 點了點頭說：『其實能拿下那次冠軍，很大一部分原因是靠 Wan 撐起來的。S 2 版本的例行賽中，我們用四保一的終極戰術，保證了下路發育，後期 A D C 就可以一個人追著對面三個人打。』

這個採訪做得很用心，Aaron 說完這一大段，就插入當時 L P L 春季賽決賽片段。

影片裡的汎面對敵隊的一群人，直接衝到對方面前秀操作。裡面還有許多觀眾的尖叫和吶喊聲，夾雜著主持人激動的聲音。

當最後的 Penta Kill（五連殺）出現在螢幕上，小視窗切換到周蕩的側臉，他戴著耳機，稚嫩的臉龐未脫青澀，正語速飛快地指揮隊友。

現場的歡呼聲停不下來，氣氛達到頂點。

S2 時期，屬於 ADC 的時代，ADC 輸出是整個團隊的核心和支柱。

當時剛站上職業舞臺的 Wan，在比賽場上的發揮確實是讓人嘆為觀止，讓人留下了深刻的印象。凶悍極具進攻性的打法，也使得他上場的比賽極有觀賞價值。

採訪者的聲音也是略帶感嘆：『當年 Wan 真是帶著 WR 一路打到總決賽，挑戰當時國內第一戰隊 RJG，最後乾淨俐落地贏下冠軍，真是讓人記憶猶新啊。』

徐嘉螢已經看得一愣一愣了，呆呆地轉臉看向書佳說：「姊姊，妳男朋友這麼厲害啊……」

書佳見狀，趁機把手機搶回自己手上，沒理會徐嘉螢。

徐嘉螢還在一旁興奮地大叫，用力搖晃書佳的肩膀：「姊姊，我的天啊！這個男人怎麼這麼帥啊？我終於知道朋友們為什麼不玩英雄聯盟，也甘願天天追著影片看了，我以後再也不罵她是笨蛋了。」

書佳動了動身子，甩開表妹的魔爪：「妳好煩。」

徐嘉螢摀住心口，倒在床上看天花板，喃喃自語著：「想不到啊，我居然有天會認同陳飛宇的品味。」

這個採訪影片很長，完整看完需要一個多小時，書佳耐心地看著，也沒特意跳過任何片段。

Aaron之後是Beast，接著是GGBond，全都是採用一問一答的訪談方式。最後一個才輪到周蕩。

當畫面切到他身上的那一瞬間，徐嘉螢的尖叫幾乎突破天際。

「我的媽啊，姊妳別告訴我他就是Wan！」她又把書佳手裡的手機搶了過去，眼睛都快貼到螢幕上去了：「我靠，正面這麼帥嗎？」

他穿著黑色隊服，手裡拿著麥克風坐在鏡頭前，臉上一如既往地沒什麼表情。纖瘦秀麗的臉部輪廓，沉著一雙細長的單眼皮小鳳眼，神色冷淡。

書佳看著被搶走的手機無語，只能湊到表妹身邊繼續看。採訪時說了什麼，書佳完全聽不清楚，耳邊全是徐嘉螢的大呼小叫。

「妳快看這個喉結，看這個下顎線，看這個嫩皮膚和腰線……」

書佳聽得心煩意亂，恨不得摀住她猖狂的嘴：「妳先安靜一下好不好！」她只想安安靜靜地看影片啊。

等到採訪影片快到結尾時，表妹也快走火入魔了：「姊，妳去哪找的小鮮肉啊？什麼時候帶來讓我見見……」

影片末端，突然跳出一個粉紅色泡泡彩蛋的畫面。

兩個人的注意力都被吸引走了，過了大約兩三秒後，畫面才又開始播放。

『最近網路上有很多粉絲關心丸神的私事，不知道你願不願意在這裡給我們大家一個正面的回應呢？』

背景傳出幾個男孩大笑的聲音，似乎在戲弄著周蕩，大概是 Aaron 他們也在旁邊。

周蕩沒猶豫多久，側頭問：『什麼的回應？』

採訪的人也沒預料到他居然會這麼快就答應了，停頓了好一會兒才找回節奏：『你和那個女直播主的關係啊！』

周蕩又想了想，似乎是在確定問題問的是誰後，吐字清晰地說：

『書佳是我的女朋友。』

＊＊＊

自古英雄難過美人關。

即便是在電競這片沙場上征戰無數的 WR 丸神，最終還是被一個名不見經傳、不知道第幾線的網紅斬落下馬了。

圈裡圈外，暗戀他的人也不在少數。那些公開示愛過的，上到美女主持人下到女神粉絲，說實話基本上都沒被人放在心上過。

畢竟，Wan 這種冷淡如冰塊的少話性格，大家都已經習慣了。

可是橘玩遊戲網的採訪影片一出，尤其還被當事人轉發後。

那一句「她是我的女朋友」這種赤裸的告白，不僅讓熟悉他的人嚇傻了，更是讓各路的粉絲都炸開了鍋。

也許不看電競的人看到這個新聞，只是當作個小八卦，看完了也覺得這沒什麼。

但是，WR 的 Wan，這個稱號對於整個電競圈的女粉絲們，代表著什麼？

那是所有粉絲少女們的終極夢想。

他可是 LPL 顏值王、吸粉功力一流、電競第一美男子啊！他可是周蕩，是那 WR 戰隊的粗壯大腿，是場場穩定撐起一切的男模隊大隊長啊！

曾經有很多人問過一個問題：要怎麼把 Wan 變成我男朋友呢？

其中最經典的一個答案就是，先從我的屍體上踏過去。

GGBond 在後臺拿著手機邊看邊笑：「我們家阿蕩……真是，世界因你而改變。」

周蕩靠在旁邊的椅子上，任由化妝師折騰他，閉著眼休息，理都不想理 GGBond。

「熱戀中的十九歲少年，你為什麼這麼冷淡……」Aaron 默默飄來兩句。

阿布捧著咖啡坐在沙發上，聞言瞪了一眼 GGBond，慢條斯理地說：「這麼多人，就你們兩個最閒，有心思調戲丸，不如把等等拍攝的稿子背熟。」

這次機械鍵盤的現場活動中，粉絲互動部分也像以前一樣，交給最擅長社交的 GGBond，其他人當個人型布景就行了。

這幾天在北京，眾人除了訓練之外，每天最大的樂趣就是調戲周蕩。

畢竟人家不鳴則已，一鳴驚人，完全不害怕粉絲崩潰，直接大膽公開示愛女朋友。

在所有人都還不知道他們什麼時候勾搭在一起的時候，突然就這麼公開了……

重點是女主角還是同隊中小野的夢中情人，真的是，風水輪流轉啊！

連 Wan 都對感情開竅了，這個世上，還有什麼是不可能的？

W R 的每個隊員都用不同姿勢癱在自己位置上，愁雲慘霧。

去參加每個線下活動，真的是比打比賽還要累。等等上臺舉辦開幕儀式後，一定還得陪現場觀眾玩幾場友誼賽……

Beast 生無可戀地嘆了口氣：「為什麼我們這種人還要在上首頁直播啊？」

這次主辦方不知道螺絲鬆了哪根，要求 W R 每個人頭髮顏色都染成一次性的特殊色，說是要配合機械鍵盤各種顏色類型的宣傳照。

有淺藍色、土黃色、黑色、銀灰色、亮紅色等等。

除了黑色以外，其他人任選髮色。而周蕩顏值最高，皮膚是牛奶白的類型，也好搭配，所以被分到最好看、也最正常的顏色，銀灰帶奶茶的色調。

至於效果如何，畢竟蕩哥的盛世美顏擺在那，讓粉絲買單也只是分秒間的事。

但問題在於其他人就沒那麼幸運了，尤其是 Beast 猜拳輸掉，被分到了亮紅色。

GGBond 雖然被染了頭土黃色，但自我感覺還不錯，笑嘻嘻道：「以後我們就不要叫什麼電競男模隊了，就叫 W R 視覺系天團吧。」

Aaron 扯了扯嘴，實在是笑不出來。

今天現場活動結束，再被網路上即時直播一輪後，不知道微博第二天會變成什麼樣子。

估計說是視覺系都算手下留情了，什麼牛郎、非主流等各種形容詞都會出來吧……這種出場方式，真的能稱得上男粉絲見了沉默，女粉絲見了流淚……

女粉絲不知道有沒有流淚，反正書佳一點開直播，喝進口裡的水差點全噴了出來。

這、這都是些什麼啊？

她把握在手裡的水杯放到一邊，拿起手機不可置信地又仔細看了兩遍。

他們不過去北京幾天而已，到底發生了什麼事？周蕩的頭髮怎麼也變成這種樣子了？書佳嗆到忍不住地咳嗽，連眼淚都快咳出來了。

直播間裡的聊天室不出所料地開始轟炸，密密麻麻幾乎把主畫面都遮住了：

『Fay 是有多想不開？這都是些什麼啊？』

『萬人陳情，WR 男模隊為何一夜之間變成街頭小混混？』

『看野神那頭炫酷的紅頭髮……我的天。』

『視覺系搖滾樂團嗎？』

『哇啊，我蕩的電競第一帥不接受質疑，銀灰色也是超帥的啊！』

『向 WR 戰隊的美色臣服。』

『周蕩別看鏡頭啊，會要人命的！』

書佳一邊看著一邊笑，氣都快斷了，尤其是看到一個粉絲用紅色的大字體刷出：

『一個人我飲酒醉，八個周蕩跟我睡。』

周蕩在隊伍中最高，站在最旁邊。不過這也沒辦法影響他本身帶有的超強存在感，穿著黑色飛行外套，配上那一頭極其惹眼的髮色。

他那秀氣的長相，完全就是二次元美少年跨次元登場啊……

書佳自從看了那場直播，整個人就像喝了蜂蜜一樣，心底發甜到現在。

看到周蕩就莫名得開心，她直接用本尊帳號在直播間連送了幾個火箭。

一開始很多人反應都是，ＷＲ的粉絲就是有錢，真土豪示愛不會手軟，等到反應過來，才覺得這個ＩＤ怎麼這麼熟悉。

這不是傳說中丸神的女朋友嗎？聊天室又炸開了一次，再度被瘋狂洗版。

書佳壓抑不住嘴角的笑，聊天室太雜太亂，她乾脆直接關閉。趁著鏡頭掃到周蕩時，迅速截了一張圖。

銀灰色的頭髮，其實還滿適合他的……她一邊看，心裡一邊想著。

晚上打電話給周蕩時，書佳故意調戲他，輕聲問：「周蕩，我們視訊好不好？」

他沒回話，大概是察覺出他意願不高，書佳低聲哄了哄他：「我好幾天沒看到你了。」

『我才剛回飯店。』他在另一頭悶悶地說。

書佳笑了出來，又問：「你染頭髮了？」

他是被逼迫，不得已而為之的，只低低「嗯」了一聲。

真的太喜歡他了，她語氣中的寵溺幾乎都要溢了出來：「那好吧，你早點休息。我今天有去看直播了，你的髮色真好看。」

周蕩的那一端，有隊友說話嬉鬧的聲音，她聽到他平穩的呼吸聲，還是不說話。

書佳咬了咬下唇，兩個人一時之間無語。

才剛洗完澡，她抱著枕頭趴臥在床上，穿著連身吊帶睡衣，頭髮也還滴著水。

她手指無意識地繞上垂在肩膀邊上的髮梢，小聲輕嘆道：「你好可愛。」

你好可愛，我好喜歡你，近乎耳語的呢喃。

她還在喃喃自語著，他的視訊通知就直接傳了過來。

書佳愣了幾秒鐘，接受邀請。周蕩穿著黑色短袖上衣，房間內的光線有些暗，他雙肘撐著膝蓋，左耳露出白色的耳機線。

畫面接通後，兩人對視著螢幕，都不發一語。

「周蕩？」見到他，書佳漾出了笑容。

她認真仔細地端詳著他的臉蛋，眼尾細長，臉龐瘦削乾淨，肌膚白皙，十分清秀。

就算真的是視覺系不良少年好了，那也一定是最好看的那一個。

她心裡默默想著，嘴角仍帶著笑意，又誇他一次：「你真好看。」

『書佳。』

經過長長的沉默之後，他終於開口喊她的名字，聲音卻異常地嘶啞。

「怎麼了？」她笑吟吟地回應。

『妳……』他欲言又止了一陣後，什麼話都沒說出來。

周蕩單手撐在眉骨處，半張臉埋進在手臂裡，他的手指很瘦，骨節很直卻不突出，雖然纖細，卻有種結實的骨感美。

書佳還沒來得及回話，就聽到周蕩那端Aaron的咆哮聲，然後是腳步由遠及近的聲音。

『媽的周蕩，團隊需要你，滾過來幫我一下啦！我被同隊的人嘲諷了！』

畫面忽然一黑，周蕩像是把手機換了個角度，她聽到周蕩極其不耐煩地警告：『滾遠點。』

書佳一愣，心裡還在嘀咕著，我有這麼不能見人嗎？

低頭想了想，這才反應過來自己身上還穿、穿著那什麼……

書佳臉都紅了起來，她終於知道剛剛周蕩為什麼表現那麼異常了。她慌忙丟下手機，隨便在床頭摸出了一件羊毛披肩罩在身上。

書佳覺得，自己捧著二十幾年來的矜持，在剛剛已經碎得蕩然無存了。

「周、周蕩。」再看到他的臉，聲音都不能正常地傳出去了，結結巴巴地問：「你剛剛，是不是……害羞了？」

他嘴唇又是一抿。

書佳沉默了一會兒才說：「你這樣，弄得……好像是我占了你便宜一樣……」

他聽出她話裡的不服氣，卻還是沉默著。倒是書佳，看他一副無法反駁，任由她欺負的模樣。

真是！太可愛了！可愛到犯規啊！

書佳不忍心再逗他了，趕緊轉移話題，問：「你幾號回來？」

『明天。』

「什麼時候到？」

『中午。』

「喔。」她頭髮溼漉漉地散在身邊，水珠滴到皮膚上，有點難受。

書佳只好扯過毛巾，側著頭，邊擦拭頭髮邊和周蕩講話：「要我去機場接你嗎？」

她的房間光線充足，一側頭，頸側那顆極淡的胭脂痣，清晰地落入某人眼裡。

白皙的肌膚在燈下泛著瑩潤的光澤，嬌豔又溫柔。

周蕩很少，很少會有像今天這樣，接二連三地體會到那種無法招架的感覺。

作為一個男人，被深埋在心底，那種無法言說的欲望折磨。

她卻毫不自知。

書佳等了半天得不到回應，自己就先反悔了：「算了，還是不去了。」

他喉間發乾，反應了一會兒，聲音暗啞地問：『為什麼？』

「因為你們人氣這麼高，應該有很多粉絲也會去接機，我要是也去會比較麻煩，對你也會有不好的影響……」

她絮絮叨叨向他解釋著，他卻完全沒聽進去，皺起眉：『妳剛剛明明說妳要來。』

她聽到了他的質問，一愣之後，反而笑了出來：「你很希望我去嗎？」

周蕩這次沒猶豫，很快地「嗯」了一聲。

書佳也不逗他了，直直看向他的眼睛，聲音輕柔地安撫：「其實是明天我已經有約了，有事要辦。我剛剛才想起來，要是沒事的話一定會去接你。」

他微微偏頭問：『是什麼事？』

她眨著眼睛笑，答非所問道：「周蕩，你有這麼喜歡我嗎？」

他沒回話，握住手機的指節又緊了緊。

都說剛交往時，人容易緊張，就連一起吃飯、看電影的時間都會變得很小心翼翼。但是他們，彷彿已經跳過這個階段，說起情話來自然無比。

看著他侷促的樣子，書佳忍不住笑了出來。她用手撐著床沿，清了清喉嚨，回答他剛剛的問題：「其實是我之後要去當伴娘啦，明天試完禮服後……」

『那會很久嗎？』

書佳還沒想好怎麼解釋伴娘這件事，就被周蕩打斷，她笑著回：「我也不知道，也許不用。」

他看著她的笑臉，深深地沉溺下去，好像有了無法呼吸的錯覺。

控制不住自己，想要抽菸，可是正在視訊，她一定不肯。

書佳半乾的頭髮就這麼披在肩上，嘴角輕輕地彎起一個向上的弧度：「那如果我忙完了，再去找你，這樣好不好？」

兩人就這麼視訊著，都是她在說，他靜靜聽，漫無邊際地聊著毫無意義的話題，卻一點都不覺得枯燥。

Aaron 的遊戲都不知道玩第幾場了，某人終於坐回他旁邊。

他側頭，看著周蕩坐在那裡，一臉心事重重沒緩過來的樣子，忍不住揶揄：「夠了吧蕩弟弟，不是才剛掛上電話嗎？現在就一副思念成災的模樣。」

嘖嘖嘖，情竇初開的少男啊，Aaron 不禁有些擔心。

丸神這個模樣，被人家女孩隨便按個 R 鍵，一套就能帶走了。

他嘆了口氣，一邊玩遊戲，一邊開口唱道：「多情的郎兒啊……」

周蕩不耐煩抬眼瞪他，吐出一個字：「滾。」

Aaron 又樂了：「阿蕩啊，你現在對除了書佳之外的所有人，不是不說話，就是一句滾蛋對吧？」

周蕩把發燙的手機往床上一丟，脫下 T 恤，走到另一臺電腦前，俯身把英雄聯盟打開。

看這個架勢，又是準備通宵，心火正旺。

Aaron 瞄著他的一連串動作，一心只想抱大腿，讓蕩神帶著他飛。馬上狗腿道：「哎喲，蕩哥哥來，雙排啦！雙排啦！」

周蕩還是當他如空氣一般，看著他那永遠一副帝王式冷漠和無動於衷的樣子。

Aaron 決定對症下藥，猥瑣道：「你帶我爬分，我就教你和女朋友全壘打的祕訣。」

＊＊＊

書佳一覺就睡到第二天中午，起床替自己熬了一碗小米粥，吃完匆匆換了身衣服，就趕到和施月約定的地方。

施月是她高中時的好友，關係一直都不錯。可惜後來沒聯絡了，前一段時間才重新交流。就在前幾天，施月突然跟她說要結婚了，想請書佳當伴娘，她也不擅長拒絕人，就這麼答應下來了。

到了婚紗店，書佳用手機確認施月跟她說的地點，確定是這一家後，推門進店。

一個熱情的中年女人看到書佳進門，便迎上來問：「小姐妳好，有什麼需要的嗎？」

她向店裡張望了一陣子，解釋道：「我來找朋友的。」

施月剛好從另一側的試衣間裡出來，看到書佳，眼睛一亮，招了招手：「佳佳，這邊！」

兩人也沒有特別要緊的事，書佳就陪她挑挑選選，閒聊著。

施月在寬大的試衣鏡面前審視宴會上要穿的禮服，書佳靠在旁邊，聽她說話。

「佳佳，妳覺得這件怎麼樣？」

施月的身材玲瓏有致，皮膚也白皙，穿正紅色的禮服，面如芙蓉。

書佳上下打量了兩眼，點點頭：「滿好的。」

陪在一旁的工作人員也微笑誇讚道：「小姐長得好看，穿什麼都配。」

施月從高中時就是很多女孩子羨慕的類型。漂亮、成績優秀、是班花更是校花，走到哪都是眾星拱月的那種人。

近幾年，兩人雖然沒怎麼聯絡，但是看著施月的樣子，過得也應該很好。

施月又打量了一陣子，把禮服交給一旁的人，吩咐道：「那幫我包起來吧。」

然後興奮地拉著書佳去選伴娘服，書佳自己是無所謂，隨便穿什麼都可以，不怎麼挑剔。

施月拿起一件白色的雪紡紗裙，在書佳身上比對了兩下，問：「佳佳，這件妳穿應該會很好看，要試試嗎？」

書佳無所謂，新娘子說了算，於是點點頭，拿著衣服進了試衣間。

換好後出來，在一旁等的施月眼睛明顯一亮。

「哇！佳佳，妳穿這件裙子美成仙女了。」她把書佳推到試衣鏡面前，毫不吝嗇地誇獎她。

「真是好看。」

鏡子裡的人，一頭柔軟的黑色長髮，一席純白雪紡裙垂下，露出好看的一截小腿，細細白白的像根嫩藕。

施月一直都很喜歡書佳，從剛開始認識的時候，就覺得她是乾淨得像白紙一樣的女孩，安靜不受世俗打擾。

書佳對著鏡子糾結地看了兩眼，又轉頭對施月說：「妳不覺得這件裙子有點透嗎？」

「哪裡透啊？」

「下面。」

「沒有啊？」施月歡快地笑起來：「妳也太保守了吧。」

「是這樣嗎？」書佳還是猶豫著。

施月拍了拍她的肩：「保證妳家的那位看到，他會喜歡的。」

書佳聽出她話裡的意思，愣了愣才問：「怎麼會跟他有關？」

施月則是一臉驚訝地看著她說：「我沒告訴過妳嗎？我的未婚夫是YLD的老闆啊，我們結婚時WR的人也會來。」

「什麼？」書佳這才訝然地抬起頭。

YLD的老闆結婚的話，那不是半個電競圈的人都要來了嗎？

從婚紗店裡出來，已經快要接近晚飯的時間了。

施月是開車來的，她硬是拉書佳上了車，說要送她回去。

書佳本來想拒絕，但施月態度實在強硬，她也沒辦法，只好答應了。

六點多，正好碰到下班時段的運輸高峰期，車流緩慢移動著，塞在紅綠燈前就是動不了，書佳坐在副駕駛座上，側頭去看窗外的路況，大概還會塞車好一陣子。

下班的時段，路上車子很多，路邊來往著人流，一旁的街燈亮成一排，施月把車窗降了下來，讓晚風吹進車內。

書佳本來握著的手機突然一震，是姜于於傳來的訊息，她傳來一個連結要書佳點進去看，書佳就直接點開。

英雄聯盟ＬＰＬ二〇一六夏季賽決賽，英雄麥克風的影片？

反正車也還塞著，施月閒著也是閒著，便湊過來看書佳在看什麼。

「英雄麥克風？」施月看了眼標題，一個字一個字地念，好奇問道：「佳佳，這是什麼？」

書佳想了想，跟她解釋：「這是英雄聯盟的搞笑影片系列，裡面的片段全部都是比賽時，選手在現場說的一些話。」

她也沒辦法解釋清楚，乾脆直接把影片點開，兩人一起看。

『徐景平！』Aaron 帶著耳機，身體邊抖邊喊著 GGBond 的本名。

GGBond 一臉冷漠，調整完麥克風後，斜瞪了 Aaron 一眼。

Aaron 拋了個媚眼：『沒事，我就想叫你一下。』

『叫你妹！老子不想再跟你上英雄麥克風了！』

『我也不想上啊。』Aaron 一臉無辜：『我也是被逼的啊。』

『蕩蕩。』Beast 的聲音從旁邊傳來，問道：『書佳來現場了嗎？』

「喂！」施月看到這裡，笑得揶揄，「這是誰啊？還這麼關心妳的行蹤。」

書佳默然，只能裝傻繼續看影片。

畫面又切到周蕩身上，他眼睛盯著電腦螢幕，正在活動手指，聞言淡淡應了一聲。

『喂。』Aaron 一副知道內情的樣子，得意地道：『今天趁著蕩哥過生日，等拿到冠軍後，晚上就能跟人家告白了。』

教練的手搭在 ZZJ 的肩膀上，拿著紀錄版敲了敲 Aaron 的頭：『關鍵時刻都快到了，不要亂丸的心，現在先好好想怎麼打比賽。』

這時候，影片裡故意後製出一個愛心的特效，書佳連脖子都紅了起來，她回想到那天晚上的情形。

什麼去告白，先告白的明明就是她好嗎！

施月打趣道：「這影片放出來，多少女粉絲的心會碎掉啊？」

影片又被切換到遊戲畫面。

是第四場那場決勝局關鍵的最後一波團戰，五個人的語速都處於高度亢奮的狀態中。

『我可以，我有傳送、我有傳送！』

『可以打，一波進去，我有大招我有大招！』

『拉一下，別讓他們回家。』

『我們人都到了，可以打了！』

『Aaron 先切他們後排，死了沒關係，再等我五秒，撤一下！』

『打得過嗎？打得過嗎？』

『打得過，別退！可以一波了！』

『推進去了！好耶！』

遊戲畫面裡，紅色方YLD的吶兒直接丟出大絕開起團戰，吹響進攻的號角。Aaron走位進去陣行裡暈住對面的輸出角色，GGBond再從正面衝進戰場，讓TheYears被秒殺。

對面的ADC被套上虛弱，又被Beast一口吞下，周蕩的凱特琳趁勢輸出，一路收割殘血敵方，拿下一次五連殺，影片裡依稀還能聽到當時觀眾和解說激動的聲音。

WR在這時拆掉對方的外塔，擊破了水晶兵營。

五人一起大喊：『好耶！』

隊友們一直興奮地圍著周蕩喊：

『啊！周蕩，我愛你。』

『啊！丸神，我也愛你。』

『丸神！丸神！丸神！拿到了五連殺，今天晚上可以告白了，達成人生成就。』

周蕩眼角也帶著笑容，摘下耳機丟到桌上。

影片到這裡就結束了。

施月被周蕩那最後的笑容電到了，靠回駕駛座上，問書佳：「那天晚上他告白了嗎？」

書佳還陷在剛剛的影片之中，訥訥地搖了搖頭。

施月開玩笑地說：「他隊友不是說，拿到冠軍就可以跟妳告白嗎？」

書佳心不在焉地回：「告白的是我。」

「妳男朋友真是迷死人了！」施月單手搭在方向盤上，連連感嘆：「我的未婚夫以前總是跟我說，他特別欣賞周蕩，可惜他是WR核心成員，簽不下來。」

施月因為未婚夫的關係，也或多或少瞭解一些電競圈行情。

電競近幾年的發展迅猛，從英雄聯盟加入這個圈子後，短短五六年間，整個電競行業的繁榮程度就像登上了的火箭一樣。

ADC作為一個隊伍的核心位置，歷來是備受關注的。何況是WR這種國內一線戰隊，之前就有傳聞，其他戰隊和WR的管理層洽談過，想把Wan的合約買斷，聽說連過渡期的轉手費都高達好幾千萬。

要是真的轉隊成功了，最終價格大概會達到英雄聯盟開創以來的記錄，成為業內奇跡。

書佳坐直身子，嘆了口氣說：「他很受歡迎。」

聽出書佳語氣裡的無奈，施月哈哈大笑：「和電競明星談戀愛的滋味，不好受吧？」

說實話，當初她剛知道周蕩居然和書佳在一起的時候，先是感嘆了一下世界真小，WR那個電競圈內最受歡迎的ADC，女朋友居然會是自己高中時的好友？然後下意識覺得兩人並不相配。

書佳是學生時代大部分男生都會喜歡的類型，長髮飄飄、安靜乖巧，容貌白白淨淨，清純可人。而周蕩的骨子裡卻有股鋒銳叛逆的孤僻感，整個人都透著一股生人勿近的感覺。和書佳那種與世無爭的恬淡氣質相比，感覺非常違和。

「和他在一起很開心。」書佳的聲音帶著溫暖的笑意。

施月努了努嘴：「為什麼？因為長得帥嗎？」

「因為他很可愛啊。」

她知道周蕩有缺點，知道他習慣沉默寡言，性格也不活潑，不愛與人交際。用別人的話來說就是：高冷不好相處，為人孤僻。但是書佳，就是好喜歡、好喜歡他。

喜歡他的單純直接，精神出乎意料地熱烈專注，真的很可愛。

書佳手放在膝蓋上，沉默了一陣子又說：「對了。」

「怎麼了？」這時車流已經開始緩慢移動，施月注意著路況。

「妳是下個月結婚嗎？」

施月點點頭：「下個月二號。」

「怎麼突然想要結婚了？」書佳一直沒問過她。

在她的印象裡，施月一直是比較強勢的那種類型。高中時，施月曾經跟她說過很多次，自己三十歲以前要努力奮鬥，絕對不會依附任何一個男人。轉眼之間，當初的少女就要嫁為人婦。

「我上個月懷孕了。」施月也不隱瞞：「他想要孩子，那就結婚吧。」

書佳頗為驚喜，替她開心：「馬上就要有小寶寶了。」

施月淡淡地回應：「總有一天妳也會有的。」

「我還早啊……」

「都有男朋友了，還說早，說不定……」

「停、停！」書佳忙亂地打斷施月，紅著臉：「我們什麼都還沒有呢！」

「什麼都沒有？親過了沒？」

書佳搖了搖頭，隨口打發她：「好了好了，沒有。」

這下換施月震驚了：「妳談戀愛這麼純情啊？」

書佳微微尷尬著，她並不習慣和別人討論這種話題：「也還好吧……」

「我跟妳說，妳看過周蕩的手沒？」

「怎麼了？」

施月隱晦地笑起來，瞥了她一眼：「手指長的男人，那方面也強，書佳妳以後啊……」

後面的話，她沒有繼續說下去，想讓聽者留有無限遐想。

「妳別說了！」書佳的耳根都紅透了：「說點別的吧。」

「要說什麼？」施月問。

「說……」書佳想了想，又笑著問：「妳快有小寶寶了，是不是很開心？」

「還可以。」施月開著車，換上認真的表情回答：「情啊、愛啊，對我來說都是無所謂的事。」

＊＊＊

書佳到家以後，不知道要做什麼打發時間，靠著沙發看了一陣子的書，只覺得百無聊賴，做什麼都提不起興致。

天色已經全部暗了下來。

她心念一動，披了一件外套，拿著手機出門。

等到跳上計程車，司機問書佳要去哪，書佳這才想起來她早就忘記WR總部該怎麼走了。

「您先往體育館那個方向開吧。」書佳糾結了一下，憑著腦海裡的記憶，大致向司機說了個地標。

然後就拿出手機搜尋，果然，馬上就有一大串資訊。

詳細到連WR總部地址的門牌號碼，都寫得清清楚楚。看著這些書佳忍不住想，以前到底有多少粉絲，會根據這個地址，半夜去敲總部的門或是守夜？

電話響起的時候，周蕩還在打排位。

他直接拿過放在一邊的手機，看也沒看是誰就接起來：「喂。」

電話那頭只有輕淺的呼吸聲。

他眉頭皺了起來，並不是很有耐心：「說話。」

對方依舊沒有聲音，他剛想掛斷時，就聽到電話那頭柔柔地傳來一聲：『周蕩。』

「書佳？」他動作一頓。

那邊「嗯」了一聲，接著說：『你有時間出來一下嗎？我在總部的門口。』

「Aaron，過來幫我把這場打完。」

周蕩丟下這句話後，頭也不回地推開門離開，留下訓練室的隊友們面面相覷。

能讓周蕩中途打遊戲打到一半跑掉的，真是稀奇啊……

ZZJ 還開著直播，一抬頭就發現周蕩不見了，不由得好奇問道：「Wan 幹嘛去了？這麼急，遊戲都不打了，今天火星撞地球了嗎？」

Aaron 坐在周蕩的位置上，接手他玩到一半的遊戲，微微一笑：「大概是女朋友來了吧？」

ZZJ 聞言又嘆了口氣：「今天才第一天回來耶……」

「我要檢舉他！嚴重擾亂我玩遊戲的心情了。」總部的人大部分都沒有女朋友，還要天天被迫塞滿嘴的狗糧。

Aaron 呵呵一笑：「我就問你一句話。」

「什麼？」

「你承受得起來自地獄的怒火嗎？」

GGBond 叼著根菸，含含糊糊地加入話題：「想不到我們家蕩蕩，居然是被這種類型的女孩拿下了。」

「什麼類型？」

其實ZZJ也想不通，按理說，以前圈裡暗示明示周蕩的美女也不在少數，甚至在微博，私下傳照片的女孩子都特別多。

可惜當事人一直冷心冷情，一副清心寡慾的樣子，白白浪費那麼多豔遇的機會。

「問小野啊。」Aaron直接把刀子插在Beast心口：「他可是阿蕩女友的小粉絲呢！」

Beast惱羞成怒：「你煩不煩？去你的，這件事還要說幾遍！」

「其實我早就發現了。」GGBond打斷兩個人鬥嘴，慢悠悠說道：「丸神就喜歡軟妹。」

軟妹？難道是那種，個子矮、語氣甜軟、連帶人也軟軟的，動不動就害羞臉紅，笑起來眼睛彎彎很惹人憐愛的類型嗎？是個男人都招架不住的。

當天風有些大，講完電話。她將手機收回口袋，沒有再拿出來，就坐在他們總部的門口等他。霓虹燈閃爍跳躍，落在書佳乾淨的臉上，月色勾勒出她的側臉，睫毛捲翹。

等了一會兒，他還沒來。書佳瞇起眼睛，四處張望著，這才一回頭，驚覺身後立了一個人，不知道已經站了多久。

她嚇了一跳，試探性地喊：「周……周蕩？」

他這才從陰影裡走出來。

穿著黑色運動外套，拉鍊並沒有完全拉上，內裡露出WR的夏季賽短袖的圖樣。

其實周蕩也有男生的隨興，但真的就只有一點點。

書佳仰頭看著他，笑了起來，彎彎的眼閃爍著，可愛的小梨窩微陷：「你幹嘛嚇我啊？」

他也不說話，走到她面前的臺階蹲下，和她視線齊平。她的頭髮很長很柔，有一些垂在胸前，被晚風吹得微微晃動。

「妳一個人來嗎？」他一眨不眨地看她，聲音壓抑低沉。

他的眼神太過專注，書佳微微移開視線：「我今天到附近有事，順路來看看你。」

周蕩看不出她的表情，其實就是她腦子一熱，突然想見見他。

書佳儘量讓自己看起來平淡一點，掩飾自己的心虛：「我知道你們有規定，不允許選手私自外出，所以說……」

她眼瞼低垂，氣氛詭異的靜默，誰都沒有說話。

他把手搭在膝蓋上垂下，周蕩沒有好好休息，看起來有些倦怠。在半明半滅的光線裡略顯蒼白，臉部的輪廓卻更加好看。

書佳靠近他，用手指碰了碰他的下巴。

「周蕩，你在發呆嗎？」

他搖搖頭，眼神卻更加幽深。

書佳輕輕捏了捏他的臉，笑出聲來：「那你怎麼都不說話，在想什麼啊？」

他的皮膚真好摸，真的好好啊……比女孩子都好。

「我在想。」周蕩一開口，書佳就聽見心在胸口跳動的聲響。

他看著她，慢悠悠地說：

「和妳接吻會不會很舒服。」

他低沉的嗓音，內容太過直白，看上去清冷，骨子裡卻全是情欲。

書佳心慌意亂，臉慢慢紅了起來，還沒反應過來，感覺頭被微微抬起。

他捏住她的下巴，湊上去，溼溼涼涼的吻印在她的唇上。

他的嘴唇，細膩又柔軟，他們離得好近，她的鼻尖被他的氣味包圍。

帶有一點菸味，很淡。還有檸檬的香味，像薄荷葉一樣清冷的甜；又像迷藥一樣，引人沉醉。

呼吸滾燙著，他將舌尖伸出來一點點，輕輕地試探。

她反射性地將頭往後倒，卻被他一隻手按住，繞過她細軟的頭髮，掌心握住細長白嫩的脖頸。

那一層薄薄的皮膚上，兩人貼得太近，他的指尖像冰塊一樣，她卻覺得自己快燒了起來。

書佳慢慢闔上眼睛，臉頰染上緋紅，思緒也靜止了。

他的髮絲蹭著她的皮膚，很癢。書佳伸手環繞住他的脖子，唇舌溼潤，彷彿把人的意識也慢慢吞噬。

甜言蜜語有什麼錯？就算只是想想都快樂。

接吻，真的好舒服……

好像他們還是初見那時一樣。

那麼甜。

＊＊＊

晚上的風有點大，總部二樓的燈還亮著。

昏昏暗暗的光影，不斷掠過眼皮。

書佳只覺得全身力氣都要被抽光了，身子往後傾斜，想稍微退出周蕩的懷抱之中，可是她兩隻手腕都被他捉住，動彈不得。

「周、周蕩？」

她掙扎了一下，柔若無骨地在他懷裡仰頭，小聲地喊他名字：「你……」

「給我。」

他的聲音低沉暗啞，瞳孔的顏色深不見底，淺淺的喘息中，有壓抑的溫柔欲望。

書佳感覺到自己的胸口一下一下地劇烈跳動著，她雙頰薄紅：「可是你……」

話還沒說完，又被他追過來吻住。

周蕩的睫毛很長，蓋住黑琉璃一樣的眼珠，他的唇很薄，卻柔軟。

含住她小巧的唇瓣，輕輕地吸吮引人全身發麻。

溼涼的唇、昏脹的頭腦，親吻，真是件讓人上癮的事。

這是她被他不知道第幾次吻住時，腦海裡最後冒出的念頭。

有了剛剛的經歷，書佳拉著周蕩去附近的商店，一路上都儘量和他保持點距離。

大多數人對周蕩的印象一向都是，很克制、冷靜、不食人間煙火。

只有書佳知道，他真的太黏人了，只要兩個人稍微靠得近一些，就要討親……

所以，這算是甜蜜的負擔嗎？

兩個人只要在一起，就無法抑制想要親近的念頭。

從WR總部離開時，時間已經很晚了，書佳想去商店替他買幾盒巧克力和奶粉。

九月的夜晚，已經有了初秋的涼意，梧桐樹下被路燈打出斑駁的陰影。

書佳牽起周蕩的手，低著頭，邊走邊看。

以前在網路上，有人討論女生最喜歡男孩子的哪個部位，第一名的答案就是男生手背上微微突起的青色血管，書佳一直沒辦法領會，直到現在，這麼近距離地看到周蕩的手。

「周蕩，你開直播時開不開視訊鏡頭啊？」書佳試探性地小聲問他。

周蕩不緊不慢地看了她一眼：「不開。」

她看著他的臉，控制不住笑容：「從來沒開過嗎？」

周蕩側頭想了想，又回答她：「我很少直播。」

「嗯？你沒簽合約嗎？」書佳好奇地問。

照理說，每個戰隊都會和某個直播平臺合作，保持選手比賽期間曝光度，同時也有盈利的考量在裡面。

所以一般來說，大多數明星選手，都是和整個戰隊一起入駐同個平臺。

沒記錯的話，他的隊友Beast好像就和書佳是同個平臺的。

「我不喜歡。」他微微地點了點頭，簡短直接地回答。

書佳心裡讚嘆，周蕩在WR的待遇是真的很好。以他的人氣，只要直播，就算只看那些粉絲刷的禮物，估計每個月都是一筆可觀的數字。

其實書佳不知道的是，比起周蕩直播的價值，WR更看重他在職業方面的天賦。

現在，很多職業選手會因為參與遊戲直播，影響到正常的比賽水準。

英雄聯盟總公司年初就發布了直播公約，官方禁止現役選手的直播時間，每月不得超過45個小時，以此來控管過多直播對職業選手造成的影響。

畢竟有不少選手，會因為直播帶來的虛榮感和利益，而被誘惑退役當全職實況主。

書佳抿起唇笑，不由得在心裡想，他的那些粉絲都說他的照片千金難求，是有道理的。

直播也不開、線下活動很少接、為人又高冷不好接近。其實要當周蕩的粉絲，某些程度上來挺折磨的，當事人不怎麼在乎粉絲，一年也沒發過幾次福利。

他停下來，微微屈身靠近她。

因為有點近視，又沒戴眼鏡，眼睛習慣性地微瞇著：「妳再笑，我就親妳。」

一副認真的神情，卻說著那麼露骨直接的情話。

書佳用食指堵住他的唇，無奈地阻止他：「這裡是大馬路上，還有人。」

周蕩頓了頓：「沒人就可以親嗎？」

書佳被他說話的神情逗笑了：「你是認真的嗎？」

「嗯。」

「哈哈哈！」書佳忍不住，噗哧一聲笑了出來，踮起腳在他的側臉快速地吻了一下：「你怎麼會這麼可愛啊。」

她真的很喜歡和周蕩待在一起的感覺，單純、快樂，不用偽裝什麼。

就這樣待在他身邊，都平靜又放鬆。

＊＊＊

施月回到家，發現未婚夫正在客廳看電視，身上穿著黑色的家居服，頭髮還是溼漉漉的，像剛洗完澡。

她把包包隨手丟在一邊，邊換上拖鞋邊問：「你晚上吃什麼？」

未婚夫看到施月進門，笑嘻嘻地喊：「老婆。」

施月點點頭，去臥室拿了條乾燥的毛巾。

她站在未婚夫身後，把毛巾攤開，替他擦拭著頭髮。

「你今天怎麼不和你的狐朋狗友出去鬼混了？」施月的聲音淡淡。

未婚夫則是賴在沙發上不動：「我哪有狐朋狗友，我……」

「呵，您可是大忙人啊！結婚都沒時間了吧。」

他聽出施月語氣中明顯的嘲諷，有些尷尬：「我今天下午有正事嘛！」

施月漫不經心地回問：「什麼正事？」

「YLD今天下午高層開會，總決賽的抽籤結果出來了。」

施月丟掉毛巾，趴到旁邊的沙發上和他閒聊起來：「比賽什麼時候開始？」

「九月三十號，在美國芝加哥。」

施月挑挑眉，推算了一下時間，那不是婚禮之後沒多久嗎？

「你們什麼時候過去？」

「會提前一個星期吧，隊員自己決定，主要是調整時差，和別的隊伍打幾場訓練賽而已。」

施月因為書佳的原因，對WR這支隊伍也有些在意，不由得問起：「你們隊和WR的抽籤結果怎麼樣？」

「WR？」未婚夫想了想說：「我們隊還行，WR籤運不太好。」

其實從抽籤結果來看，這次全球總決賽的分組對於LPL區真的不太友善。

YLD是還好，小組裡面基本上沒有能製造壓力的其他隊伍。但WR代表著中國地區一號種子隊出征，算是真的被分進一個死亡小組。不僅碰上了去年的冠軍隊伍STK，組內有LMS賽區的冠軍FW，剩下的除了區域賽外隊伍，還有一個TMS賽區的北美霸主。

「所以，要是WR能贏出線，基本上冠亞軍也差不多了。」未婚夫下了結論。

施月對這方面不算瞭解，似懂非懂地「喔」了一聲。

未婚夫突然問起：「妳怎麼關心起 WR 來了？」隨後狐疑地瞥了她兩眼。

施月仰著頭，半晌才說：「沒什麼，他們有個很帥的 ADC，突然有點興趣。」

未婚夫大驚失色：「老婆，妳、妳不會……」

他結結巴巴個沒完，施月被惹煩了，白眼了他一下，不鹹不淡地回了一句：「神經病啊？我以前的閨蜜是他現在的女朋友。」

聽她這麼一說，未婚夫好像有點印象：「妳是說那個，書佳？妳邀請的伴娘？」

施月點點頭。

未婚夫又沉默了一會兒，神色有些複雜：「我沒記錯的話，賀靜柔，好像也是伴娘吧？」

賀靜柔，早期女子戰隊的職業選手，長得也不錯，後來從選手退役，轉型當主持人。因為未婚夫的關係，和施月關係算不錯。施月自己的朋友也不多，合適當伴娘的也就那麼幾個，加上又是電競圈裡的，當時就直接邀請賀靜柔，對方也一口答應下來了。

施月莫名其妙地回：「是啊，怎麼了？」

「妳知不知道賀靜柔和 WR 的 Wan 是什麼關係？」

「能有什麼關係？」

施月沒想到這樣都能扯上關係，猶豫了一會兒說：「難道賀靜柔，是周蕩的前女友嗎？」

她自己不怎麼關注圈內的八卦，不太瞭解內情。和賀靜柔只能算是泛泛之交，好像也沒聽她說過關於 Wan 的事啊？

未婚夫十分鄙視她這個猜測：「怎麼可能。」

「那是什麼關係？你不說，我怎麼會知道。」

未婚夫臉上閃過一絲不自然，斟酌再三後開口：「她，之前為了……Wan，鬧過割腕事件，也算人盡皆知……」

「割腕？」施月瞠目結舌。

好歹賀靜柔也被一眾網友封為電競圈的宅男女神，居然會為了別人做傻事？

當時因為這個事件，某個是賀靜柔死忠粉絲的職業選手公然挑釁周蕩。甚至和WR戰隊槓上了，並且被粉絲帶風向操作成了LOL圈和電競圈宣戰。

「貴圈怎麼這麼亂啊？」施月搖搖頭，感嘆道。

她的未婚夫年紀不大，長相斯文清秀，又是YLD的老闆，平時各種應酬也很多，自然知道不少圈裡那些說不得的內幕和潛規則。

尤其是近幾年，群魔亂舞、亂象叢生，LOL在電競圈的聲勢已經銳不可擋，一躍成為遊戲圈中最亂也最紅的項目。

代練、代打、戰隊黑箱、贊助、關說、假賽……甚至某些現役選手，還捲入桃色風波。

看多了圈子裡那些骯髒的事，施月的未婚夫才更加欣賞周蕩。畢竟少年成名，打遊戲也確實有天賦。而這些年下來，大大小小無數個獎項拿到手軟，粉絲數量更是龐大，所有玩家心目中的世界首席ADC，為人卻一如既往地低調……

因為未婚夫的話燃起好奇心，施月用手機隨便搜尋了一下周蕩和賀靜柔的事情。

獲得的資訊量不是一般的大，真的是，好大一齣鄉土劇。

下方的相關連結，居然還有一些電競圈的人生贏家、那個神一樣的男人、電競吳彥祖之類的不入流標題。

「現在人帥就是占便宜，不管性格如何，都能讓女孩子意亂情迷啊。」施月邊看邊感嘆。

未婚夫則是幸災樂禍：「這下好了，到時候WR的人肯定也會來，書佳和賀靜柔都是伴娘，畫面挺精彩的啊。」

＊＊＊

轉眼就到了施月結婚那天。

除了書佳之外還有其他幾位伴娘，前一天就被接去施月的娘家。

在徐匯那塊俗稱富人區的地方，環境很好，一整排都是復古小洋樓。

伴娘團有四個人，其中兩個書佳不認識，還有一個是施月的妹妹。她們早上很早就被挖了起來，陪著新娘一起化妝、做頭髮。

書佳低血糖極為嚴重，晚上又沒睡好，臉色蒼白，她自己面對著化妝鏡在眼底補上遮瑕，身後的造型師幫她弄頭髮。

書佳不想弄得太浮誇，就請對方隨意地替她把髮尾捲一捲。房間裡幾個年輕的女孩大概都沒睡好，正靠在自己的位子上閉目淺眠，施月的妹妹坐在書佳旁邊玩手機，時不時和書佳聊上兩句。

施旖旎和施月五官有些相似，氣質卻截然不同。施月看起來就是大小姐模樣、脾氣也驕。施旖旎名字取得有情調，人卻像個假小子，大咧咧的。

施旖旎看旁邊的書佳沒有精神的樣子，一直在發呆。她舉起手在書佳眼前晃了晃：「嘿，想什麼呢？」

書佳慢吞吞地揉了揉額頭：「沒什麼，妳姊夫幾點來？」施旖旎也不知道，想轉頭問施月，而施月正閉著眼睛被化妝師上妝，不好說話。

賀靜柔本來在講電話，聞言看了她們一眼說：「應該還早。」

就在此時，休息室的門開了。

一個服務人員推了一桿子的衣服進來。有施月今天要穿的幾件宴會禮服，也有她們四個人的伴娘服，來人把衣服送進來就離開了。

施旖旎起身，挑挑選選，拿起一件裙子，對著鏡子比對了一下：「我又沒女人味，不適合這麼淑女的款式吧？」

「這個當然不適合妳。」施月笑了一聲：「短袖和短褲最適合，要不然妳就穿這樣走在我後面提裙襬？」

施旖旎沒好氣地說：「不行，今天聽說很多帥哥來。我要打扮得美美的，來一場愛的邂逅。」

「帥哥？」另一位伴娘余雪妮開口，聽到這番話笑了一聲：「妳聽誰說有帥哥？」

施旖旎正忙著選衣服，聞言隨口答了一句：「聽姊夫說的啊，他說今天很多帥哥。」

又等了一會兒，書佳和其他伴娘的造型搞定後，便各自拿了自己的衣服去試衣間換。

伴娘的禮服不是上次和施月去選的那件，而是臨時被施月娘統一換成一件抹胸禮服，說是更配施月婚紗的樣式。

書佳頭髮比較長，換這種禮服略微麻煩。小心翼翼地在裡面穿了半天，等她終於換好出來，早早就等在外面的施旖旎情不自禁地「哇喔」了一聲。

眾人的目光都被吸引過來。

余雪妮仔仔細細地把她打量了一番，說：「美女，好漂亮啊，身材真好。」

胸大，腰細，色白。三樣都占齊。

露肩的抹胸式禮服襯得書佳鎖骨纖細精巧，頸脖和肩前露出一大片像羊脂一樣，細膩白皙的肌膚，

映著散下的黑色長捲髮，連女人看了都覺得嫵媚至極。

施月也盯著書佳直看，笑著稱讚：「佳佳，妳骨架小，穿這種露肩款的禮服真美。」

書佳轉身，看著鏡子裡的自己嘆了口氣，猶豫地問：「妳、妳覺不覺得這……」

這件禮服，也不知道是不是尺寸小了一點。胸口那部分繃得特別緊，腰身繫著的蝴蝶結也綁得很密，從胸前到小腿，把她身體的曲線勾勒得一清二楚。

施月知道她不好意思，安慰道：「妳穿起來很好看，是很正常的樣式！男朋友不會介意的。」她剛說完就意識到不對。

賀靜柔靠在旁邊，表情沒有太大的起伏，也沒有不說話，只是神色有些複雜地笑了笑。在場的人對於賀靜柔和書佳的複雜關係，除了施月以外，連書佳自己都不知道，眾人也沒察覺到有什麼不對勁。

施旖旎從化妝包裡翻出一支正紅色的唇蜜，遞給書佳：「來，這個襯妳的膚色。」

書佳連忙揮手：「不，我不用這種顏色。」

她把頭髮攏到胸前，稍微遮擋一點。然後坐到鏡子前，隨便選了支潤色唇釉，淺淺地勾勒一下唇形，其餘毫無修飾。

十點一到，大家都開始忙起來，一群人也轉移陣地，去了施月閨房。

期間，施月父母來看了一次，向每個伴娘發了一個厚厚的紅包。施家的管家端來幾碗類似桂圓紅棗一類的甜湯，招呼大家喝完。

書佳也不太懂這些習俗，她性格軟，又好說話，所以堵新郎和伴郎團的任務交給施旖旎和余雪妮。

施月坐在床上，看著她們擋在門口，一副豺狼餓虎般的模樣，不由得頭疼：「妳們裝裝樣子就好了，別太認真了。」

事實上，施月說了也等於白說。

當未婚夫在房門外做完一百下伏地挺身時，終於崩潰，拍門大喊：「喂！我等等還要抱我媳婦，紅包都已經厚到卡住門縫了，妳們還要怎麼樣啊？」

「唱一首《狼的誘惑》就開門。」施旖旎使勁憋笑的聲音從門後傳來。

阿浩在一旁調整了一下領帶，笑著說：「這恐怕門得關更緊一點了。」

說來也是巧，阿浩退役當實況主之前，一直都在YLD當職業選手，和施月的未婚夫交情很深。在知道書佳和賀靜柔都是女方伴娘後，他不由得感嘆，世界真是太小了。

這是什麼八點檔的狗血言情小說？

別人可能不知道內情，但像阿浩他們這種牽線搭橋的圈內人，其中恩怨糾葛都放心裡面，都像是明鏡一樣。

現在賀靜柔和丸神的女朋友碰上了，真修羅場。

施月的未婚夫忍著周圍兄弟們不時發出的爆笑聲，艱難地對著手機找出來的歌詞唱完《狼的誘惑》。

房門卻還是不肯打開，不輪到自己結婚不知道，這一大群人湊在一起會有多煩多鬧。

阿浩上前敲了敲門，喊書佳：「佳妹妹，替我老哥開個門啊！妳知道他在外面哭得像個小嬰兒了嗎？講真的啊！」

在他們身後跟拍的攝影師聽了，高舉著攝影機，笑得肩膀都在顫抖：「你們一群年輕人，真是愛玩。」

書佳看不下去了，施月也被鬧得頭疼，向她使了個眼色後，朝著門的方向撇撇嘴。

書佳起身拉開施旖旎她們，把房門的鎖打開。

裡面一群如花般嬌豔的伴娘，輕而易舉地吸引了門外許多男人的目光，未婚夫更是目不轉睛地盯著施月看。

書佳往後退了退，方便讓新郎倌走進來，一群人魚貫而入。

阿浩經過書佳身邊，低頭打量了她一圈，調侃道：「佳佳，今天打扮得這麼好看啊？」

「還行。」

「別謙虛啊妳，這還是平時和我一起玩遊戲的舒淡淡嗎？」

「你別鬧了啦！」

「不不，我就是感嘆感嘆，妳今天真漂亮，保證妳男朋友看了起反應。」阿浩臉上堆滿了笑。

書佳輕輕舒了口氣，頭大無比：「你漂亮，你最漂亮。」

而新郎倌那頭終於如願抱得美人歸，一個勁地呵呵傻笑，被眾人起鬨鬧了一番，就抱著施月率先走了出去。

一大群人跟在後方，高舉著手機拍照。

書佳搖了搖頭，留在房間裡收拾等等要用到的東西，整理完放進包包裡，再把捧花抱在懷中。當伴娘真的是一件非常累的事情。

中午是兩家人的家宴，只有一些親戚到場。晚宴才是重頭戲，白金的五星級飯店，甚至還請了歌星到場助興。

藉由施月未婚夫的婚禮，國內幾家知名戰隊的大人物基本上都來齊了。明明是一場婚禮，卻可以說是請來了電競圈的半壁江山。

施旖旎和余雪妮在前面收下賓客紅包，紀錄名字，書佳則是負責安排來賓座位，替他們帶路到桌前。

晚宴設在一樓的宴會大廳，上千枝粉紅玫瑰吐露著細膩的花香，配上一束束追光燈，奢華又璀璨。

書佳穿著細跟高跟鞋站了一天，好不容易空閒了一下，坐在一旁的椅子上休息，趁著和施旖旎閒聊，輕輕揉了揉腳腕。

余雪妮撐著頭，嘆氣道：「人來齊了沒啊？還有多久才能吃飯，我要餓死了。」

賀靜柔從包包裡拿了瓶香水，往手腕和脖子噴上，漫不經心道：「等等還要去幫新人擋酒，妳現在先隨便填點肚子吧。」

「我不會喝酒啊……」

「對了，聽說書佳妳挺能喝的？」賀靜柔將話題不經意地帶到書佳身上，聲音淡淡的，意有所指。

書佳無所謂地笑笑：「嗯，我可以喝。」

抹胸式的小禮服，剛好及膝的長度，一坐下卻顯得有些短了。她又正對著大廳門口坐著，實在沒辦法，書佳只好隨便拿了一件外套蓋在腿上，以防走光。

余雪妮遞給書佳一瓶綠茶。

書佳瞇眼笑了一下：「謝謝。」

她脊背挺直，正小口小口抿著飲料，眼角餘光就看到一大群人走近，正在和旁人閒聊的賀靜柔也突然靜默下來。

書佳慢慢轉頭，就像長鏡頭畫面一樣，一幀一幀地定格慢放。像是收到某種感應一般，周蕩同時抬頭往這邊看過來，視線對上的那一瞬間，書佳的呼吸突然緊了一下。

「我的天啊！」施旖旎玩著手上的鋼筆，小聲地在書佳耳邊感嘆：「那群人裡面有個帥哥顏值好高喔。」

第六章　出征 *I*

書佳就坐在大廳前，正對著廳門，周蕩剛走進來一眼就能看到她。

低著頭在喝著飲料，十指纖纖，輕輕握著瓶身。玉脂凝膚，清晰可辨的肩線，明晃的燈光打在她身上，輕而易舉地觸動人的視覺神經。

太過直接的對視，讓書佳躲避不及。

WR大概來了十個人左右，雖然不像平常比賽的時候穿著短袖隊服，但還是統一穿上印有戰隊標誌的黑白色制服。

一大群個高腿長的年輕男孩靠近，瞬間吸引了很多人的目光。

賀靜柔最先反應過來，理了理裙襬站起來，笑著對他們說道：「過來簽一下名，我帶你們去位置上。」

WR眾人面面相覷，這個和藹的美女莫非就是跟自家蕩蕩……

施旖旎很是興奮，絲毫沒看出來現場略帶尷尬的氣氛：「天啊，那個帥哥好像在看我們這邊，我的小心臟啊。」

書佳不可察地撇開了視線，手指捏著腿上披著的外套，余雪妮顯然是看周蕩看呆了，張了張嘴，沒出聲。

「喂，是賀靜柔啊。」GGBond用肘尖撞了撞周蕩，發現他沒反應又問：「你在看什麼呢？」

周蕩一語不發，GGBond順著他的目光看過去。

哇，賞心悅目啊！他再仔細一看……不對，那是書佳！然後賀靜柔也在？

「兄弟。」GGBond拍了拍他的肩膀：「修羅場。」

一群人嘩啦啦地走過，年輕人，看到美女總是喜歡調笑和喧嘩。

施旖旎撐著下巴，看著賀靜柔和那群人有說有笑地走在一起，撇了撇嘴：「嘖嘖！長得好看的就是吃香。」

余雪妮沒接話。她的注意力全都放在周蕩上，走在人群後方那個看上去特別冷淡，也特別帥的年輕男孩。

他穿著黑色的運動短褲，有些寬大，露出一截好看的小腿，人高腿長，長相清秀，那雙黑漆漆的眼睛真是漂亮。然後……她就眼睜睜地看著那個人走近……接著停住。

書佳本來還在鎖緊瓶蓋，忽然上方的光線被阻擋，面前一暗。

下一秒，她還沒反應過來，迷茫地抬起頭看。

周蕩微微彎腰，一手撐在旁邊的桌子上，一隻手抬起書佳的下巴。

周圍的人明顯發出抽氣聲，施旖旎和余雪妮更是呆在原地。

這、這什麼情況？

賀靜柔本來還走在前面和人說笑，隨意地看了後面一眼，就剛好看到這曖昧的一幕。她心尖上一抽，臉上的笑容未垮，腳步加快地往前走去。

有些人想看熱鬧，被GGBond笑嘻嘻地拉走。一群人識相地沒等周蕩，都先入坐了。

書佳還愣愣的，手指不自覺攀上他的手腕，慢慢反應過來：「周蕩，你在幹什麼？」

他背著光，臉的輪廓被斂出溫和的線條。

周蕩低垂著眼眸看著她，嗓音沙啞地開口：「外套能穿上嗎？」

書佳睫毛捲翹，如蝶翼一般，輕輕顫動：「不能，我等等還有事要做。」

他沉默不語。

「很多人在看這邊啊。」她壓低聲音提醒。

他看著她眼裡的笑意和唇邊甜蜜的梨窩，低著頭問了一句：「能接吻嗎？」

書佳像是配合著他，仔細想了想：「現在好像不能。」

「喂，書佳，妳和剛剛那人什麼關係啊？」施旖旎一屁股坐到書佳身邊去，還沒從剛剛的震驚中反應過來的樣子。

書佳眼角眉梢都是淡淡的倦意，聞言笑了笑，坦白地說：「他是我男朋友。」

施旖旎吐了吐舌頭，惋惜地說：「我剛剛還想要他的聯絡方式，真是可惜了。」

「書佳的男朋友看起來就不太好搭訕吧。」余雪妮不由得笑了起來，接著說：「感情滿好的啊，他看起來很黏妳呢。」她的眼裡都是羨慕與祝福。

「怪不得呢！」施旖旎連連感嘆：「我就想，剛剛那個帥哥怎麼總是看我們這邊，害我自作多情了一下。」

＊＊＊

晚宴八點正式開始。

交付戒指的工作交給施旖旎，書佳和一群女伴坐在一桌，打算在敬酒前先吃點東西墊肚子。

姜于於也在邀請之列，剛好和書佳坐在一起。

她舉著手機開直播，蹭到書佳旁邊，要她跟鏡頭打個招呼：「來來來，給你們看個美女。」

書佳手裡拿著小甜餅，聞言對著鏡頭笑了笑，舉起另一隻手搖晃幾下，簡單地說了兩句：「大家好啊，我是舒淡淡。」

她坐在溫軟的光裡，肌膚的顏色乾淨，手臂骨肉緊實細嫩，沒有一絲贅肉。

姜于於本來是模特兒出身，因為現在算是ＬＰＬ比較出名的女主持人，粉絲裡面大部分都是來自電競圈裡的。

很多人經過前一段時間的緋聞，基本上都知道女直播主舒淡淡這個人。

姜于於拿起水杯，把手機鏡頭轉向自己：「滿足你們的心願了啊，你們要看Wan的正牌女友就在這。」

沒過一會兒她就笑得不行，踢了踢書佳的椅子，悄悄示意她看聊天室。

書佳邊吃甜餅，邊瞄姜于於的手機：

『我可能是喝了假酒，舒淡淡居然這麼好看……』

『我淡超美！（臉紅）』

『再看一次，我刷火箭給妳！』

『能不能多說兩句話？聲音太好聽了……』

『實在是太色情了，請再來一次，我受得了。』

『妳這樣釣完就跑，在古代是要以身相許的！』

『那有沒有蕩蕩能看啊？求看 Wan！』

『怎麼都 WR 的人？我要看別隊的！』

『我要看 YLD 的 KB 啊，求于於偷拍！』

「哈哈！」姜于於看著笑了出來，跟書佳說：「我的粉絲說妳要以身相許了。」

書佳聽完這句話，差點被糕點噎死。

為了滿足廣大粉絲的強烈要求，姜于於沒辦法，只能在會場亂竄。

一桌桌戰隊群拍過去，從 IG 到 OP，再到 YLD……

多數人都認識姜于於，所以除了某些選手和直播平臺有簽訂合約，規定不准在其他直播裡露面以外，其他人都配合地向手機裡的粉絲打了聲招呼。

因為各路名人的加持，姜于於直播的線上觀看人數很快到達幾十萬。

到了WR那一桌，幾個大男孩不知道在說什麼，嬉笑不已，像是又在調戲周蕩，而主角面容淡淡的，沒什麼表情，無動於衷地靠在椅背上任他們開玩笑。

姜于於靠近他們的桌位，把鏡頭調整了一下，笑著一聲大喊：「大家，看這邊！」單單算這一桌的人，粉絲的總和加起來都不知道有多少。

她的鏡頭一個個掃過，聊天室更是激動得讓人眼花繚亂：

『舔啊！』

『是豬豬俠，我的愛。』

『電競圈最帥的男模隊。』

『快讓周蕩看鏡頭，我還能堅持住！』

『我的天！為什麼周蕩抽個菸都能那麼性感！』

『我死了……』

『YLD老闆面子還真大！』

『Wan神和他女朋友怎麼沒坐一起？』

周蕩手裡夾著菸擱在桌子的邊緣，另一隻手拿著啤酒罐跟鄰座對碰，並沒有看向這邊。一群大男孩聚在一起，喝著酒聊開，小小年紀卻吞雲吐霧的。

姜于於故意提高音量：「喂，周蕩啊！你再抽菸我就去跟書佳告狀！」

果然要引起某個人的注意力，最有效的辦法就是提到書佳的名字。

周蕩往鏡頭這邊淡淡掃了一眼，立刻別開臉，冷若冰霜地吐出幾個字：「別拍我。」

『我覺得，隊長再看我一眼，我現在就會窒息。』

『拜託再朝這邊看一眼！』

『天啊！猝不及防被一道閃光弄瞎！』

姜于於終於露出得逞的笑容：「知名高冷男，如今已經淪落為妻奴了。」

這群人都在鬧騰著，GGBond 配合姜于於，發出一聲長嘆：「我以前可能錯看阿蕩了。」

「你知道嗎？」姜于於走到他們身邊，手拍了拍周蕩的肩膀：「你有一種，能讓人類女性發瘋的超能力。」

「對直播裡的粉絲打一下招呼嘛！」

當事人不予回應，Aaron 連忙出來打哈哈，對著手機拋了幾個飛吻：「感謝大家喜歡。」

等姜于於繞完一圈會場，終於回到位置上時，發現書佳已經不見了。

「咦，人呢？」姜于於轉頭找了找。

旁邊的女伴告訴她：「應該是陪著新人敬酒去了吧。」

新人開始臨桌致意。

由於桌數比較多，要從主桌一路敬到次桌。

書佳和一個伴郎陪著新人逐桌敬過去，前面幾桌都還好，都是長輩，很少灌新人酒。到了後面全是兩方的朋友，大家都是年輕人，怎麼會放過這麼好的機會，用盡全力折磨這對準夫妻檔。

書佳算能喝酒，一路上幫施月擋了不少。

但是幾杯白酒下肚，她大腦還是有些遲鈍了起來，臉上紅暈明顯，還踏著高跟鞋，走路都有些不穩。

他們一行人敬到WR那桌，Fay笑容滿面地站起來招呼：「哇，左老闆，新婚快樂。」

其他人也跟著陸陸續續站起來致意。

書佳負責幫他們倒酒，最後要替周蕩倒的時候，她手一抖，酒湧起的泡沫順著杯子沿淌到桌面上。

他抬頭看，明亮的燈光映在他微抬的眼裡，長長的睫毛看上去就想讓人勾起手指摸一摸。

書佳其實已經有些醉了了，還是故作鎮定笑了笑：「周蕩，少喝點酒。」

書佳搖了搖頭，眼裡像氤著一汪薄薄的水氣，湊近他的耳朵輕聲說：「乖，我沒醉。」

「妳喝醉了。」周蕩的聲音壓抑著情緒。

周蕩看了她半天，伸手捏住她的手腕，唇貼上酒杯。

她還沒反應過來，手腕就被一翻。他仰頭，將杯中剩下的酒喝了乾淨。

一滴不剩地喝光了她酒杯裡的酒。

周圍氣氛熱絡，音樂、蛋糕、燈光、紅酒，讓人暈頭轉向。

新郎倌手裡端著玻璃杯，和桌上的人已經喝了一輪，紅彤彤的酒意爬上臉龐。

施月的視線在他們身上掃了幾遍，最後停在周蕩臉上，笑著揶揄：「你把我伴娘的酒喝完了，這下誰替我擋酒呢？」

眾人還沒反應過來，就聽到周蕩認真地說：「她不能喝酒了。」

氣氛一時凝固。

書佳還沒從震驚中回神，Fay 及時出來打圓場：「你們別介意啊，周蕩他開玩笑的……」周蕩眉頭一蹙，再想說話，被一旁的 GGBond 眼疾手快地摀住嘴巴，低聲在他耳旁罵：「人家的婚禮，你別搗亂啊！」

施月看在眼裡，輕輕搖搖頭，揮了揮手笑道：「算了算了，就讓書佳坐你們這桌吃點東西吧，反正剩下的桌數也不多了。」

新郎也將目光轉過來，瞇著眼睛說：「對，書佳忙了一天，別再跟著我們喝了。」

剛說完，Aaron 立刻識相地搬了一張椅子，插進他和周蕩的中間，笑得別有深意：「來啊，弟妹，坐這裡。」

書佳站在原地，猶豫了一下：「這樣，不太好吧？」

「沒關係。」施月遞給她一個安慰的眼神：「等等妳醉了就不好了。」

說完她對著 WR 的人舉杯，招呼道：「那我們先走了，大家慢慢用餐啊，別客氣。」

書佳雖然有醉意了，但大腦還是能夠思考。她明顯感覺到餐桌上一群人的目光，都流連在她和周蕩之間。

周蕩脫下身上的黑色運動外套，蓋到書佳裸露的肩上。動作安靜而沉默，書佳有些呆滯，側著頭看了周蕩一眼。

他一臉嚴肅：「妳很冷。」

她微微仰頭看他，輕輕笑出來，柔柔地「嗯」了一聲。

怎麼會有人這麼可愛啊，真想趁機親親他。

在他們兩個人身邊坐著，簡直是一種酷刑，蕩神女朋友的笑容當真是甜度百分百啊！

Aaron 用力咳了一聲，夾著菜，故意漫不經心地說了一句：「做男人的，矜持點啊。」

桌上都是一群愛鬧的人，ZZJ 立刻配合，用疑問的語氣重複：「做男人需要矜持嗎？」

「那還用說嗎？明顯不需要。」GGBond 出了幾分力，大力拍在周蕩穿短袖露出來的手臂上，發出清脆的響聲。

「書佳，妳別太寵著我家蕩蕩了，他有點公主病。」

Fay 敲了敲桌子：「好了好了，都已經在吃飯了，也堵不住你們的嘴，誰不知道你們一群人天天除了鬧 Wan 還剩下什麼樂趣。」

說完他又正色道：「今天書佳在，你們給我收斂點。」

「人家又不介意。」ZZJ 趁機和書佳搭話：「對吧？美女。」

書佳抿著唇輕笑，連忙揮揮手：「我沒關係的。」

周蕩不緊不慢地，把 GGBond 搭在身上的手揮開，又懶洋洋地說：「但我有關係。」

他一副冷淡的樣子，卻散發出讓人難以忽視的氣質，讓眾人看了牙癢癢。

GGBond 嘆了口氣：「就你最難搞。」

也不知道是不是因為一群男生混久了，胡鬧也鬧慣了，書佳聽著覺得特別有趣。

她往杯子裡添了點優酪乳，試探地問：「大家都不吃嗎？」

Beast 咧開嘴笑了笑：「妳多吃點吧，剛剛還了喝很多酒。」

「嗯。」書佳和他們待在一起時特別放鬆，笑容也很自然：「我的胃很小，吃一點就飽了。」

「妳還真的別這麼說。」Aaron 突然想起一件事，開始對書佳爆隊友的料：「我記得之前 Beast 每次一到吃飯時間，就開妳的美食影片看。」

Beast 沒想到他突然找碴，愣了一下後，臉馬上紅透。像是再也忍不住，用他那還不標準的普通話爆粗口：「你！你老母的！我哪有啊！」

然後全桌的人都在聽他們兩個人互相傷害。

「自己做的事情還怕別人說嗎？」

「你自己喜歡偷偷摸摸帶女生玩遊戲，還老是輸，我都沒跟別人說！」

「你放屁！」

「你才去死！」

「是不是在女神面前有偶像包袱了？」

「你知道你還一直說？」

Aaron 毫不留情地諷刺道：「你知道嗎？長得醜還有偶像包袱是最可悲的。」

Fay 笑著搖搖頭：「你們不是每次都整間房的人一起看人家的影片嗎？」

「我是清白的！」GGBond 急忙出聲打斷：「我每次都只在旁邊聽聽聲音。」

看著他們笑鬧幾輪，書佳撐著頭，對周蕩眨眨眼，小聲問：「你也會看嗎？」

他從剛才就一直盯著她看，聞言也沒猶豫，點了點頭。

她睜大眼睛，也加大了音量：「真的嗎？」

周蕩又點點頭。

「我以為你不會看除了英雄聯盟以外的東西。」

「妳除外。」

書佳笑了，咬了咬嘴唇，明知故問：「為什麼？」

他的眼裡一片誠懇：「妳好看。」

周蕩眼臉微低，額前柔軟的黑髮晃過狹長的眼梢，書佳定定地看著他一會兒，悄悄在桌下拉過他的手，十指相扣。

「周蕩。」書佳小聲喊他，手指小幅度地劃過他的掌心：「你介不介意……」

他薄薄的嘴唇緊抿著，她的呼吸沾染著酒氣，溫溫吞吞，聲音難得有些懶散。

周蕩低斂著眼簾，側臉輪廓柔軟秀氣，稍稍偏了頭，想聽清楚她說的話。

書佳低垂著頭，烏黑柔順的長髮從背後滑到雙頰兩邊，她摸起周蕩的手，順勢在他腕骨上落了一個輕柔如羽毛的吻。

「介不介意，我趁喝醉時占你的便宜？」

＊＊＊

「快點啊！」童童拉著姜于於的手，穿梭在混亂的人群裡尋找WR的人。

吃完飯後眾人被留下，一起去了宴會廳旁的露天舞臺。

游泳池周圍站了一圈的人，旁邊的小方桌上放著美味的佳餚，一群人三三兩兩地聚在一起，邊聊天邊等待著最後的「驚喜」。

音樂震耳，五光十色的燈光球閃耀著，服務生穿著金絲馬甲和黑色襯衣，端著托盤遊走在形形色色的男女之中。

童童眼睛忽然為之一亮，顯然興奮極了，忙不迭地指著某個方向說：「于於，我看到他們了，在那邊。」

Aaron 本來正在和人閒聊，肩膀被人突然拍了一下，他被嚇到，很快地轉頭。

姜于於笑得燦爛極了，朝他做了個鬼臉：「我有朋友是你們的忠實粉絲，能不能拍個照？」

童童從她身後鑽了出來，舉起手機：「A神，介意合照嗎？我是你的粉絲！」

「沒問題啊。」**Aaron** 一聽到這句話，立刻擺好了一個姿勢：「這樣可以了嗎？我是和粉絲合照大師。」

他平時胡鬧慣了，一開口就沒個正經，姜于於翻了翻白眼。

童童連忙拿起手機，為兩人加上兔耳朵的特效：「可以可以。」

然後她又藉著機會，心滿意足地和WR戰隊所有人拍了一張合照，除了周蕩之外。

「很帥啊。」GGBond看了看照片的成果，隨口誇獎了一句。

童童擺弄照片，換了幾款濾鏡，詢問道：「我能傳到網路上嗎？」

「可以啊。」

「我們A哥帥照隨便發，他才不在乎。」

Aaron聳了聳肩：「這種事對我來說稀鬆平常嘛。」

「蕩神呢？」姜于於看著他們鬧了一會兒，發現書佳和周蕩都不在，不由得問了問旁邊的人。

GGBond眨了眨眼，笑著反問：「妳覺得呢？」

姜于於睜大眼睛：「他們不會去做什麼事了吧？」

GGBond想了想，又問Aaron：「那你覺得呢？」

開玩笑歸開玩笑，姜于於還是很擔心好友的安危，不由得嚴肅問道：「書佳到底去哪了？」

Aaron不敢逗姜于於了，抬了抬下巴，頓了頓聲音：「在旁邊站著呢，書佳好像有點醉了，現在酒勁上來了吧。」

周蕩和書佳剛好在陰影處，怪不得剛開始沒發現，姜于於心情複雜地看著那兩個人……

書佳大概真的有點醉了，身子都躺在周蕩的身上。

童童在一旁輕聲感嘆：「我覺得愛情真的能滋潤人。」

話一說完，現場開始放出極有情調的音樂。

「大家聽得到我的聲音嗎？」施月的聲音從四面八方的音響中傳出。

她站在舞臺的最高處，穿著迤地的白色婚裙，一手拿著麥克風，一手高舉香檳：「感謝大家百忙中抽空參加我和左先生的婚禮。」

賓客們都在鼓掌歡呼，角落裡的工作人員拉開手裡的彩緞。

「砰」地一聲，漫天彩色小紙片飛舞。

施月把捧花往空中一扔，大聲笑道：「祝大家今晚都能和愛的人在一起。」

新娘的致詞才剛結束，一個人就噗通落水，傳出的音量吸引了所有人的目光。

「我靠！誰他媽推我！」

年輕男人掙扎著在泳池裡站起來，抹一抹臉上的水珠，大聲一吼。

所有人的注意力被吸引了過去，人群開始騷動了起來。

接二連三的人被踹進水中，不少愛玩的年輕人也陸續跳進水池狂歡。

周圍熱鬧極了，人推擠著人，全都圍到泳池邊，Aaron 跟著現場的音樂，情緒已經完全熱了起來：「喔啦，喔啦，喔喔喔喔喔啦……」

GGBond 大聲在他耳邊喊：「別再唱了！該去抓周蕩了吧！」

WR 幾個大男孩從四周悄悄包圍周蕩，Beast 用極大的力道一把扣住他的手腕，把他扯離書佳的身邊。

周蕩掙扎了一下，皺著眉頭問：「你們要幹嘛？」

剩下幾個人群起圍攻，分別抱住周蕩的腰和腿。

「蕩神，今天讓你體會一下被一群王者支配的恐懼！」

「有女朋友的都必須去死！」

「誰叫你天天秀恩愛！」

「3、2、1，丟！」

書佳愣了足足三秒，眼睜睜看著周蕩被這群「好隊友」抬著，丟下泳池。

Beast 扶著 ZZJ 的肩，看著全身溼透的周蕩笑得上氣不接下氣：「老哥，這波閃現漂亮。」

ZZJ 拍了拍 Beast 的胸口，得意道：「老子國服第一李星，還用你說。」

話還沒說完，Aaron 就從身後突擊，把勾肩搭背的兩人也踹了下去：「我用雙腳成全你們的夢想，一腳全下，嗚呼！」

「嘖，這就是溼身的誘惑啊！」GGBond 拿著手機拍照：「今天這一波，A 哥才是最後的 MVP。」

眾人嬉鬧著，好不快樂。

書佳默默走到泳池邊蹲著，和周蕩面對面。

看著周蕩變成落湯雞的模樣，她輕輕笑了出來。伸手，摸了摸他溼透的黑髮：「冷不冷？」

游泳池折射著藍色的微光，深色的夜空，她微彎的眼裡帶了幾點金色的光影。

像抓了一把星星灑在海面上。

周蕩薄唇輕揚，喉結上下滾動：「接吻嗎？」

水珠從唇珠落下，一路描摹過他的下顎、喉結、脖頸、沒入鎖骨後消失。他的瞳孔漆黑，臉頰被水打溼，更顯光滑潔淨。

書佳壓低了身子，捏了捏他冰涼的耳垂，在他耳邊說：「接吻。」

語音剛落，他的唇就迫不及待地貼了上來。

她半彎下腰，捧著他的臉，輕柔瑣碎地吻著他溼潤柔軟的唇心，微醺的熾熱呼吸，帶著蜂蜜一樣糯甜的味道。

是誰在引誘誰呢？

＊＊＊

阿布翻翻手裡的資料，靠回椅子上，拍了拍桌子：「手機統一上交，後天準備飛芝加哥。」

一聽到這句命令，會議室裡的人都坐不住了。

GGBond 詫異道：「這次這麼早去？」

Fay 沉默了兩三秒，說：「這次我們抽籤的情況，你們也知道。」

先拋開 STK 不說，作為 LCK 的冠軍隊伍，小組賽沒有理由不出線。剩下最有競爭力的隊伍就是身為北美霸主的 TMS，這次芝加哥又是他們主場。

WR 小組賽第一輪就和他們輪番遇上，情況算不上樂觀。

阿布沉吟了一會兒，才說：「你們狀態先調整好，尤其是 Wan，要在小組出線是沒太大問題的，但是我們整個戰隊的目標很明確，朝著 S6 冠軍狙擊。」

周蕩揉了揉額頭：「先把雜事安排好，這次我不想在網咖打訓練賽了。」

想起去年 S5 小組賽在巴黎舉辦，WR 準備得倉促，到了當地以後天天都在調時差，不然就是在網咖開包廂讓隊員訓練。這其實也不算什麼，但重點是在公共場合穿著那麼明顯的隊服，總是被粉絲認出來要簽名、要合照，想起來就頭疼……

「對啊，這次去芝加哥，千萬要把我們蕩神照顧好。」Aaron 笑得賊兮兮地：「尤其是現在還有女朋友了，要是被那些奔放的洋妞圍堵，豈不是外遇了嗎？」

Wan 這個名號，在歐美 LOL 玩家的心目中，是接近於神的存在。從 S2 賽季那一場他在逆風局下，用伊澤瑞爾一領三，帶領隊伍挺進總決賽，至此被封為世界第一 ADC，人稱「伊澤瑞爾第一人」，在國外的人氣和國內不相上下。

Fay 瞪了一眼 Aaron：「你還敢提 Wan 和書佳的事？我還沒找你算帳呢。」

Aaron 無辜地聳了聳肩：「怎麼又是罵我？照片是 GGBond 拍的，又不是我。」

GGBond 一聽到這句話，又踹了他椅子一腳，罵道：「發的是你啊！」

Aaron 這種調皮的性格，真的是讓人頭大。上次去參加完 YLD 老闆的婚禮回來，當天晚上就在微博上傳了一系列隊內選手的溼身照片，尺度大不提，最讓粉絲炸開鍋的還是照片九宮格中的某一張。

畫面是一處遠景，淺藍透明的游泳池泛著清亮的光。皎潔的月光下，照片中的女主角跪在泳池邊，身上披著明顯大一號的外套，長髮迤邐至地，雙手捧住男主角的頭在接吻。

整個畫面是很美、很有意境沒錯，很像偶像劇裡某個冒著粉紅泡泡的鏡頭。

以上是所有粉絲在認出男主角是周蕩之前的想法。

許多粉絲都是看一眼覺得少女心爆棚，看第二眼隱隱覺得不對，再看第三眼……

這男的不就是 Wan 嗎？泳池溼身接吻？

讓我去洗洗眼睛，無法相信這是我們那個高冷、不近人情的大隊長，這一切都是假的……

剛上傳沒多久，Aaron 這則微博就被無數個 LOL 相關帳號轉發，又被無數個粉絲轉發，最後被電競八卦網站偷圖，拿去寫最辛辣最勁爆的新聞。

WR 的粉絲為了這張照片，也算是在微博上掀起了一陣腥風血雨。而情況已經這樣了，Aaron 還不嫌事多，在底下的留言處標記了周蕩和書佳。

那個周蕩，居然還跟著回覆了一句：『照片不錯。』

所有人都嚇傻了。

周蕩你說實話啊，你是不是嫌女粉絲太多了？

關於打職業和戀愛條款的爭議一直都有，電競圈沒有感情這個說法也不是沒有道理。但其實在職業賽事裡，主要還是看選手自身的自控能力。只要周蕩能保證一心一意對待訓練和比賽，WR高層都打算睜一隻眼閉一隻眼。

只是公司沒想到粉絲會反彈得這麼厲害。其實WR戰隊在一般情況下，並不會去干涉現役選手的私人感情問題。但是這次主角是隊伍核心隊員Wan，還在世界賽前夕，更不允許讓外界找出什麼差錯。

可惜當事人沒有任何一點身為人氣王的自覺，不論粉絲如何哭天搶地，他都不予理會。最後還是WR官方公關出面，才壓住事態繼續往糟糕的方向發展。

會議室一時之間眾人靜默。

阿布看出大家心不在焉，咳了兩聲：「總之現在，你們把注意力給我全部放到比賽上，私人感情等從美國回來再說。」

「尤其是你。」阿布指了指Aaron：「你以後沒事多研究研究遊戲，給我少玩網路。」

Beast幸災樂禍地道：「Aaron愛上網就是想釣女生。」

「釣你個大頭！」Aaron立即不甘示弱地回嘴：「你是羨慕我女粉絲多。」

「有比阿蕩多？」

「行了，都別吵了。」阿布受不了地打斷他們兩個：「在說正事，嚴肅點。」

Fay站在最前面，點了點身後的白板：「現在說點更重要的事，都安靜仔細聽著。」

「首先，小組賽第一輪有三天。還是那句話，不論贏還是輸，心態給我調整好。如果在能出線情況下遇上STK，就算輸了也不要暴露戰術。」

他環視了一周，繼續說：「到時候比賽，我們下路一定會被高比例地針對，Wan和Beast，你們要做好抗壓的準備。」

Beast無所謂地點點頭，周蕩淡淡地應著，臉上沒什麼表情，一言不發地靠著椅背。

眾所周知，WR有個十分暴躁的ADC，打法極其激進，與輔助野獸的雙人線稱得上是天衣無縫。而下路又是大部分情況下，整個隊伍的核心輸出點。WR作為LPL頭號隊伍，其他賽區在研究對抗LPL賽區的戰術時，都是從下路著手突破。

但是從S4以後，整體的水準明顯下降。LPL雖然被稱為世界第一賽區，現在看來卻是有些過譽了。國內現今過度重視積分化的比賽，也導致了實力下降。

這次WR算是代表LPL的最高水準出征，不但寄託了WR粉絲的希望，更是寄託了其他隊伍粉絲的期望。

「所以，」Fay頓了頓，接著說：「希望你們拿出LPL上的氣勢，幫中國賽區拿個冠軍回來。」

* * *

九月十七號，啟程的日子。

WR眾人抵達機場，隊裡幾個人拎著自己的隨身背包，排著隊等候托運行李箱。

當天有不少粉絲前來送行。

滿場都是吶喊著的年輕女孩，大概是上海機場能偶遇明星的機會本來就高，平時也有很多粉絲接機，所以路人也沒怎麼注目。

周蕩拉著行李，思緒還不是很清晰。昨晚睡太多，他現在頭還昏著，整個人散發出低氣壓。尤其是排個隊，還要被一大群人圍觀，更讓人心情不好了。

GGBond四處張望了一番，攬住周蕩的肩問：「你女朋友來了沒啊？」

「沒有。」

「真的嗎？」

他們的樣子親密，又引起粉絲一陣低聲喧嘩，舉著手機不停拍照。

「走開。」周蕩皺起眉頭，不耐煩地警告道：「你別靠著我。」

他一般懶得應付別人的時候，就是這副樣子。

GGBond習慣了他這少爺脾氣，嘆了口氣，看著站在不遠處的人道：「那我可能是看到一個假的書佳了，大概吧？」

周蕩順著GGBond的目光看過去，書佳和他對視了兩秒，眨眨眼睛。

她混在人群裡站著，戴著黑色鴨舌帽和口罩，只剩一雙清清亮亮的眼睛。

周蕩的手鬆開行李箱。

剛想走過去，被GGBond眼疾手快地拉住：「喂，我的寶貝蕩，你還在排隊耶！這麼多粉絲都在看，你別衝動啊。」

「你放手。」周蕩想甩開他，聲音也帶著煩躁意味。

其他人也發現他們這邊的動靜，紛紛看過來。

「不能放、不能放。」GGBond改抱住他的腰：「我們馬上要去美國了。弟弟，現在是關鍵時刻啊！別衝動，我理解你的饑渴，但是……」

他喋喋不休地勸著隊友，渾然沒發覺當事人早就沒在聽他說話了。

書佳被身邊的幾個女孩子擠開，往後退了退。

她們在一邊興奮地低聲討論：「喂，妳看蕩神是不是在看向我們這邊了啊？」

「嗯，好像是耶！天啊，快點拍他，是正臉、正臉啊！」

「好想去要個簽名什麼的，感覺一輩子都值得了……」

「他好像真的在往我們這個方向看耶？」

書佳站在原地，遠遠看著周蕩。他還是穿著那身眼熟的黑色隊服，和其他人站在一起，明明穿的都是相同的衣服，卻是他最顯眼。

那雙極黑的眸子正盯著她看，書佳摘下了口罩，笑意盈盈地回望。

又在原地糾結了一下，她將雙手放在唇邊做成喇叭狀，學著身邊的粉絲，喊了一句：「Wan

神！比賽加油啊！」

然後她朝著他的方向，雙手舉過頭頂，比了個愛心手勢。

周蕩抿了抿唇，全然沒了剛剛冷淡煩躁的模樣。

喊完之後，書佳看了看周圍的人，發現很多女粉絲都很激動。比她更誇張的大有人在，隔空喊話的人也不在少數，她在裡面也不算特別的，根本沒人注意到她。

但這麼大的音量，WR戰隊的其他人顯然也聽見書佳的喊話了。

Aaron轉頭看了看周蕩，又看了看不遠處的人，嘖嘖兩聲，揶揄道：「有個女朋友真好啊，你們這是在虐單身狗嗎？」

Beast小聲嘀咕道：「哪是虐狗，是屠狗。」

書佳不知道周蕩又被隊友調戲了一輪。

她只專注地看著他，用唇語，對著口型一個字一個字地說：

我、愛、你。

＊＊＊

從機場回去的路上，書佳坐在計程車上和姜于於斷斷續續地講著電話。

『妳去機場送周蕩了？』她問。

書佳「嗯」了一聲。

『有沒有被粉絲認出來？』

「沒有。」

姜于於在那一頭算了算說：『我沒記錯的話，十月三十號是決賽。他們大概要到十一月份才能回來啊。』

書佳聽了，不由得笑道：「聽妳的語氣，好像很肯定他們能進決賽。」

『差不多吧，得Wan者得天下。』

轉眼過了幾天。

書佳知道他們比賽前夕是封閉訓練，隔絕了外界的一切。她偶爾有些想念周蕩，便隨手翻翻WR官方網站和英雄聯盟更新的動態，看看他們的近況。

WR正處於大戰前夕的準備中，官方微博底下的留言板上有許多粉絲的留言鼓勵。官方也儘量滿足粉絲的願望，拍了許多隊內選手的生活照，送福利給所有粉絲，例如集訓時高清照片等等。

又或者是某天，男模團集體出動，訓練完一天後去找中式餐館吃湯包；某天，訓練賽結束後，一群人又玩到通宵，第二天直接去現場彩排；某天，TMS的中單跑來串門子，向蕩神要了簽名，還想互換隊服；再某天，Aaron跑去剪了新髮型……

有些粉絲看到五個人坐在訓練室戴著耳機認真玩遊戲的樣子，不由得調侃去年這個時候大家還坐在網咖裡訓練。

『@我為小星上菁英：好像眨眼就回到當時，剛到巴黎，訓練室還沒準備好，A哥他們在網咖五連坐的樣子……』

『@唧唧要去滑雪要去過年了：好想看周蕩說「老闆，這裡再加一小時」的樣子。』

不知道芝加哥冷不冷，看照片，他們一個個都穿著拖鞋、短褲和短袖。

書佳看著手機上的一張張照片，在心裡嘆了口氣。

一個多月……時間真的好長啊。

「佳佳，想什麼呢？想那麼入神。」

小堵趴在櫃檯上，打了個哈欠，看著最近動不動就走神的書佳問：「妳這是怎麼啦？妳不是要我跟妳一起拍影片嗎？我等老半天了。」

書佳一愣神：「啊？」過了兩秒她才回神：「喔，我東西都準備好了，妳等等……」

她今天下午本來打算錄一個糕團甜點的影片。但家裡的食材和設備不足，就只好來店裡拍攝，人手不夠就請了小堵來幫忙。

小堵打量了書佳兩眼，皺了皺鼻子：「奇奇怪怪，有心事。」

書佳把手機放下，收拾東西，聞言笑了一下：「我能有什麼心事？」

「例如說……」小堵在關鍵的地方打住不說。

看她一副鬼靈精怪的樣子，書佳忍俊不禁。店員坐在一旁吃水果，看她們打鬧。

書佳將放在一邊的包包拿了過來，找出髮圈把頭髮綁好，然後穿上小圍裙。

「小小，就請妳看店了，我們去後場拍影片。」小堵退開了一步，讓書佳從櫃檯裡出來，朝一旁的店員喊道。

小小是最近店裡錄用的工讀生，在附近上大學，平時空閒來兼職的。

她吃下手中的蘋果，剛應了一聲，就聽到門被推開的聲響，兩個年輕女孩推開門進來。

她們走進店裡後，手挽著手，先是四處打量了一番。

小小迎了上去：「您好，請問有什麼需要的嗎？」

「老闆在嗎？」其中一個女生開口就問。

「這……」小小站在原地猶豫了一下，眼睛往後面瞄了瞄。

小堵說：「我就是老闆，有事嗎？」

那個說話的女生打量著小堵，搖搖頭問：「只有妳一個老闆嗎？」

另一個女孩小聲地對同伴說：「我們是不是找錯地方了？」

書佳掀開後場門簾，從後面走了出來：「妳們是找我嗎？」

「剛剛那是什麼情況？」小堵把手機固定在支架上，問正在低頭揉麵粉的書佳。

書佳揉得專心，隨意回了一句：「她們是周蕩的粉絲。」

「妳男朋友的粉絲？」小堵驚訝，有些無語：「粉絲找到這裡來幹嘛？」

「沒幹嘛。」

「那為什麼要來？」

「她們請我送個東西給周蕩。」

「送東西？」小堵不知道該說什麼：「送什麼？」

書佳搖了搖頭，應該是一個禮物什麼的吧，她不確定。

書佳想到她們交給她那個沉甸甸的包裝盒，上面綴著粉紅蝴蝶結，包裹得嚴嚴實實，也不知道裡面是什麼東西。

她剛開始本來想拒絕，可是最後還是禁不起兩人的輪番哀求。

小堵把支架搬到離書佳不遠處，手機對準她調好角度，繼續說：「我也是服妳啦，這種事情為什麼要答應？禮物自己寄到總部那裡去，或是當面給也可以啊，不知道為什麼要妳拿……」

書佳沉默，不知如何作答。

自從上次去過WR總部，阿姨說那些粉絲們寄過來、沒拆的禮物都積放在某個角落，也沒人去看過。雖然她不追星，但是也能理解那種，喜歡上一個遙不可及的人的心情。

「好了好了，開始錄影了。」書佳轉移話題：「妳幫我把攪拌器拿過來。」

小堵一直在一旁圍觀書佳做糕團，想偷學一點，結果看著看著就把自己看到餓了。

她吞了吞口水，看著書佳有條不紊地做美食，不由得心裡感嘆，世界上怎麼會有書佳這麼美好的女孩子啊。

長得好看、性格溫柔，還會做飯。

書佳把切成花瓣狀的糯米糕放到瓷盤裡，偶然一瞥，看到一旁小堵那副貪吃模樣，忍不住也笑了出來。她捏起一塊，送進小堵嘴裡：「給妳吃一塊，口水都要流出來了。」

小堵愣了一下，隨即笑容在臉上舒展開來，一口咬下那塊薄糕。

書佳打開小火，反覆燉軟紅豆，不時加點白糖進去，拿起湯勺慢慢攪拌著，耐心又細緻。

小堵吃完，舔了舔手指回味兩下，咧開嘴朝書佳笑：「好好吃啊，真羨慕妳男朋友，以後有口福了。」

書佳聽到這番話也愣了一下，心思又飄向遠方。

她這麼會做飯，但是卻好像不曾做給周蕩吃過。

GGBond 上次和她說周蕩在總部的時候，懶惰、脾氣又壞，有胃病還不肯好好吃飯，嘴挑剔到不行，連總部的煮飯阿姨都時常拿他沒辦法。

也不知道這次去美國吃得好不好，有沒有挑食……

「妳想什麼呢？幹嘛不理我？」

小堵又趁機偷了一片糕餅塞到嘴裡，嚼著口裡的食物，含含糊糊地問書佳。

書佳往桌上鋪了一層烘焙紙，心不在焉地回：「我在想，等我男朋友從美國回來，一定要做好吃的給他，把他養到白白胖胖的……」

在店裡花了一下午的時間，終於把影片錄好。姜于於約她出去吃晚餐。

飯吃到一半，書佳突然想起下午的事，對姜于於隨口提了一下。

「粉絲跑到店裡去找妳？」姜于於坐在她對面，看向她。

書佳咬了咬筷子，點點頭。

「沒做別的事吧？」姜于於問。

書佳搖搖頭，這時服務生送上一壺熱茶，書佳道過謝，拿過兩人的杯子小心地倒滿。

姜于於手撐著下巴，看書佳一副無意深談的樣子，無奈地說：「現在知道和名人談戀愛是什麼滋味了吧？」

她自己算是圈內人，也知道那幾個國內比較有名戰隊的選手，都是每天練習遊戲至少都花十二個小時以上。比賽集訓就更不用說了，平常戰隊也規定不能隨意出門，哪裡來的時間花在陪女朋友上？

總之可以說是在周蕩退役之前，他能陪伴書佳的時間非常非常少。姜于於這麼久以來，看到一些圈裡被傳為佳話的情侶，最後因女方實在不能忍受孤獨，最後分手的也不在少數。

姜于於想著想著就想到另一件事：「今天約妳出來，我其實有一件事要告訴妳。」

書佳抬眸：「什麼事？」

「就是……」

書佳看她吞吞吐吐的樣子，又不知所措的，很是奇怪：「妳到底是想說什麼？」

「……」又過了一會兒，姜于於開口：「Aaron 和他女朋友分手了。」

「分手了？」書佳詫異：「什麼時候……」

姜于於搖頭：「我也不知道，是別人告訴我的。」

她捏緊手裡的小湯匙，敲了敲瓷盤，心煩氣躁地說：「反正他又不喜歡我，有沒有分手跟我又有什麼關係呢？」

其實上次在施月婚禮的時候，她就和 Aaron 像是半是玩笑半是認真地提過，要不要跟她在一起試試。Aaron 當時就拒絕了，說目前以事業為主，不想耽誤她，他的態度也有些嚴肅。而姜于於看他那模樣，覺得兩人沒什麼可能了。之後如果因工作上的事情再見面，他們也極有默契地絕口不提，笑鬧如常，就像普通朋友一樣。

書佳知道她心裡難過，舒了口氣說：「感情這種事情……」

「我知道勉強不來。」姜于於打斷她，有些自暴自棄：「我知道他在意什麼。像他們這種職業選手，黃金時期就這麼幾年，何必為了我浪費這麼寶貴的時間。」

「但是……」

「沒什麼但是。」姜于於臉色放柔，自嘲道：「是我太喜歡他了，和他又有什麼關係？」

書佳搖了搖頭，也不再勸她，兩人食不下嚥地沉默著。

書佳想起姜于於的話，在心裡猶豫了一會兒，還是開口：「于於，妳覺得……」

「嗯？」

「就是。」書佳不知道怎麼說：「妳覺得我會影響周蕩嗎？」

他才十九歲，現在正是他職業生涯的巔峰期。

「會。」姜于於很肯定：「他太喜歡妳了。」

書佳用手托住臉，呆呆地盯著桌子，聽著好友分析。

「妳對他的影響，不是職業生涯上的影響，而是整個生活上的影響。妳懂嗎？」

書佳搖搖頭。

姜于於想起在WR總部裡工作的朋友說過的話，斟酌了字句，告訴書佳：「其實周蕩現在，精神狀態、身體狀態都很不好。Fay跟我講過，他現在最怕的就是，周蕩對打職業感到厭倦。」

＊＊＊

和姜于於吃完飯，陪她在商場逛了逛。書佳順便替徐戊挑件禮物，就回到了表妹家。

徐戊明天過五十歲生日，前幾天剛出院，便念著要徐嘉螢找書佳回家裡住一段時間。一家人一起吃頓飯聊聊天，說是好久沒看到她了，想見她。

書佳提前打了個電話，然後隨手攔計程車前往。

徐嘉螢看到書佳來了，很是開心。接過她手裡的東西，受不了地小聲跟她抱怨：「多虧妳來救我，不然我要被我爸媽煩到瘋了，尤其是我媽！」

書佳看她一臉吃不消的樣子，不由得覺得好笑。

但是很快，她就笑不太出來了。

「佳佳，最近有沒有交男朋友，有結婚的打算嗎？」白思花替書佳倒了杯茶，遞過去：「妳說妳，有什麼事也不和表嬸說。」

上了年紀的中年婦女，掛在口邊的，八九不離十就是操心身邊晚輩的婚事。

徐戊掛著老花眼鏡，聞言瞥了一眼白思花：「妳千萬別介紹妳手裡那些人給書佳，我覺得都不可靠。」

也不知道最近她怎麼迷上了幫人牽線搭橋這種事，到處替人說媒。

白思花一聽這話就不高興了：「怎麼不可靠了？你這人真是的。」

徐嘉螢笑嘻嘻地在書佳身邊坐下，對爸爸的話表示贊同：「媽，妳就是太閒了。我姊才二十二歲，哪有這麼早結婚的？」

白思花被徐嘉螢騎在頭上，瞪眼怒道：「妳懂什麼！我們大人說話，小孩子別插嘴。」

「再說了。」白思花從鼻子裡哼了一聲，說：「早點結婚沒什麼不好，我看佳佳的面相有旺夫運的。」

書佳聽到這話哭笑不得，接過水，只能訥訥地道：「是……」

白思花看她也不吭聲，心裡起了疑惑：「佳佳，妳別有對象瞞著嬸嬸啊？我是把妳當親女兒的，肯定要替妳把關著……」

書佳又喝了一口水，心虛地眨眨眼睛。

她猶豫了一會兒，雙手握住杯子，決定坦白：「我……交了一個男朋友，本來是打算再相處一段時間，再帶回家說……」

「男朋友？」白思花錯愕：「剛剛交的？」

書佳點點頭。

「他做什麼的，多大了，哪裡人？」白思花很快就展開了身家調查。

除了表妹提前知道她有男朋友這件事，在旁邊悠哉著之外，夫妻檔連電視也不看了，就直盯著書佳看。

「他……」書佳感受到他們的視線，硬著頭皮說：「他比我小。」

氣氛一時之間有些凝固。

「比妳小，他多大？」

「……十九。」

徐戊皺眉，不贊同道：「男人太年輕，女人就容易受委屈。」

書佳默默不說話，白思花倒是沒想到書佳男朋友居然這麼小，才十九歲……

「這個年紀的話，妳男朋友還在讀書吧？」她問。

書佳搖搖頭，沉默了一會兒，坦承道：「他現在是電競選手，在打職業比賽，沒上學了。」

「沒去上學？」

白思花不懂什麼是電競，擔憂地問：「電競選手是什麼，妳瞭解嗎？別被騙了。」

「不會的。」書佳的表情很堅定，但她也不知道該怎麼解釋，糾結了一下措辭才道：「電競……現在已經被列為體育項目了，他也算是運動員吧……」

「你們是什麼時候在一起的？」

「上個月。」

「認識多久了？我還是覺得挺不可靠的。」

「哪裡不可靠了！」書佳還沒來得及開口解釋，徐嘉螢搶先在一旁誇張地感嘆：「媽，妳別瞎操心了！電競選手去打比賽，獎金都有好幾百萬呢！」

「這麼多？」

白思花明顯處於震驚狀態……書佳去哪找到這種男朋友的……

「當然了。」徐嘉螢在腦海裡回憶了一下，她前幾天特地去查了資料，憑著模糊的印象向母親解釋：「人家是國內最知名的電競選手之一，身價至少有五千萬。」

其實她也是受室友影響，加上後來知道自家表姊的男朋友是電競圈的名人後，才想到去找資料。真是不查不知道，一查嚇一跳。

原來她未來的姊夫還上過電視……

好像是有關一則電競產業經濟發展的報導，說是近幾年觀看英雄聯盟實況的人數急劇上漲。

接著闡述了電競和線上遊戲的區別，最後說到資本家和電競選手之間的關係：『以轉會費為例，明星球員的轉會費可以達到六千萬元。這在電競圈也不是駭人聽聞的數字，WR戰隊的天才選手 Wan，轉會費可能就高達五千萬元。』

報導裡，分析專家承認電競是運動項目，並給予電競賽事正面的肯定。

看了一則又一則的相關搜索內容，徐嘉螢不得不默默地感嘆，表姊夫真的好厲害。他低調也就算了，人還那麼帥，怪不得有那麼多女粉絲守護。

書佳洗完澡走到床邊坐下，一邊用毛巾擦拭頭髮，一邊看著坐在地上玩手機的表妹。她也是服了徐嘉螢那張能說會道的嘴。

把叔嬸唬得一愣一愣地，連看著書佳的眼神都複雜起來了，雖然滿心狐疑，卻也沒追問到底。

「妳什麼時候背著我查那麼多關於周蕩的資料了？」書佳用腿碰了碰徐嘉螢的手臂，調侃道：「我都沒妳那麼瞭解呢！」

徐嘉螢說：「我說過的啊，我以後就是姊夫的粉絲了！既然是粉絲，自然就要有做粉絲的自覺，妳說是吧？」說完之後，還對她拋了個媚眼。

書佳被她逗得眉開眼笑：「是妳個大頭鬼！」

輪到徐嘉螢去洗澡後，房間裡只開了一盞床頭櫃的燈，昏黃的柔和光線罩著室內。

書佳趴在枕頭上玩手機。

她先是登入微博把下午拍的影片剪輯，後製了一段文字後，上傳內文。接著切換到小號看那些關於周蕩的動態。

看完一頁，刷新；再看完一頁，又刷新。

從別人的視角去瞭解他是一件很有趣的事情。書佳正看得津津有味，網路訊號突然有些不穩，頁面空白了一會兒，又突然跳出來一張圖片，讓書佳的手指頓了頓。

是她和周蕩在泳池邊，被偷拍的那張照片。

自從上次他在影片中直接公開兩人關係以後，電競圈大多數的粉絲反應都很激烈。不過女粉絲們最軟的也就是那顆心。雖然很難過本命有了女朋友，但是評論大部分都還是祝福。

甚至許多之前罵書佳找周蕩炒新聞的人，還到她的微博傳私訊道歉，說以前誤會她了。就那麼短短幾天，她微博又多了許多粉絲人數，讓人不知道該哭還是該笑。

書佳默默把那張照片保存起來，換成和周蕩的聊天室背景圖。

也不知道是不是心有靈犀，她才一換好，他的電話就撥了過來。

書佳慌忙地接通，把手機拿到耳邊，輕輕地應了一聲。

太久沒見到他，也沒聽見他的聲音。突然接到電話，她的心臟直跳。

「周蕩？」她試探地喊了他的名字。

他很低地應了一聲，書佳馬上接話：「那邊應該是淩晨吧，你怎麼沒在睡覺？」

周蕩好像是笑了一下，很隨意地開口：『不想睡。』

書佳腦海浮現出姜于於和她說過的話，周蕩現在的身體和精神狀態特別不好。

「你有好好吃飯嗎？」書佳看著天花板，問道。

『沒有。』他很直接。

「吃不習慣嗎？」

『不想吃。』

書佳皺眉，一改往日溫柔的語氣，而是很嚴肅地開口：「你是不是忘記我說過的話了？」

他不做聲。

「你現在讓我很生氣，你知道嗎？」她又習慣性地咬著下唇，儘量讓自己冷靜下來。

浴室傳來淅淅瀝瀝的水聲，書佳徒勞地捏緊枕頭，問：「你喜歡我嗎？」

『喜歡。』

她語氣認真，又繞回剛剛的話題上：「如果你喜歡我，就把自己照顧好，好不好？」頓了頓，她又補充：「好好睡覺、好好吃飯，備好胃藥，肚子痛要記得……」

『書佳。』他喊她名字。

書佳話才說到一半就被打斷，只能應了一聲。

『我能抽菸嗎？』

突然聽到他這麼提問，書佳不解：「為什麼要抽菸？」

他聲音裡有疲倦，沙沙啞啞地：『因為很想親妳。』

書佳張張嘴，臉瞬間紅了，一句話都說不出來。被他這麼一打斷，她連想說的話都忘記了。

「我發現你很會撒嬌。」書佳過了半天，終於找回思緒，有些無奈：「尤其是對我。」

撒嬌這個詞，用在他身上，外人一定覺得很違和吧？畢竟周蕩給別人的印象，都是高冷、不好招惹的那種形容詞。

他笑了，半晌後才懶洋洋地問：『那我還能對誰撒嬌？』

「你還想對誰撒嬌？」她喃喃低語。

『除了妳，其他人都不想。』

一般來說，談戀愛可以讓一個人改變，當然可以讓人羞恥心變得淡薄。甚至去裝可憐去博取女朋友的同情。

顯然周蕩就是這種人。

Aaron 坐在椅子上，一邊吃著泡麵，一邊看著不遠處的男人打電話調情。

真是無恥，明明和 TMS 打訓練賽打到現在，大家都沒睡，結果全隊他最委屈，還要打電話給女朋友要人哄，簡直是把無聊當有趣。

「周蕩！」

Aaron 吸了一大口泡麵，大聲地說：「你說你一個大男人，在你女朋友面前這麼做作，不覺得羞恥嗎？」

周蕩頭靠在椅子上，漠然地看了 Aaron 一眼，用口型無聲對他說了一個字。

滾。

第七章　出征 *II*

九月二十六號，姜于於跟著英雄聯盟官方拍攝小組，抵達美國芝加哥機場。比賽的前兩天，世界各地來的頂尖隊伍已經全部到齊，入住 Riot 公司所提供的官方宿舍，裡面配置專用的訓練室讓各個戰隊練習切磋。

芝加哥陽光明媚，保姆車載著拍攝小組一行人從下榻的飯店出發，往選手住的地方駛去。

姜于於靠在窗邊翻看採訪稿。

攝影師小哥坐在她對面，好奇地問道：「于於姊，妳指甲上那是什麼？」

姜于於抬起手：「這個？」

她指甲上有 WR、YLD、OP 縮小版的戰隊隊徽，顏色鮮豔。

攝影師小哥點點頭：「這是貼上去還是畫上去的？」

「畫上去的。」姜于於翻動手裡的紙張，漫不經心地回答。

前天下午她拉著書佳一起去做指甲，她們坐了快四個小時美甲師才畫好這些圖樣。

七七在一旁調整錄音筆，聞言探頭看了姜于於的手，嘖嘖道：「這次的應援我給妳滿分。」

「這種程度的應援不算什麼。」

姜于於不屑道：「我之前在國內主持ＬＰＬ的時候，看到的那些年輕小女孩才叫誇張好嗎！」

「怎麼個誇張法？」

姜于於翻過一頁紙，淡淡地說：「把戰隊隊徽貼大腿內側和胸上，妳服不服氣？」

七七有些驚訝，默了一會兒問：「哪家的女粉絲會這麼瘋狂？」

「ＷＲ。」姜于於言簡意賅。

眾人瞬間明白過來。

又不禁聯想到這個隊伍選手的整體外型……好吧，畢竟是顏值長期在線的男模隊。在國內，ＷＲ的粉絲真的基本上可以被稱為邪教了，把偶像圈那套標準完全帶入電競圈，這也讓不少人詬病著。

沒過多久就抵達目的地了，幾個人先後下車，出示工作證件後被請了進去。

下午時段，大多數戰隊都在訓練室裡訓練，基本上處於大賽前夕緊張的備戰時期。

大家各自分頭活動，姜于於跟李程負責專訪ＬＰＬ賽區的隊伍。

他們搭電梯上三樓，按照地址和門牌一路前進，尋著各個隊伍所在的訓練室。

姜于於站在消音地毯上，握緊麥克風對著攝影機介紹：「好了，我們現在已經到達比賽選手訓練的地方，現在要……」

「于於，妳太高了，蹲低一點。」李程聲音帶著笑，打斷了她。

姜于於無語，幸好今天沒穿裙子。她雙腳略微岔開後問：「現在好點了嗎？」

李程比了個手勢。兩人繼續拍攝。

從YLD開始，再到OP，因為隊伍正在打訓練賽的原因，採訪沒有進行很久。只是大致和領隊詢問了幾句隊伍的狀況。李程找著角度，拍了幾張選手們面對電腦的照片，就等著上傳即時消息，算是完工。

從OP的訓練室出來，李程翻了翻剛剛拍的東西，低聲和姜于於感嘆道：「唉，他們這些選手，看著都好憔悴啊！剛剛看到K神，眼眶底下都黑一片了，還在堅持著。」

「每個人看上去都那麼緊張，好像是要去考大學一樣。」姜于於向前繼續尋找WR的門牌。

「我覺得對於他們來說，每年世界賽時都像面對大考吧。」

其實國內的LOL比賽平時也很多，但是世界賽是目前LOL的最高殿堂賽，只有每個賽區的前三名戰隊參加，贏得冠軍也就意味著世界第一。

可惜近兩年來，LPL都沒能在系列賽上拿出好成績。所以今年出征的三支隊伍都被寄予了厚望，壓力自然就比較大，尤其是被視為奪冠熱門的WR。

所以選手辛苦訓練也是沒辦法的事情。

李程和她邊走邊聊，轉了一會兒終於找到WR的訓練室。

姜于於確認了一遍門牌，然後伸手敲門。

李程和她等了一會兒，沒人開。

「應該不會沒人吧，感覺裡面很吵啊……」李程趴在門上聽了聽，又說：「貌似還滿熱鬧的，不知道在幹嘛。」

姜于於不用手指敲了，直接改用手掌拍門。

「來了來了。」裡面由遠及近傳來一陣聲音。

門被拉開，是阿布，房間裡頭傳來一陣混雜的笑聲，有個男聲朝門這邊大喊：「誰來了？」

Aaron 本來走出來拿水，路過門口隨意看了一眼，結果剛好和姜于於的視線對上。

他猝不及防，愣在原地：「妳、妳怎麼，怎麼在這？」

姜于於微微點頭，算是打了個招呼，隨即就將視線移開。

心裡又默默想著，這個人也不知道是有多熱……只穿了件四角褲就到處亂晃……

阿布側身，示意兩個人進來，轉頭對呆若木雞的 Aaron 說：「人家是來工作的，怎麼看到美女就走不動路了？快點穿好褲子，進去後別再丟臉了。」

姜于於四處打量了一番，桌上隨意擺放著耳機、鍵盤、滑鼠、速食的便當盒……她握著麥克風問阿布：「其他的人呢，怎麼沒在訓練？」

阿布帶他們往房間裡面走，簡單解釋道：「中場休息，都在那邊圍觀阿蕩單挑。」

「單挑？」李程到處拍，好奇地問：「和誰單挑？」

「WF 戰隊的人。」

「Midlife？」他猜測其中一個明星選手，阿布點了點頭。

他們隨著阿布進入訓練室的小房間，WR 一眾人全部圍在周蕩身邊津津有味地討論著什麼。

看姜于於兩個人走近，他們都隨意地打了個招呼，很快又將視線放到電腦上。

而周蕩餘光掃都沒往這邊掃一眼，聚精會神地玩遊戲。

李程見狀也湊上去圍觀，和他們擠在一起。

雖然他平時也喜歡玩ＬＯＬ，可惜技術不夠，永遠都在金牌徘徊。這可是活生生的王者單挑賽啊！當然要好好觀摩，說不定還可以趁機學點東西。

姜于於無奈了，走了過去，站在 GGBond 身邊，問：「怎麼就打起來了？」

GGBond 視線從電腦螢幕上移開，聞言悶悶地笑：「沒什麼，就剛剛和ＷＦ玩了幾局，他們非要和蕩神槓上了，說要單中對決。」

有人的地方就有紛爭，單挑就是單中對決的說法。在英雄聯盟裡，解決恩怨普遍的方法就是雙方在中路上一對一對陣，單挑分出個高下。

「ＷＦ怎麼和你們槓上了？他們不是你們的粉絲嗎？」姜于於好奇。

眾所周知，如果說ＷＲ是電競男模隊，ＷＦ絕對就是忠實粉絲隊。ＷＦ的打野簡直能說是周蕩的死忠粉絲，幾次賽後採訪都毫不掩飾自己的崇拜之情，直言自己是世界第一蕩粉。

GGBond 看向螢幕，心不在焉地回：「也沒什麼，去年全明星賽時，蕩神不是被ＷＦ的 Midlife 送下去了嗎？今天打遊戲時就被嘲諷了。」

Midlife 作為去年全明星單挑賽冠軍，一直吹噓到現在。尤其是剛剛打訓練賽時，又沒事找事想找 Wan 單挑，以至於現在弄了這麼一齣。

「所以周蕩現在是在找回面子？」姜于於問。

「差不多吧，單挑局啊！Midlife 非要讓自己輸一下的心情，我也不是很理解。」他笑了笑。

「打什麼規則的？」

「首殺或一塔，或誰先吃一百隻兵。」

「結束啦。」兩人正聊著，Beast 在一旁如釋重負地喊了一聲，笑逐顏開。

周蕩把滑鼠往旁邊一丟，手從鍵盤上移開，眼睛盯著螢幕，拿起旁邊的冰水灌了一口。

電腦傳出首殺的提示音，姜于於用餘光瞥了一眼，螢幕畫面上顯示 Midlife 已退出遊戲。

「可以啊！不愧是我家蕩蕩！」ZZJ 撐在桌邊，興奮地拍了拍周蕩的肩說：「看來 WF 的單挑王，還是要我們的蕩寶貝來治治。」

圍觀了整場的 Beast 不得不佩服：「論玩遊戲，我就服阿蕩，夠穩的。」

「何止是穩啊？」WR 的替補選手 Intuper 回味了剛剛那場對決：「阿蕩的犽宿操作流暢，把對面的路西恩秀得滿臉灰啊。」

「那還用你說啊！」Aaron 慈愛地摸了摸周蕩的頭，說：「我們家蕩寶貝，人稱秋名山車神，什麼大風大浪沒見過？」

周蕩被他們調戲慣了，坐在椅子上一聲不吭。

他穿著黑色長袖 T 恤，雙手環抱在胸前，臉上的表情寡淡得很。李程在一旁拿起相機，對著一群大男孩按了幾下快門，紀錄下這難得放鬆的一刻。

Aaron 得不到回應也不覺得尷尬，反正大家也都習慣了周蕩這副樣子。他只有在比賽上或書佳在的時候話多了一點，其他時間簡直是惜字如金。一般都是用眼神示意，像是多說一個字就會要了他的命似的。

姜于於看他們狀態一個個輕鬆自在，忍不住職業病發作，奇怪道：「後天就要開賽了，你們還是和 TMS 打揭幕戰，不緊張嗎？」

GGBond 聽這話挑了挑眉頭，反問：「緊張就能打贏比賽？」

「心態不錯，繼續保持。」

眾人又聊了一會兒。

Fay 摘下眼鏡，擦了擦後重新戴上，發號施令：「好了，休息時間夠長了，你們都回自己位置上吧。」

眾人聽 Fay 都下指令了，便鳥獸散各自回到座位上，又投入遊戲之中。

姜于於和阿布簡單地訪問了幾個問題，怕影響他們訓練，沒待多久也離開了。

當天室內採訪任務算是完成了，接下來兩天拍的全是外景。她趁機把芝加哥玩了個遍，就當出來邊工作邊旅遊了一番。

九月三十號，芝加哥大劇院，S6 全球總決賽揭幕戰終於登場。

＊＊＊

芝加哥早上八點。

國內淩晨兩點，手機鬧鐘準時響起。

書佳還閉著眼，翻了個身，摸索著把手機拿起來。

她勉強瞇起眼，適應黑暗中手機螢幕發出的亮光，把轉播平臺打開。

十月十號，小組賽第二輪的最後一天。

四個組別，除了A組出線形勢不太明朗外，其他小組基本上已經鎖定名單了。

到目前為止LPL的三支隊伍，YLD發揮不佳惜敗FCN，美國一周遊到此結束之外，OP倒是在昨日爆了冷門，擊敗SG成功挺進八強。

剩下的WR和TMS比分咬得很緊，至今八強還有懸念，而STK則早早鎖定了小組第一的位置，所以A組剩下的兩支隊伍進入出線權爭奪戰之中。

書佳點進直播間裡的時候，比賽現場已經開始預熱。

因為在美國，到場的基本上都是TMS的粉絲，場館內已經隱約開始傳出粉絲的應援聲。

她把檯燈打開，靠著床頭，拿起杯子含了口水在嘴裡潤著，視線始終不離手機螢幕。

比賽還有幾分鐘就要開始了，兩位轉播主持人邊等待，邊閒聊著暖場。

聊天室也刷得飛快，顯然很多人和書佳一樣，深夜設鬧鐘起來看WR的晉級八強賽。

其實大多數粉絲對今天比賽還是很有信心的。雖然TMS是北美賽區霸主，但是在中國賽區來說，除了STK，其它地區的隊伍基本上對LPL構成不了威脅。

『說實話，WR今天壓力還滿大的。畢竟這裡是TMS的主場，和國內不一樣。』

『喔？怎麼個不一樣法？』

『WR國內人氣這麼高，每次他們上場時，哪次粉絲的尖叫聲沒把天花板掀翻？結果這次和TMS對上了，臺下全是TMS的應援物，心裡還是有些落差感的，你懂吧？』

『其實我認為，這場比賽真的不好說，前幾場看TMS的比賽，能看出實力的確很強。』

『歐美賽區這幾年水準飛速提升，現在隱隱有超過LPL的聲勢了。』

『幾季以前我們可以說是他們的榜樣，到了……』

主持人你一言我一語地對談著，選手們正在調整設備，基本上已經全部準備就位。閃光燈、舞臺、騷動的粉絲讓人眼花撩亂，現場人聲鼎沸。

正式進入禁用和選角之前，導播的鏡頭按照慣例掃過全場觀眾，再來是兩方隊員。

現場許許多多粉絲，不停交頭接耳著，大多數人都舉著TMS的應援物。

TMS的隊員整體看上去比較樂觀，每個人臉上表情都很輕鬆，正笑嘻嘻地聊著天。西方人的五官天生立體深邃，很是上鏡。

而反觀WR，氛圍相比之下則比較沉默，每個人的臉上都是嚴肅的神情，顯然已經投入到即將開始的比賽中。

連一向嬉笑慣了的Aaron此刻更是少有的正經樣子，戴著眼鏡，手指放在鍵盤上。GGBond盯著電腦螢幕，活動了一下脖子，也沒什麼表情。WR的教練站在周蕩身後，幫他揉著肩膀，俯身湊近他的耳邊，不知道在吩咐些什麼。

周蕩很少回應，低頭活動手腕。額前柔軟的黑髮遮住眼睫，臉上露出習以為常的冷淡表情，他穿著短袖，露出手上的黑色刺青，特別引人注目。

雖然現場來的大多都是TMS的粉絲，可是鏡頭出現周蕩時，還是引起粉絲一陣歡呼。

看到這裡，主持人也忍不住開始調侃了起來：

『看來Wan神北美人氣王這個稱號不是假的啊！不過WR今天這麼嚴肅，好不習慣喔。』

『應該是大家都切換到比賽模式了』

另名主持人又笑了笑：『你快看看Wan的眼神。』

『什麼眼神？』

『是不是有點囂張的感覺？』

被帶動的主持人仔細看了一下，開玩笑道：『別這麼說，還真的有點像啊！不知道多少女粉絲是溺死在這雙眼睛裡的。』

『看Wan神這副殺氣騰騰的樣子，今晚八強WR勢在必得了啊。』

主持人一發表立旗言論，聊天室裡開始瘋狂阻止：

『你作為聯盟第一的假先知，求你別說話！』

『不要再說了啊！』

『夠了！別在賽前預言！』

『我緊張到不敢看了！求好心人文字直播！』

『WR 進不了八強我直播吞劍！』

『加油啊，我的男模大隊，順便向蕩哥、A 哥比愛心。】

『樓上的吞劍男先等等，我跟你一起吞。』

『拒絕先知，從你做起！』

比賽正式開始。

雙方陣容分別為：TMS 在藍方拿下慎、歐拉夫、星朵拉、法洛士、卡瑪。WR 在紅方拿下茂凱、李星、雷茲、希維爾、娜米。

第一條小龍會出現的是水龍，兩方打野都選擇藍 Buff 開局。

前五分鐘 WR 和 TMS 處於平穩發育階段，雙方都沒想開戰，所以也沒爆發什麼衝突。

書佳屏住呼吸，眼睛眨也不眨地看著即時轉播，心裡緊張地不得了，像在比賽的是她自己一樣。

開局第八分鐘，對面打野帶著紅 Buff，抓了一波中路的雷茲，GGBond 壓兵線壓得太深，交出閃現後還是被對面的星朵拉收下首殺，現場的觀眾爆發出喝彩。

書佳心頭一揪，直接退出了直播間。

她將腿蜷縮了起來，呆想著，要是和 TMS 的這一場輸了，WR 還能拿到決賽的門票嗎？要是 WR 不能進八強，回國後又該怎麼面對那些滔天輿論？

越想心越亂，她實在樂觀不起來，乾脆打開手機傳訊息給姜于於：

『于於妳在嗎？』

另外一頭幾乎是秒回：『妳怎麼沒睡？』很快地又傳來訊息：『找我怎麼了嗎？』

『妳在現場看比賽嗎？』

『肯定的啊，我的天啊！周圍全是TMS的粉絲。』

姜于於傳了一個短片過來，點開後是喧擾嘈雜的現場，還帶著英雄聯盟裡的擊殺聲。

她猶豫了一會兒，在訊息框裡寫寫刪刪：『現在比賽什麼情況了？』

『妳沒看嗎？』

『我不敢看……』

『噗，抗壓性這麼差啊！小佳佳，這只是第一場，A組的車輪戰才剛開始呢。』

『我真的會怕，不想看了，之後再告訴我結果。』

然後她就把手機螢幕鎖上，再丟到枕頭旁邊。

關上燈後，房間又陷入一片黑暗。

書佳睜著眼，看窗戶外被昏黃路燈切割出來的光影，心一直急跳著。腦海裡全是剛剛看見的，周蕩安安靜靜地坐在現場的樣子，很有距離感。

他的頭髮好像又剪短了一點，細長的單眼皮眼睛，還有低垂的眉睫。

周蕩真的是個很矛盾的人。

他陰鬱卻單純，平常看起來很安靜，漫不經心地甚至有些頹廢。一到了比賽的時候，眼裡卻全是野心和欲望。

書佳翻了身，把臉埋在枕頭裡面，隔著千萬里的距離，默默想念著他。想念他帶著清甜的味道、想念溼潤的親吻，也想那瘦而柔軟的臉頰，幸福得有些酸澀。

一夜輾轉難眠。

她睡得並不安穩，半夢半醒著，因為心裡有事很早就醒過來了，只好起身下床。

書佳穿著一雙棉拖鞋，也不敢打開手機看結果，去廚房泡了一杯咖啡。就在房間裡亂轉，收拾東西。

翻出很多以前的舊ＣＤ、書籍、馬克杯、相框。她坐在羊絨地毯上，靠著沙發將東西一樣一樣地看，強迫自己找點事做。

其實這個時間，幾局比賽的結局大概已經塵埃落定了。ＷＲ的出線情況只要一上微博或者看電視，消息就會鋪天蓋地而來。

只是她在害怕，害怕什麼，她自己也不知道。

這時電話響了起來，書佳起身，看了看來電顯示：「喂？」

『淡淡嗎？』

「是。」

『下午三點，七號錄影棚別忘記了。』

經由對方提醒，書佳才想起來。

今天下午要去錄製節目，是直播平臺的一個聖誕特輯，準備要給的驚喜。裡面都是一些人氣比較高的直播主，書佳也在其中。

她應了一聲，確定具體地址和時間之後就把電話掛了。

放下手機，拿起茶几上的書，繼續翻到沒看完的那一頁，看了半天，卻還是那一頁未動。

把窗戶打開，呼吸清涼的空氣，撐著下巴發了一會兒呆，最後才把手機拿起來，點開姜于於傳來的訊息。

是早上八點的訊息：『WR贏了。』

＊＊＊

攝影棚裡，人來人往。

書佳抱著工作人員準備好的服裝坐在後臺的椅子上。

過了一會兒，阿莫拿著手機急匆匆地撥開人群，朝著書佳的方向跑過來，她還沒反應過來，就被阿莫猛地拉了起來，往化妝間狂奔。

「妳慢一點。」書佳無奈。

阿莫頭也不回，聲音急促地大喊：「淡淡大美女啊，節目馬上要開始了！時間要來不及了！」

書佳手上還抱著一大堆東西，就被扯著往前跑，步伐都有些不穩。

好不容易到了，她氣都還沒喘勻，就被阿莫推進化妝間：「淡淡，妳等等和阿浩一起，我還要聯絡其他嘉賓，先不管妳了。」說完就一溜煙地跑走了。

上妝的時候，書佳的手機又響了起來。

化妝師正在替她上眼影，睜不開眼睛，她只好摸索著螢幕接通，拿著手機舉到耳邊。

等了兩三秒，還是不知道對方是誰。也不知道是他沒說話，還是這邊她太吵沒聽見。

書佳又「喂」了一聲，試探性地問：「周蕩？」

那一頭終於有反應了。

化妝師的手一頓，伸手點點她的肩膀，小聲地說可以睜開眼睛了。

書佳輕輕點頭，抿著唇，問：「你現在在哪？」

化妝師輕輕散開書佳的頭髮，就著五指梳順，然後用一旁的電棒捲住她的髮尾。

周蕩像是換了個地方，才開口：『比賽。』

「比賽？」書佳一驚，應該早就結束了吧，都過那麼久了。

她還沒開口問，就聽到周蕩自己孩子氣地笑出來：『我騙妳的。』

書佳無言，她默默地聽著他笑，看著鏡子裡的自己，也輕輕笑了一聲。

他還在笑，低低地說：『我今天贏了，書佳。』

「我知道。」

『嗯……』他的聲音有些疑惑，還帶著點撒嬌：『妳不誇誇我嗎？』

書佳腦海裡的話到嘴邊轉了個圈，最後還是認真地誇他，配合地說：「你好厲害。」

那邊安靜得彷彿呼吸聲都消失了，但她知道他還在。

『那妳會一直喜歡我嗎？』周蕩慢吞吞地問，咬字有些含糊。

他喝醉了。

燈光的光線明晃晃地照進書佳眼裡，他的醉態帶著天真和可愛，讓人心軟得一塌糊塗。

書佳也不想管旁人複雜的目光，調整了個坐姿，聲音輕柔地哄他：「我會一直喜歡你的。」

周蕩聽到這話後，似乎很滿意，輕輕從喉嚨輕哼幾聲，又問：『那妳能不能，現在變一個書佳送給我？』

誰能告訴她該怎麼抵擋住，喝醉酒後，變得超級黏人、邊說情話邊討蹭的男朋友？

『變你個頭。』另一頭突然傳出一句吼叫，甜蜜的氣氛破壞得一乾二淨。

手機像是被搶了過去，換個人通話：『喂？書佳？』

書佳聽出來是 GGBond 的聲音，回問：「你們現在在哪？」

GGBond 扛起靠在牆邊不怎麼清醒的隊友，吃力地說：『吃完飯剛回飯店。』

他頓了頓，繼續說：『媽的，周蕩喝幾杯就暈了，站在原地不走，吵著要跟妳講電話……』

那一副純情蕩漾的樣子，看的旁人嘖嘖稱奇。這還是那個不苟言笑，大殺四方的丸神嗎？

Aaron和一群人跟在後面，看著某人一邊蹣跚前進，一邊又想搶走GGBond手裡的手機，由衷地感嘆：「我弟的水晶兵營，被敵方成功破壞了啊……」

Beast幽幽地看著他說：「我也想被破壞……」

而書佳在這頭一愣，皺起眉頭，擔心地問道：「他喝了多少，要緊嗎？」

或許是聽出她語氣裡的緊張，GGBond安慰了一句：『沒事沒事，睡一覺就好了。』

她不放心，想了想還是交待道：「你幫他準備點藥，半夜要是不舒服就吃一些……」

GGBond側身撞開房門，回應了一聲：『知道了，那我掛了啊。』

Aaron斜靠在門上，也有些醉意，低垂著眼眸笑了一聲：「我們WR如果S6沒拿到總冠軍，回國就直接一起退役，轉戰演藝圈吧。」

「轉你妹。」

「轉個屁。」

Beast和ZZJ異口同聲。

Aaron無辜：「說屁沒教養，有點氣質好嗎？」

所有人一起對他翻了個白眼，用嘴型無聲地罵：白痴。

GGBond用力，把周蕩丟回床上，舒展了一下雙臂，皺眉打量著他，空氣裡沾染了酒精和菸的氣味。

他躺在床上，輪廓秀氣得過分，甚至有些豔麗。醉酒後白皙的雙頰泛起紅暈，眼裡還帶著水光和迷離。

「別擔心。」Aaron 笑嘻嘻地湊過來：「阿蕩明天就沒事了。」

GGBond 搖搖頭，手一攤說：「手機拿來，我要拍幾張酒後豔照，到時候拿去賣錢。」

眾人又是一陣黑線

＊＊＊

看書佳掛上電話之後，化妝師哈哈笑了一聲，出於好奇心忍不住問了一句：「男朋友？」

書佳放心不下喝醉酒的周蕩，聞言只是心神不寧地點點頭。

化妝師看著書佳，語氣略帶羨慕：「我見過妳男朋友，他很帥。」

「真的嗎？」書佳好奇。

化妝師點點頭，解釋道：「之前夏季賽拍定妝照的時候，我去幫過忙，就妳男朋友和同隊的人，叫什麼我忘記了，讓我印象特別深刻。」

「為什麼？」

她猜想著，隨口道：「因為名字很特別嗎？」

璐璐搖搖頭，按了按她的肩膀，實話實說：「因為他們很帥啊，還特別難搞定。」

她朝書佳擠眉弄眼，和她熱情地攀談起來：「我很多朋友都是 Wan 的粉絲喔。」

璐璐現在想起這件事，還是覺得好笑。拍定妝照時，一般選手都很配合攝影師和化妝師，只有他們兩個，要做造型也不願意，要笑也不肯笑，化妝更不肯好好化。

璐璐嘆了口氣，回憶著：「雖然脾氣爛，但我這種外貌協會啊，還是被妳的男朋友征服了。」停了停，她眨眨眼補充：「上一個征服我的是吳彥祖。」

書佳被她逗笑。

阿浩坐在她旁邊，嘴裡咬著菸，上下打量了書佳一眼，開口說：「我們書佳這麼漂亮，怪不得天天被男朋友查勤。」

書佳嘆了口氣：「我其貌不揚，你就別損我了。」

璐璐把麋鹿髮夾別到書佳頭上，對著鏡子調整了一下位置，感嘆道：「哪裡其貌不揚，明明是大美女！」

鏡子裡的人，一身紅色的緊身連身裙，膚質白淨細膩，眼如潭星。長髮微捲披散下來，相貌上乘，氣質絕佳。

真是便宜周蕩了啊！阿浩摸摸鼻子，在心裡感嘆著。

書佳看了看時間問：「還有多久才開始？」

阿浩聳聳肩：「我也不知道，要不要先跟妳對唱一遍練習？」

節目組要求他們先合唱一首聖誕氣氛曲，一來是他們人氣高，二來是他們的外型比較相配，加上最近藉著ＬＯＬ的話題性，書佳和阿浩都比較有噱頭和看點。

「我五音不全，就指望妳了。」阿浩聳聳肩，端了一杯檸檬水遞給書佳。

書佳對他的誠實感到無語。

錄節目之前，他們要先去拍耶誕節的宣傳海報。

書佳很久沒穿高跟鞋了，此時站得久，只覺得腳踝痠痛不已。硬是撐了老半天，從眼神到動作換過許多種姿勢，終於讓攝影師滿意了。

書佳鬆了一口氣，走到旁邊的長椅上坐著休息，扭開瓶蓋小口小口地喝著。

下一秒，她的肩膀被拍了拍，一道男聲從頭頂傳來：「嗨，甜心。」

書佳抬頭望去，周州摘下臉上的墨鏡，露出一張俊臉，笑嘻嘻地說：「是我。」

＊＊＊

阿浩坐在書佳身邊，看她安安靜靜地等在臺下，忍不住湊過去小聲八卦：「剛剛和妳聊天那個人，是不是之前追過妳？」

書佳和他拉開了一點距離，轉頭看他，裝傻道：「什麼？」

「妳說呢？」阿浩促狹地笑，露出潔白的牙齒：「就之前，他在妳的直播間丟了十幾萬，當時還上過首頁熱門呢……」

書佳無語。

阿浩繼續感嘆：「唉，妳那晚賺的錢，就超過我一個月賺的了。」

臺上的女團還在跳著熱舞，兩個表演項目後就輪到阿浩和書佳上場。

阿浩還想再說什麼，卻被書佳直接打斷：「好了，我有男朋友了。」

她的聲音淡淡的，卻很認真，阿浩知道她不想再繼續這個話題，摸摸鼻子後不再說話了。

節目錄了很久，折騰得讓人筋疲力盡。錄製棚裡人群來來往往，書佳取下頭上的飾品，放到一邊，找了一個工作人員，詢問洗手間的位置。

她從洗手間的隔間走出來時，一個穿著桃紅色裙子的年輕女人推開門走了進來。

書佳正在洗手，視線隨便抬了抬，不由得一愣。

和那個年輕女人的視線對上，在鏡子中直視彼此。水從指縫間嘩啦啦落下，書佳對她點了點頭，想張口，卻不知道說什麼。

女人走上前，拿出口紅和粉餅開始對著鏡子補妝，離她只有兩步的距離。

書佳洗好了手，關上水龍頭，烘完手打算離開。

賀靜柔在她身後，淡淡地叫住她：「有時間喝一杯咖啡嗎？」

「不好意思，我還有點事。」書佳想也沒想就拒絕了賀靜柔，推開洗手間的門離開。

「等等。」

賀靜柔像是預料到她的拒絕，不緊不慢地在背後喊住她。

書佳動作一頓，停了半天，才聽到她說：

「我認識周蕩比妳早很多年。」賀靜柔蓋上粉餅放進包包裡，對著鏡子用指腹推勻口紅，一個字一個字地說：「他，沒有心的。」

聽了這話，書佳微微一笑，走前留下一句話：

「他有我。」

阿浩等在樓下，他今天開了車，打算順路送書佳回家。

回程路上，書佳側著臉看向窗外，一直不說話。

氣氛安靜，車內只有空調發出輕微的噪音。

阿浩握著方向盤，斜眼瞟了瞟副駕駛座上的人，清了清嗓子找話題：「佳妹，妳說妳這人怎麼這麼實在啊？」

「嗯？」書佳心裡在想事情，完全沉浸在自己的世界裡，一時沒有反應過來：「我怎麼了？」

「就剛剛錄節目的時候。」阿浩提醒她。

錄節目？書佳「呃」了一聲，還是很茫然。

阿浩搖了搖頭說：「主持人問妳什麼妳就說什麼啊？他扯上丸神，肯定是想藉著蹭你們的話題性啊！」

「不過話說回來，真是妳先追 Wan 的啊？」

「嗯。」

「想想也是，Wan 看上去就是個社交障礙，打職業又接觸不到女人，不會有什麼技巧。」

書佳聽完阿浩的一番話，心底那些疑問和情緒積累起來，忍不住開口問：「你知道賀靜柔和周蕩的事情嗎？」

車拐了個彎，停在岔路口的紅綠燈前。

阿浩看了書佳一眼問：「怎麼說起賀靜柔了？」

書佳搖了搖頭，沒接話。

阿浩皺眉，斟酌後說：「妳自己查吧，具體內情我也不知道。」

看著書佳的樣子，他大概也猜到了什麼。阿浩手指點了點方向盤，嘴角幸災樂禍地翹起：「畢竟是圈裡的人氣王，情敵多了點也正常。」

回到家，已經是晚上八九點鐘了。因為沒吃晚餐，書佳有點餓。她把手機從包包裡拿出來，才發現手機早就沒電，自動關機一陣子了。

她把手機放到床頭櫃充電，換了身衣服去廚房，隨便做了點東西吃。吃完後打開冰箱，發現前幾天買的草莓還沒吃。

書佳想了想，拿出來洗乾淨裝到盤子裡。然後抱著一盤草莓進臥室。盤腿坐在床邊的毛毯上，拿起正在充電的手機開機。

手機一開機，很多訊息通知跳了出來。

書佳從盤子裡揀了一個草莓，放到口中，邊吃邊回覆。最近節假日多，她的事情也很多，好不容易一一回覆完了，才打開微博私訊，一眼掠過，關鍵字全都圍繞在周蕩之間。

他的粉絲真是多啊。

其實不只是周蕩，包括WR所有的隊員，這個隊伍在國內人氣和關注度都是當之無愧的第一。不論是網路投票、應援投票，都是以碾壓性的優勢位居榜首。

之所以會這樣，除了WR整體實力強之外，更重要的是他們上個賽季換了打野後，變成一支真正意義上的國家隊。

國家隊這個詞，在大部分玩家的心裡都是一種情懷，卻已經變得遙遠。尤其是近幾年LPL大規模引入韓籍選手後，世界賽上的成績卻越來越差，許多粉絲都開始懷念S2時期，從中國崛起的國家隊帶來的輝煌。

這次S6，在世界總決賽的舞臺上，作為時隔多年的一支完全屬於中國LPL賽區的隊伍，WR戰隊所有人背負的壓力應該都很大吧。

書佳扔下了手機，重重地嘆口氣，爬起來走進浴室洗澡。

古人有時候用句遣詞真的很好，例如一日不見，如隔三秋之類的。這幾天，有事做的時候還好，沒事的時候，滿腦子都是他。

微瘦的臉頰，微笑時半隱半現的小虎牙，單眼皮的清冷輪廓⋯⋯

想捏捏他的臉，傲嬌又彆扭，嘴唇的顏色又淡又柔軟。

水珠從她眼睫滑落，流過下巴，她閉起眼睛。

想起最後看他的那一眼，在機場大廳，喧囂和嘈雜她都不在乎，周蕩穿著黑色的隊服短袖，真好看。

房間裡電視播著DVD，光線昏暗。書佳穿著睡衣坐在小沙發上，慢慢塗起腳指甲。她的腳趾頭生得好看，圓潤如珠，一顆一顆，潔白細嫩。正好塗完最後一隻腳趾，丟在一旁地板上的手機震了起來，書佳馬上撈起。

一接通，姜于於歡快的聲音從另一頭裡傳來：『書佳！』

書佳聽她那邊有些吵鬧，不由得問：「妳在哪呢？」

『想知道？』

書佳頭抵在膝蓋上，看著剛剛塗好的指甲油，懶得說話。

『喂，來這邊！這邊！你們坐這臺車。』姜于於的聲音由遠及近，又湊回來主動說明：『今天我們和OP還有WR的人去吃飯，OP的人還沒出來，大家都還在等。』

「那妳現在和誰在一起？」書佳問。

『妳等等就知道了。』

姜于於跟身邊的人說話，抽空往四周看了看，視線尋找了半天終於找到那個人，和另一群人在前面抽菸。

『周蕩哥哥！』她大聲一喊，成功吸引了別人的注意力，周蕩也轉過頭看她。

他微微皺眉，手裡還夾著菸。

姜于於把手機往前一遞：『來，你老婆的電話。』

書佳在電話這頭聽得一清二楚。姜于於在大庭廣眾之下喊出那句話，讓她恨不得一頭撞死在床頭櫃上。

電話很快被接了過去，周蕩低淡的嗓音傳來：『喂？』

書佳臉紅紅的，很快回過神來，清了清嗓子調整音調：「嗯？」

周蕩掐滅了手裡的菸，丟進垃圾桶。

她頓了一下才問：「今天又要去吃飯嗎？」

他「嗯」了一聲。

之前醉成那個樣子……今天還要出去聚餐……

書佳略有些擔憂，握著手機問：「頭痛不痛？」

周蕩低聲咳嗽了一下：『痛。』

有人在身邊低聲揶揄：『我們蕩神怎麼變得這麼嬌弱了？』

書佳把手機夾在臉和肩膀之間，拉開抽屜，翻出一張紙。

她重新拿好手機，視線從紙上從上至下掃了一遍，跟他說：「等等去買瓶牛奶喝，吃完飯後早點回飯店睡覺。」

這張紙上是以前她記下的一些治頭疼的辦法，剛醒酒喝粥能比較能緩解……但是美國應該沒有那麼好買到粥。周蕩也不知道聽進去沒有，一直沒說話。

總覺得他今天很反常。

「你還記得昨天跟我說什麼了嗎？」書佳突然意識到原因，笑著問他。

『嗯。』

「那你……」書佳努力憋著笑，問：「你是不是害羞了啊，寶貝？」

她的寶貝喊得太自然，彷彿心裡練習過千萬遍。

話一出口，兩個人都是一愣。書佳先反應了過來，視線四處亂飄，臉頰燙燙的。

她懊惱地咬了咬下唇，自己怎麼這麼輕浮啊？

他似乎低低地在笑，輕輕的嗓音響在耳邊，撓得人心癢癢。

「你別笑了……」她有些狼狽地開口。

『好。』周蕩雖然嘴上答應她，卻還是在笑。

* * *

Aaron看周蕩單手插在褲子口袋裡，靠在牆上和書佳講電話的樣子。

平時比賽話都不怎麼多的人，和女朋友聊天的時候倒是很能說啊？

周蕩也不理會周圍人曖昧調笑的眼神，那冰雪消融的樣子，笑得連小虎牙都露出來了。

喔不，他想吐了。

第二輪小組賽結束抽籤，OP對上STK，WR對上RTG。

STK和RTG，算是目前LCK兩支最強的隊伍。就這幾年的情況來看，世界賽的冠亞軍基本上都被韓國隊包辦。

所以這次四分之一決賽的抽籤結果，讓LPL的隊伍晉級又變得更艱難。不少人開玩笑說，這種局面完全是提前進行了總決賽。

時間過得飛快，轉眼就到了十月十四號，八強晉級賽在美國三藩市正式揭幕。

接連幾日，書佳都只敢看比賽結果，並不敢看直播，網路上的文字訊息更新很快，內容都是喜憂參半。

自從OP爆冷門擊敗SG後，隊伍狀態雖然慢慢回升，但是面對世界冠軍STK時依舊顯得有些力不從心，以三比零的成績，直接被拿下了。

小組賽第三日，是WR和RTG比賽的日子。

姜于於和七七走在觀眾席的二樓，找到位置後坐了下來。

她們手裡拿著螢光棒，心裡激動到不行。這麼多年LPL都沒有隊伍進四強了，前幾天OP又被淘汰，現在就指望著WR為中國賽區爭光了。

現場依舊喧嘩著，姜于於低聲和七七耳語：「妳說WR能不能撐住啊？在韓國聯賽的時候，RTG連STK都打贏了，好擔心啊。」

「沒關係、沒關係，要相信他們！更之前的時候，WR還不是有贏過STK？」

姜于於握緊七七的手，場館裡的燈光暗了下來，宣告著比賽開始。

第一場，GGBond 拿出招牌角色維克特，中期團戰打出爆炸傷害，擊殺對面雙輸出，順勢拿了條巴龍，挺進對面高地，很快拿下一局。

所有的粉絲們提心吊膽地在螢幕前看著比賽，心情激動又緊張。

但是 WR 前期放養上路的策略讓 RTG 很快找到突破口，導致後期的發育變得艱難。

接下來兩局，WR 都輸給 RTG，導致對方讓一追二，搶先拿下賽點。

此時所有人心裡都有些沉重，姜于於也安靜了下來，緊緊揪住胸口，等待第四局開始。

第四局，WR 明顯穩住心態。ZZJ 從比賽一開始就蹲在上路，拿下首殺。前中期靠著輸出發力，把優勢雪球越滾越大，硬生生拖住局面，拿下第四局，進入生死戰。

一連酣戰四局，每個選手臉上都出現疲態，心理壓力也越來越大，中韓兩大賽區頭號種子隊的碰撞，生死對決一觸即發！

最後一場的比賽很精彩。

周蕩的狀態越來越好，手上的伊澤瑞爾輸出占比達到全隊百分之四十，中韓頂尖 ADC 在下路碰撞對決。

他作為戰隊核心，在最後關頭站了起來。憑藉著超強的個人線上以及局勢分析能力，中後期一波小龍池裡收穫四殺奠定勝局，引爆全場歡呼。

當最後 WR 帶著飛龍 Buff 直接推上高地拆水晶兵營時，幾乎現場所有人都站起來鼓掌。

小螢幕被放大。

鏡頭給了WR所有隊員一個特寫，閃耀的燈光下，Aaron和ZZJ抱在一起笑，Beast則是站起身，拍了拍周蕩的肩。

有如神祇的那個男人，則是靠在椅背上手撐住額角，看不到表情，整個人彷彿筋疲力盡。

＊＊＊

決定去洛杉磯是半決賽之後兩三天的事情。

書佳訂了當天的機票，匆匆往行李箱裡面丟了幾件外出服後，攔下計程車直奔機場。

在紐約的准決賽，WR要對上歐洲賽區的ATX。

她不敢看比賽直播，連結果都不敢看。這兩天的心一直懸著，到後來看到一些關於「WR成功擊敗ATX！殺進世界總決賽」的後續報導，她才安下心來。

沒辜負所有中國LOL玩家的期望，WR在世界賽上的狀態堪稱神勇，直接在半決賽上以三比一的成績，帶走總決賽的門票，被國內媒體稱為LPL史上最強戰隊。

五個人遠在異鄉，國內卻鋪天蓋地全是關於他們的報導。

是下午四點的飛機，書佳在機場的速食店吃東西，和姜于於講電話。

姜于於絮絮叨叨地，說著美國發生的事情。書佳邊聽邊應，手裡捧著香濃的咖啡。她拿吸管攪了攪，忽然開口問：「妳手上有十月三十日的門票嗎？」

姜于於沒想到她會提這話題，愣了一下說：『有啊。』她很快地反應過來，驚訝道：『妳要來美國嗎？』

書佳：「嗯。」

『天啊。』姜于於在那頭笑了起來：『真有妳的，有票、有票！我等等幫妳訂房間。』

「好。」

『妳明天幾點到，我去接妳？』

「大概中午到，妳把飯店地址傳給我，不用來接了。」

姜于於答應：『好。』

書佳掛電話之前想起一件事，急忙地交代好友道：「妳千萬別跟周蕩說我來了，我怕影響他比賽。」

『廢話！這種節骨眼上，我肯定不會說。』

姜于於又翻了個白眼：『再說了，WR像國寶一樣全封閉起來訓練，誰都聯絡不上他們。』

「嗯。」書佳放心了。

掛上電話，她心不在焉地看了看錶，還有兩個小時才能夠登機。

突然察覺到有人停在身邊，書佳抬頭確認，一個很陌生的年輕女孩正盯著她，書佳不認識。

那個女孩子好像有點不好意思，看到書佳抬頭看她，小聲問了一句：「妳好，請問一下，妳是舒淡淡嗎？」

書佳猜測可能是遇到粉絲了，點了點頭。

果然，年輕的女孩子有些激動，躊躇了一下，掏出一張簽名照說：「我是妳和丸神的粉絲，就是，之前就很喜歡妳、也很喜歡 Wan，常看影片和直播什麼的……知道妳和 Wan 在一起的時候真的很驚訝，但是也超開心的……」

她語無倫次，眼睛卻亮晶晶地，手裡拿著筆遞過去：「能幫我簽個名嗎？」

書佳接了過來，低下頭簽上自己的名字，臉上帶著笑意：「謝謝妳喔。」

女孩看著自己崇拜了很久的人，心裡止不住地激動。她雙眼放亮，忍不住開口問了一句：「妳也是要去美國嗎？」

「嗯？」書佳簽好名，把紙筆還回去後，笑了一下：「是啊，去美國看比賽。」

「是去現場幫周蕩加油嗎？希望到時候能碰見妳！」女孩收好簽名，雙手合十地對書佳道謝：「真的很喜歡淡淡啊！希望妳能和蕩神永遠好好的。」

「謝謝。」書佳笑了一聲，問道：「妳一個人去現場看決賽嗎？」

「不是。」小姑娘搖搖頭，抱住包包，猶猶豫豫往旁邊指了指：「我和一群朋友一起去……」

書佳順著她指的方向看過去，看到一小群女孩子，舉著手機正往這邊在偷偷拍照。

小姑娘很不好意思地解釋：「她們都是周蕩的粉絲，所以……」

而遠處的那小群女孩也嘰嘰喳喳地，一個人激動地扯住旁邊人的袖子：「舒淡淡本人好美！

快拍幾張照片傳給我。」

另一個低頭搗鼓著手機：「我先傳到限時動態上，在機場偶遇丸神女友……大新聞啊！」

坐飛機實在太無聊了，書佳插上耳機，翻出之前下載好的比賽重播，一個個看著。看累了，就直接蓋著毯子補眠。

到洛杉磯出了機場，書佳隨便攔了車，按照姜于於給的地址去飯店，她幾乎空空一身，什麼也沒帶，就這麼跑來了美國。

房間是雙人房，書佳出示護照後拿到姜于於留下的房卡，上了樓匆匆洗個澡，倒到床上調時差。

等到醒過來時，窗外都黑了，夜色裡燈火亮起。

她打開房門，姜于於已經坐在沙客廳的沙發上，低頭正在玩手機。

看到書佳出來，姜于於眼睛一亮：「終於醒了，剛剛都不忍心吵醒妳。」

書佳踏著拖鞋揉了揉眼睛，去裝了杯水，坐到她身邊：「晚上沒活動啊？這麼早就回飯店了。」

「沒有活動，最近很累。」姜于於丟給書佳一個塑膠袋：「買給妳吃的，填填肚子，等等跟我出去吃正餐。」

書佳拆開一包餅乾，隨口問：「這幾天好玩嗎？」

「一般般吧。」姜于於笑了笑：「就是工作啊，而且妳不知道……」

「什麼？」書佳喝了口水，眼睛看向姜于於。

「哈哈！」她突然笑得前仰後合。

書佳看到她笑得不行，莫名其妙地問：「妳笑什麼？」

「沒什麼，看到妳就很開心而已。」

書佳滿頭黑線。

「對了，書佳。」姜于於把手機放下，抬起臉。

「嗯？」書佳吃餅乾的動作一頓：「又怎麼啦？」

姜于於神神祕祕地湊到她耳邊：「如果到時候WR贏了，妳就待在他們的保姆車上，給周蕩一個大大的驚喜如何？」

她又遞了個曖昧的眼神過來。

書佳差點吐血，揮了揮手：「再說吧，到時候驚喜變成驚嚇了。」

悠閒的日子總是一下子就溜走了。

這幾天書佳跟著姜于於和工作小組一起，混跡在洛杉磯的大街小巷，期間還被他們拉著當了幾次路人臨演。

雖然還有兩天才開賽，但是會場已經開始陸續放置一些和LOL相關的海報宣傳照。

十月三十號，S6全球總決賽最後一戰終於到來。

當天氣氛很火熱，大戰將至，風聲鶴唳。

書佳和姜于於排隊驗票，想起上次去蘇州時看的比賽，和今天相比，真的有完全不同程度的，被震撼的感受。

體育館門口，英雄聯盟經典人物的雕像一字排開，印著總決賽LOGO的宣傳圖，在比賽通道中隨處可見。

一路走過去，不少玩Cosplay的人都是一副清涼的打扮，倒為現場添加了一道亮麗的風景。有一些WR的粉絲自己在一旁，集結起來發各種應援物。

書佳找到位置坐下來，把包包放好後問：「比賽還有多久開始？」

姜于於很興奮，四處瞄了瞄：「不知道耶，妳看妳看，好多外國小鮮肉啊。」

現場跟平常在這裡看球賽的人群區別不大，畢竟這是看體育比賽的觀眾席，除了平均年齡比較低，大多都是男性。

這天或許，對很多人來說都是很普通的一天。

可是卻是幾乎所有中國英雄聯盟玩家都翹首期盼的一天，來自LPL的國家隊的隊伍，終於重新登上三年前那個夢想開始的地方。

二〇一三年的史坦波體育中心，S3總決賽之夜時，LPL的頂尖隊伍RJG被STK打得毫無反擊能力。從S4以後，LPL便似乎永遠無法擺脫「進不了四強」的魔咒，幾乎所有賽區的隊伍都在ＳＴＫ的強大統治下苟延殘喘著。

直到今天，ＷＲ的五個年輕大男孩，在經歷小組賽和半決賽的慘烈廝殺後，擊敗了無數隊伍，闖進決賽站在今天的位置，魔咒就此被打破，挑戰世界強隊ＳＴＫ！

更為恐怖的是，ＷＲ這支隊伍在那數場比賽當中，摧枯拉朽式的取勝方式，實在令人印象深刻。

北京時間十月三十日早上七點鐘，《英雄聯盟》二〇一六世界賽冠軍戰，在洛杉磯史坦波終於打響。

書佳喘了口氣，手伸進口袋，緊緊捏住一個小盒子，方方正正的棱角讓手心麻麻地疼。

「緊張嗎？」姜于於在身邊低聲問。

書佳點點頭，不停深呼吸，自嘲笑道：「大腦一片空白，怎麼辦？」

姜于於視線一偏，掃視了全場一遍，按按她的肩：「別擔心，不論結果怎麼樣，他們都已經非常非常棒了！」

拋開所有私人情緒，他們走到這一步，確實做的很好了，也沒有人會質疑他們的實力。書佳知道，周蕩並沒有她想像中那麼脆弱。

經歷過一次次大賽的洗禮，他是一個男人，也是無數人的英雄。在美國洛杉磯，在史坦波這裡，代表中國出征。

各國的粉絲正歡呼與尖叫，開幕式即將開始，全場的燈光暗了下來。舞臺兩邊的牆壁上播放著二〇一六全球總決賽的動畫，舞臺上的明星本來正進行演出，也都停了下來。

全場開始倒數計時。

三！二！一！

激昂的英雄聯盟主題曲響起，體育館裡頂部懸掛的六面超大電視螢幕特效全開。場館中央的3D特效囊括了整個比賽場地，閃現過無數個STK和WR的奪冠畫面，從小組賽到總決賽，各種精彩的擊殺集錦，賽評急促而激動的聲音，各個戰隊粉絲的哭與笑。

主持人登臺，內場的燈光亮起來，開始用英文介紹著今天比賽的兩支隊伍，做了一番簡短的致辭。

STK，是一支由沉浮在聯盟比賽場上，由身經百戰的老將所組成的。

而WR，卻是一支以隊員自身的意志組合，帶著粉絲們盼望的年輕隊伍，崛起於二〇一五年LPL春季賽的廢墟之中。

LPL和LCK的春季總決賽、S5世界總決賽決賽、夏季總決賽、S6世界賽小組賽、半決賽，數不清的常規賽鏡頭輪流放映著。

一路走來所有人的心酸和歡笑、開心與血淚。每一個畫面，都讓在場的人身臨其境，並且逐漸燃起了全場的氣氛，讓所有人熱血沸騰。

播畢後，一切聲音和畫面都靜止了。

大螢幕的畫面靜止在兩個隊伍在半決賽上，贏了比賽，每個隊員摘下耳機吶喊的瞬間。

在所有人還沒反應過來時，場中兩束強烈的白燈穿過半個黑暗的體育館，打在舞臺中央的WR和STK的旗幟上。

放著冠軍獎盃的升降臺冉冉升起。

比賽席上，兩方所有隊員準備就緒，教練也就預備位置。而臺下，無數工作人員戴上對講機和工作牌，比賽即將開始。

韓國和中國的國旗從兩邊緩緩上升。

S6全球總決賽冠軍爭奪戰，一觸即發！

第八章　想和妳化在一起

史坦波會館，兩軍對壘。

比賽正式開始倒數計時十分鐘，現場工作人員在做最後的確認。

書佳坐在比賽席上，看著大螢幕，忽然有種恍如隔世的感覺。

好像初見時，還在上海的ＬＰＬ賽場上。場館裡人聲鼎沸，兩個戰隊的選手坐在比賽席上，那麼多人在為他們加油吶喊。

從開始到現在，他們終於站上了職業巔峰的舞臺。

她把所有的祕密和情愫，都揉進發酸的心裡。

雄壯的音樂聲響了起來，全場歡呼的巨浪聲和掌聲。即使戴著耳機，還是能隱約聽到現場的巨大聲浪，和許多嘈雜的叫喊聲。

GGBond脫下外套，捲起兩邊的袖子，也不知道是心情激動還是因為什麼，就是覺得熱。

「老弟，撐得住嗎？」他手撐在椅子扶手上，臉湊到周蕩身邊，眨了眨眼睛：「被ＳＴＫ血洗成直落三的話，是不是很丟臉？」

每次像這種大賽開打前，ＷＲ隊伍裡的每一個人都習慣性地調戲周蕩，或是和他說一兩句話。每次大家看他那副面無表情、毫無波瀾的樣子，不知道為什麼都會安定心神的感覺。

周蕩手指放在鍵盤上熱身，沒看 GGBond，卻難得地和他開起玩笑：「那你就回國去養豬吧。」

說完才用眼尾輕飄飄地瞟了一眼他。

怎麼會有這種明明在說不正經的話，還是那麼嚴肅的人啊？真是天生面癱樣。

「那你呢，幫我耕田？」GGBond 默了一兩秒後，反問道。

周蕩不理他，專注地看電腦螢幕。

WR 幾個人都戴上了耳機，在隊內語音裡圍觀兩人對話。

Aaron 雖然收斂了平時玩世不恭的模樣，還是難掩本性，隔空和 GGBond 胡鬧：「阿蕩幫你耕田？人家靠臉吃飯的！你去養豬，我就和蕩神組個男子團體，進軍演藝圈。」

也不知道該說他們心態好還是豁出去了，總決賽馬上就要開始，大家還有心思開玩笑。

ZZJ 笑了笑：「你忘了蕩神還有女朋友的，以後就安心當個只靠臉的小白臉啊。」

Beast 無聊地用手摸摸周蕩的頭髮，話卻對著 GGBond 說：「豬豬臉上居然還貼隊徽，真的好中二、好醜……」

GGBond 立馬不樂意了，罵回去：「這是信仰，你懂個屁！小屁孩。」

「好了好了！」

阿布在身後踱來踱去，制止他們：「比賽馬上開始了，快點調整調整狀態，別鬆懈了。」

大家都很聽阿布的話，連Aaron也摸了摸鼻子，識相地沒再開口。

第一局比賽進入禁用和選角畫面。

兩個隊伍你來我往，每一隻禁用英雄和每一隻選擇，都牽引著現場觀眾和國內觀看直播萬千粉絲的心。

STK在藍方禁用了麗珊卓、星朵拉和奈德麗，而WR這裡則是禁用了雷茲、卡莎碧雅和勒布朗。

一連禁掉六個中路角色，給足了STK世界第一魔王FAG尊重。

大螢幕上，從上到下依序列出選手的畫面，上路的Aaron、打野的ZZJ、中路的GGBond、ADC的Wan、輔助的Beast。

全軍出擊！

＊＊＊

比賽進行到第十一分鐘，ZZJ的李星清空河道線，準備去下路蹲一波抓人。

「Wan有招嗎，我抓誰？」他在語音裡詢問。

周蕩看了眼地圖後說：「草叢沒眼，從後面繞，我開大。」

短短一句話，吹響進攻的號角。

ZZJ 的李星繞後，先是一波閃現接大絕，對面下路的兩人意識到後，想迅速撤退。

周蕩的燼果斷開大留人，一套技能殺掉對面的凱特琳，拿下首殺。

「穩了穩了！」Aaron 高興地叫喚：「上路能單殺，下路會開花，直接起飛。」

下路那一波小會戰，幫助 WR 建立起優勢。加上周蕩個人線上的能力滾雪球起來，不一會兒就壓了對方經濟和發育許多。像蝴蝶效應一樣，WR 趁著優勢一波推掉下路第一座防禦塔，然後各路人馬集結去中路。

「這個節奏感覺會起飛。」Beast 手心冒汗：「快推中、快推中！」

「等等直接切後排。」

來到中路後，兩方人馬技能一波交換，隨後 GGBond 的維克特傷害計算失誤，被對方秒殺掉輔助 Beast。

「沒了。」Beast 苦笑一聲。

「死了沒關係，還可以打。」周蕩聲音很冷靜。

對面上單和 Aaron 同時傳送回中路，WR 拉開了隊形。

「退了退了，我藍沒了。」GGBond 狂點滑鼠，有些焦急。

「你走位一下。」

現在局勢很危險，一個不小心就會被對方團滅。

周蕩的燼，退後開啟大絕，四發子彈，直接射死了對面兩個殘血，彈無虛發。

「說出來你可能不信。」ZZJ 看著小地圖，感嘆道：「Wan 其實是上海槍王。」

「後面有人！有人！小心 BAY，往後撤！」Beast 突然喊出來。

場面一度混亂，所有人都提了口氣。

周蕩回答：「退不了。」

「這麼硬上的嗎，兄弟？」STK 上單繞後，想要擊殺燼。

周蕩一波飄逸走位躲掉技能，頂著極大的壓力，直接反殺提摩，活生生地把 BAY 秀死，和 STK 在中路一換三，對方直接炸穿。

沒料到周蕩這一波強勢的操作，隊內語音直接炸開了鍋。

Aaron 鬆了口氣，忍不住叫了出來：「做得好啊兄弟！亂帥一把的！這突如其來的神走位，BAY 大概都閃到腰了吧！」

「蕩蕩帶我們走向人生巔峰！」GGBond 笑嘻嘻地應和。

周蕩回城補裝備，切了介面看計分板，發話道：「火龍五十秒，去巴龍池清一圈視野。」

因為二十分鐘前拿下的巨大優勢，第一局後期越來越順利，WR 成功偷掉巴龍，隨即帶著巴龍 Buff 先是推掉中路外塔，又順勢拿下上路外塔，以經濟和幾座防禦塔領先局勢。

比賽進入大後期，雙方在中路高地會戰，GGBond 直接開大招秒殺對面中路。

「奧莉安娜殺不死我，她沒鬼步。」

「厲害啊，A 哥這盤夠猛的。」

「別膨脹，千萬別膨脹。」

隨後燼瘋狂輸出，擊殺了對面的凱特琳，對方失去所有輸出角色。WR存活的三個人強行拆塔，Aaron的茂凱直接衝進去推水晶兵營。STK無力阻擋，被WR一波拆下總部，拿下首勝。

第一場以四十三分鐘的時間結束。

中國轉播比賽的三位主持人很是興奮。

賽評娃娃看完第一場，心情也很激動，開口道：『WR這支隊伍，真的很適合打世界賽，有血性有創新，尤其是Wan，不僅有天賦，比賽上發揮得更靈性。』

另一位賽評MIni也很激動，LPL已經很久沒有在世界賽上打出自己的風采了，S3以後都是被壓制在地上的。

她看著鏡頭點點頭：『面對STK，他們敢打敢拼，是真的厲害！』

接下來的一局比賽很快就開始了。

事實上，情況沒有預想的那麼一帆風順。

STK作為蟬聯了兩屆世界冠軍的韓國超級強隊，自然不可能這麼簡單認輸和被打敗。雖然被WR先下一城，但是STK不甘示弱，掏出震驚全場的麗珊卓加上好運姊聯動，連贏兩局奪下賽點。

場上局勢急轉直下，氣氛降至冰點。

隊伍語音裡沒人說話。

周蕩疲憊地揉了揉眉心：「沒關係，下一場禁了好運姊，還有機會贏。」

其實所有人的心裡都沒有底，已經走到這一步，大家都強顏歡笑不起來。一路走到今天真的都挺不容易的，如今離冠軍只差最後一步，每個人都不想放棄。

只能互相鼓勵，儘量穩住快要崩盤的心態。不止是他們緊張，千千萬萬觀看比賽的英雄聯盟玩家更緊張。

LPL多年來的冠軍夢，近在咫尺，怎麼能甘心如此？

＊＊＊

賽點局，WR終於打破傳統套路，中路選了翱銳龍獸。

這種生死局，要穩住心態的同時，注意力更要高度集中。龍獸配合著打野伊莉絲，成功收割下路建立優勢，毀天滅地的傷害讓強大如神祇的STK也無法招架。

WR終於追回一分，將STK也逼入生死局。

所有觀眾屏息以待。

最後一場，每個人精神壓力巨大。STK為藍方，第一個禁用凱特琳，向Wan致敬。

確實，作為隊伍核心輸出點的天才型ADC，走到今天這一步，真的值得每個人尊敬。

WR為周蕩留下先選位置，拿下了艾希。

周蕩在比賽上使用艾希的次數很多，並且勝率高得可怕，被人笑稱是無敵絕情箭的寒冰殺手。

比賽過程很煎熬，BAY 的歐拉夫頻繁地針對上路，STK 不到三十分鐘就建立起優勢。

「我有點炸線。」Aaron 第二次被抓，兵線再一次被防禦塔吃掉。

頻道一時很安靜，只有狂點滑鼠的聲音。

GGBond 安慰道：「沒關係，你先穩住，等等我繞上。」

此時 STK 經濟已經領先很多了，他們以強大的裝備優勢，迅速地在地圖上掠奪 WR 的野區資源和領地，完美詮釋了什麼叫做 LCK 最強戰隊。

WR 在前期節奏上的劣勢，讓他們發展得舉步維艱。

對方燼的幾波留人開團後，STK 將經濟優勢完全拉開。他們趁著機會去巴龍池裡打龍。

局勢已經容不得再拖下去。

周蕩握緊滑鼠，判斷了場上局勢，迅速道：「推中塔，巴龍放掉。」

這個男人發號施令，句子極為簡潔，卻是在賽場上，永遠讓人安心的存在。

「我們打會戰，可以打。」GGBond 也開口。

ZZJ「嗯」了一聲：「先穩住兵線，別被抓了，打一次中路會戰。」

大家相互鼓勵，場上局勢瞬息萬變，尤其是到了大後期，每一個微小的失誤都有可能改變結局的走向。

終於，在四十分鐘，對面輔助在草叢裡探視野時被 WR 抓到，隨後擊殺了 STK 趕來支援的打野。

有了絕佳的機會，WR毫不猶豫地開吃巴龍，順勢拿下STK下路的全部外塔，直接將STK前期的優勢破壞。

可是下一秒的事情，誰又猜得到呢？

由於Beast操作視野時落單，被STK偷襲成功，STK匯集先後擊殺了GGBond和ZZJ，偷下了第二條巴龍。

拿下巴龍的STK，一路高歌猛進，直接破了WR三路高地。

所有人都以為結局就這樣了。

基本上被破三路高地，在英雄聯盟裡就是無力回天的象徵。

卻出乎意料，在如此逆風的情況下，WR的ADC站了出來。

繞開兵線的一波繞後開團，近乎百分百爆擊的神箭，幫助WR打出一波二換四，成功拖延了時間。

可是還是落後太多了，加上兵線劣勢，WR五個人只能留在陣營清兵守塔。

STK所有人復活後，又拿了一條飛龍，再次發起進攻！

事已至此，WR也被逼出血性，所有人的情緒都被帶動起來。

第二次守護高地，第三次守護高地！WR永不團滅！

轉播節目中，賽評們甚至一度哽咽。

男賽評語速飛快，接近怒吼：『第三次了！WR還在堅持！他們還沒有放棄，還沒有放棄！』

最後，WR打破僵局，擊殺掉對面的中路奧莉安娜。

「可以翻盤！我們可以贏！」Aaron激動得已經控制不住情緒，雙手都在輕微地抖。

周蕩戴著耳機，額頭也出了汗。

大招冷卻時間還有六秒。

5、4、3、2……他在心裡默念著，手指猛地按下R鍵。

對面打野和ADC被周蕩一發破空而來的冰箭定住。

不只是現場觀眾，所有觀看這場比賽直播的人，都沸騰了，現場響徹起驚人的歡呼聲。

一發穿雲箭，千軍萬馬來相見。

周蕩的一發大招直接吹響了在逆境中反擊的號角！

「衝啊！」Beast一聲怒吼，也激動到不能自己。

奪冠近在眼前。

『對面的輸出被暈住！WR以Aaron為首的波比率先衝了！Wan在後方不停輸出！對面打野被收掉了！要贏了！WR要贏了！』

主持群們情緒激昂，眼睛眨也不眨地看著螢幕：『這絕對是英雄聯盟之上，名留青史的一場比賽！』

WR驚天翻盤！在最後一波團戰裡，WR的ADC一個人扛起團戰傷害，把STK全部人直接送回溫泉。

拿到團滅後隨著 Beast 的一聲怒吼，WR 殘血的幾人衝上高地。

亞歷斯塔開啟大招，WR 直接扛著傷害攻擊水晶兵營。

當最後音樂響起來的時候 WR 所有人摘下耳機抱在一起，邊跳邊像瘋了一樣地大叫。

Aaron 摟著周蕩的脖子哭了：「真的謝謝你。」

周蕩脫力地笑了出來，也緊緊抱住他：「贏了就好。」

＊＊＊

現場所有觀眾都站起身來鼓掌，萬人高喊著 WR。

書佳和姜于於也在這萬千觀眾內。

太驚心動魄，書佳眼睛溼潤，姜于於早已泣不成聲。

她緊緊抓住書佳的手，抽泣著說道：「我要支持 WR 一輩子。」

書佳吐出一口長氣，想起剛剛那場比賽。他們都還那麼小，卻背負著無數人的希冀坐在那裡。用自己的努力站在萬人中央，成為別人的光。

姜于於平緩了情緒，看著頭頂上的大螢幕，鏡頭特寫全部帶到 WR 的隊員和教練。

「妳看，Aaron 哭了，天啊……」

她雖然還沉浸在感動中，看到 Aaron 抱住周蕩的模樣，還是忍不住笑出來：「他都是一個男人了，怎麼還這麼脆弱？」

平時一副嬉皮笑臉的樣子，現在卻哭得像個孩子……

姜于於眼裡全是笑，和壓抑不下來的愛意。

書佳側頭看了她一眼，也不知道為什麼，突然問：「妳當初為什麼會喜歡上 Aaron？」

姜于於想了想，不知道該如何回答這個問題。

更不知道自己是什麼時候喜歡上他的，愛情來得突然。

又想了想，大概當年在 LPL 賽場上。看他耳機一戴，摸了摸嘴唇，只是沉默地輕輕一笑。

至此，他就在她心中了。

現場的歡呼聲排山倒海，這一刻，是屬於五個大男孩的榮耀，也是中國賽區的驕傲。

沒人能想到，這支年輕的隊伍，一路廝殺拚搏，終於站在職業巔峰的位置，把曾經的世界冠軍 STK 逼進生死局，完成終結他們的壯舉。

從此在他們頭上建立了一個新王朝。

在舞臺正中心，五個人圍繞著獎臺，當他們捧起獎盃，舉過頭頂的那一瞬間，煙火從場館四面八方炸開，天空下飄著彩色的禮花和亮片。

歡呼、掌聲、WR 的隊名，響徹了洛杉磯史坦波中心。

捧著獎盃，有工作人員上來，把他們帶到舞臺另一側換上 S6 官方訂製的冠軍外套，背後是燙金的 LOGO。

過一會兒是頒獎儀式。

主持人用純正流利的英語，聲音激昂地介紹這支讓人感到不可思議的隊伍。從 LPL 出征，每場比賽都是一個烙印，印在他們一路以來艱辛的征途上。每介紹到一個人，只需一個名字，就能讓人歡呼不止。

頒獎人已經把獎牌拿在手裡，大螢幕上鏡頭不斷掃過 WR 的每一個人，他們和教練已經排好隊，準備接受最後的榮譽。從 Aaron 開始，WR 所有人依照次序，走過去和 Riot 總公司的兩位創始人握手。

周蕩是壓軸。

當最後主持人大聲念出 Wan 這個名字時，震耳欲聾的歡呼聲傳到體育館的每個角落。所有人的目光都集中在大螢幕上的這個年輕人身上，並清晰地記著，這個人剛剛是如何華麗地操作。

在最後關頭不苟言笑，大殺四方，以一人之力挽回局勢。

創始人和周蕩握完手，把獎牌掛到他脖子上，周蕩低聲道謝。

頒獎人給了面前黑髮年輕人一個擁抱，告訴他，這是屬於他的夜晚。

＊　＊　＊

WR全隊從賽後採訪的媒體室出來，天色已晚。

粉絲全部堵在出口，比賽結束了好一陣子，很多人依舊狂熱著。

看到他們一群人走出來，全部擠了過去，一窩蜂黑壓壓的人群，看著十分可怕。人氣太高，真是讓人頭疼。

GGBond知道所有人都在等他們，如釋重負地嘆口氣，單手勾住周蕩的脖子：「爽不爽？」

這種萬人矚目的感覺，像是拯救世界的英雄一樣，Aaron走在後面，對著人群拋飛吻。

周蕩還是散發著生人勿進的氣場，低頭拆掉手上的護腕，隨口回了一句：「一般般。」

「對了。」GGBond突然想起來一件事，壞笑了一聲，說：「這麼淡定的嗎？等等有大驚喜等著你呢。」

周蕩不說話，掙脫GGBond的手，不知道在想什麼，但是表情明顯沒把隊友的話放在心上。

等好不容易突破重重人牆，終於到了停保姆車的地方。

阿布停下來講電話，等在車門口前沒上車。

一群人就三三兩兩地靠在那裡聊天。

過了一會兒，姜于於帶著一群工作人員，大包小包地出現在WR眾人視線裡。

Beast咳了一聲，看了一眼Aaron。

發現他已經停下來沒和ZZJ講話了，連視線都悄悄地在偷看人家。

姜于於停在他們面前，清了清喉嚨，說：「你們今天真的很棒，等著回國迎接狂風暴雨的歡迎吧。」

雖然人不在國內，但是她剛剛隨手翻了翻各大電競賽事的網站和論壇，幾乎鋪天蓋地都在報導 WR 奪冠的消息，甚至關於他們的各種消息已經上了微博的頭條。

李程略有些激動，結結巴巴地說：「蕩神，你太帥了，我能和你擁抱嗎？」

大家哈哈大笑，氣氛很輕鬆，沒了之前的壓力，每個人都有心思開玩笑。

周蕩雖然無語，還是點了點頭，阿布也在一旁哈哈大笑。

姜于於看李程和周蕩擁抱完，向 GGBond 使眼色。

GGBond 明白她的暗示，比了個手勢，躥到周蕩身後，趁著他沒反應過來，用雙手蓋住他的眼睛。

「你幹嘛？」

「哈哈！」GGBond 和他貼得太近，笑音都從胸腔共鳴出來：「作為今晚的靈魂人物，我們大家決定給你個驚喜！」

「就說期不期待啊？」Aaron 問周蕩。

「滾。」周蕩毫不領情，想甩開 GGBond。

四周漸漸安靜了下來。

周蕩沒耐心，直接去扯 GGBond 的手，還沒扯開，身後的人卻撤了力道。

忽然，有一雙手，幾乎是在 GGBond 鬆開的一瞬間，輕輕遮住他的眼睫。

掌心柔柔地貼在他的眼皮上，沒有施任何力道。

明明很輕易就可以掙開，周蕩卻慢慢停止掙扎的動作。

書佳不知道什麼時候，已經悄悄站在他面前，稍稍仰頭看著周蕩。誰都沒有告訴他，她早就已經來美國的事。

安靜了片刻。

他的聲音略帶嘶啞地響起：「書佳？」

沒人回話，過了一會兒，眼前的手移開，他睜開眼。

書佳抱住周蕩的腰，和他臉對著臉，略有些羞怯，小聲地問：「是我，開心嗎？」

她的笑像是玫瑰花蜜，唇邊有兩個梨窩，他垂下眼簾，睫毛低俯，看著突然出現的她。

周圍都在拍掌起鬨，可是他眼裡卻只剩下她。

＊＊＊

到了舉辦慶功宴的飯店，大家熱熱鬧鬧吵了一路，此時都陸陸續續地下車了。

GGBond 扶住車門準備下車，卻突然想起什麼似的，側頭看了一眼保姆車上最後面靠角落的位置。

周蕩似乎很疲憊，還在閉眼沉睡，眉頭都皺著。

書佳一路上都安靜地坐在旁邊陪他，到了目的地也沒有叫醒他的意思。

這麼乖還貼心的女朋友，誰不想有一個啊。

GGBond承認自己嫉妒了，也不管某人是真睡還是假睡，毫無憐香惜玉的心，往那個方向大聲一吼：「別裝睡了，下車吃飯！」

聲音很大，中氣很足，周蕩卻無動於衷，眼睛都沒睜，像沒聽到一樣。

倒是旁邊的書佳被嚇了一跳。

她知道大家都走的差不多了，可是看著周蕩這副累到極點的樣子，實在不忍心去叫醒他，就在那等著。

被GGBond剛剛那麼一喊，她才發覺車外好像還有很多人在等周蕩。

書佳糾結了一會兒，還是用手輕輕地碰了碰他的手臂，小聲說：「到了。」

他輕微蹙眉，書佳剛想起身，她就感覺自己的手腕，被一雙冰涼的手扣住。書佳動作一頓，把想說的話，又吞回肚子裡。

GGBond等得不耐煩了，剛想對車裡再吼一句，結果猝不及防被姜于於重重地拍了下腦袋。

他疼得齜牙咧嘴，叫嚷道：「幹嘛，世界冠軍的腦袋能讓妳亂打的嗎？」

姜于於翻了個白眼，囑咐司機把鑰匙放回車上，然後拖著GGBond往前走：「世界冠軍你可長點智商吧，人家想和女朋友多待著，就你最煞風景！」

小別勝新婚，只有他們這群沒女朋友、天天只會打遊戲的宅男才不懂……她扯著還想回頭去找周蕩的 GGBond，在心裡默默吐槽著。

ZZJ 和他們走在一起，回首看了看，兩個人都還沒下來，不由得感嘆了一句：「我覺得，阿蕩完全是見色忘友了吧。」

Aaron 和他勾肩搭背，笑容很欠揍：「自信一點，把『我覺得』去掉。」

還在車內。

書佳坐在座位上，探頭看了看，發現大家都先走了，可是她的手腕，還被某人拉著，怎麼有種偷情的感覺……

在心裡嘆了口氣，書佳無奈地開口：「你再不醒的話，我就先走了。」

周蕩睜開眼，「哼」了一聲，看著她，從喉嚨裡含糊地嘟囔道：「我口渴，要喝水。」

他明明知道，她向來就是沒有什麼原則順著他的，還這麼肆無忌憚地對她撒嬌。

「先把手鬆開。」

他依言照做。

她毫無招架之力，認命地從旁邊拿起一瓶礦泉水，打開瓶蓋遞到他面前。

等了半天，周蕩也不接過，就這麼用眼睛看著她，默默在那裡，一聲也不吭。黑漆漆的瞳，像深潭一樣清冽，還有晃蕩的水痕。

真是會折騰人。

書佳搖搖頭，把水送到周蕩嘴邊，看他一點一滴喝下去，好笑道：「你還是小孩子嗎？連喝水都不好好喝。」

話是那麼說，手上的動作依然輕柔小心。他喝完水，嘴唇上有水潤的光澤，顏色又淡淡的，很柔軟。

真是引人犯罪。

書佳在心裡默默想，鎖緊瓶蓋，飛快地在他臉上親了一下。親完，又用牙齒輕輕咬了咬。

氣氛一時安靜了下來。

他還沒反應過來，她則是在回味。

「你的臉怎麼也這麼軟啊？」書佳占完便宜，還故意調戲他。

周蕩後知後覺地抬手摸摸臉，抿了抿唇。

看他的樣子，書佳在心裡憋住笑，雙手撐住下巴，側頭和他聊起天：「剛剛拿下冠軍，你心裡在想什麼？」

他低頭，看她捧住臉的可愛樣子，想了想後說：「我忘記了。」

「這都能忘記？」她驚訝。

他點點頭，一看到她，什麼都忘記了。

剛從比賽會場回來，周蕩的脖子上仍然掛著金牌。她忍不住回憶剛剛比賽時的場景。

那麼多人在臺下吶喊，萬千的粉絲為了他們而瘋狂。

而主角現在卻坐在她身邊，和她聊天，近在尺咫，一伸手就可以觸摸到。

書佳認真打量他的眉眼，輪廓依舊清秀，眼眶下卻有很重的黑眼圈，一看就是長時間沒睡好。

她伸出手，用指尖碰了碰周蕩的臉：「回去之後，要好好養身體，知道嗎？我監督你。」

他反握住她的手問：「怎麼監督？」

「做飯給你吃啊，把你養得白白胖胖。」

「對了，還有睡覺。」書佳想了想，對他調皮地眨了眨眼睛說：「我要一直陪在你旁邊，看你好好睡著。」

話一說出口，她就感覺，這話有些不對勁，真的不對勁，周蕩的視線一偏，飄忽迷離。

看他的樣子，不會是誤會什麼了吧？

書佳走神片刻，剛想解釋一番，就感覺整個人被一股力氣一扯，不得不歪倒在周蕩身上，猝不及防。

「喂。」她想用手肘撐著坐起來，卻又被周蕩的手臂壓住肩膀。

書佳現在的姿勢，就是整個人迫不得已被半翻過來，半個身子仰面躺在周蕩腿上。

她折騰了一會兒，看他絲毫沒有鬆手的樣子，終於放棄。

頭枕著周蕩的膝蓋，伸出手，咬牙切齒地捏起他的臉蛋掐了掐：「小壞蛋。」

他低頭看她，額前柔軟的黑髮垂下，鼻梁秀挺又筆直，眼睫毛烏黑濃密，比女孩子都還要好看。

他們對視了一陣子，周蕩突然笑了，勾起半邊嘴角，小虎牙半含半露：「妳才壞。」

書佳躺在他懷裡，好整以暇地看他，手指胡亂畫他下顎的線條，慢悠悠地問：「我哪壞了？」

他想了想，湊到她耳邊，呼出一口熱氣：「妳調戲我。」

她被弄得很癢，縮了縮肩膀，咬住嘴唇，終於忍不住笑出來：「還怎麼樣？怎麼……」

書佳唔了一聲，話還沒說完，只能睜大眼睛。

又猝不及防地被人親了。

周蕩的臉近在咫尺，微垂的長睫蓋住眼簾，還在微微顫抖。

太久沒親近，此時只是碰在一起。分開以來，空了一塊的心終於像被填滿。

他柔軟的唇，小心翼翼地印在她的唇上面，溼溼涼涼的觸感。

心跳越來越快，書佳腦子裡一片混亂。她能感受他噴灑的灼熱呼吸，就像融化的雪。

雪為什麼不是溼的呢？竟是軟的，像他的嘴唇。

越吻越沉醉。

不知不覺，書佳就變成跨坐在他身上的姿勢，雙手勾住周蕩的脖子，和他深吻。

「等等……」她呼吸不暢，稍稍後仰，紅著臉離開他的唇舌。

沒避開，就被他捧住腦後，又追上來吻住，舌尖滑過上顎，重新和她的糾纏在一起。

不夠，怎麼樣都不夠。

就連親吻，也像在隔靴搔癢而已。

他的手伸進掀起她上衣的下襬，握住腰上那塊細膩如羊脂的皮膚，緩慢摩挲。

陌生又舒服的觸感，就像魔鬼一樣引人犯罪和沉淪。書佳眼裡有浮動的水光，整個人都像燒起來了，酥麻得像過電一般的感覺，直躥脊椎。

「不行。」

她把周蕩越來越放肆的手，從衣服裡面拉出來，喘著氣：「等等還要去吃飯……」

「我不想吃了。」

他的聲音帶著不滿，沙啞得像是擦過磨砂紙片，隱含濃重的慾念，說完還想要親。

書佳好笑地制止著，用額頭碰了碰他。

「乖一點，聽我的話。」

＊＊＊

半個小時後，周蕩和書佳一起出現在眾人面前。

GGBond 正在和身邊的人說話，看到這一幕，也傻眼了

阿蕩這麼純情的嗎？就被女朋友這麼乖乖牽著，這是什麼青春純愛電影嗎？

「這邊！」Aaron 最先反應過來，站起來對他們瘋狂招手：「蕩哥，坐這邊。」

周蕩的眼神看了過去，書佳的目光也被吸引了。

坐下後，Aaron 立刻邪惡地笑了：「說出來你們可能不信，阿蕩剛剛上了一堂性教育課。」

Beast笑咪咪補充：「沒睡醒吧你？性教育課沒這麼快的啊。」

桌邊坐著幾個女孩子，聽這一群男人說這種話，都面紅耳赤地，裝作聽不懂的樣子。

七七舉起手機，偷偷往那個方向拍了一張，扯著姜于於的袖子，小聲地說：「天啊，感覺Wan真的不像外界說的那麼高冷，看上去和書佳的感情真好……」

「嗯。」姜于於漫不經心地往那個方向看了一眼：「他啊，本來就被女朋友吃得死死的。」

這場慶功宴，有從中國一起來的各大遊戲網站的工作小組和官方人員。

人很多很雜，氣氛熱鬧。

但是焦點人物還是WR的幾個選手，尤其是那幾個現在國內炙手可熱的電競明星，更是吸引了全場的目光。他們一行人坐的位置，不停有人拿手機偷拍。

書佳有點不習慣這種萬眾矚目的感覺，扯了扯周蕩的衣角，湊到他耳邊問：「你有沒有覺得，很多人在看你？」

他側頭看了她一眼，很直接地說：「我已經習慣了。」

「習慣什麼？」

「很多人看我。」

「……」

書佳咬著筷子，點點頭，要他多吃點東西，就沒講話了。

桌上氣氛比較活躍，大家都是熟人，什麼話都說。周蕩靠著書佳坐，偶爾和旁邊的Aaron聊天，但是態度都是愛理不理的，眼神也老動不動就往書佳看過去，整個人心不在焉。

書佳要喝水，他幫忙倒。

書佳要紙巾，他幫忙遞。

書佳轉頭和旁邊人說話，他就煩躁到不行，不停皺眉。

其實很幼稚，又很可愛。

最後女主角都被弄得有些不好意思，不得不側過頭，好笑地跟他商量道：「你好好吃飯，先別管我了，好不好？」

周蕩正在幫書佳夾菜的手一停，聞言抿起嘴角看了她一眼。

完蛋了。書佳居然覺得，他這個樣子有點委屈巴巴的。

她嘆了口氣，摸摸剛剛成為世界冠軍的腦袋，低聲安撫道：「我怕你沒有好好吃飯。」

一起吃飯的人，大家都心知肚明，邊若無其事地聊天，邊用餘光圍觀電競男模隊大隊長談情說愛。

真是讓人跌破眼鏡。

明明平常看起來那麼不近人情……談起戀愛來卻恨不得黏在女朋友身上。

一方面滿足了在場的所有女性，幻想周蕩戀愛時會有的一舉一動；另一方面，那股黏人的樣子，人設大崩壞啊。

而且，在大庭廣眾之下秀恩愛，對在場的男性單身狗是一種暴力。

GGBond 最先忍不住，咳了一聲，假裝好奇地問了 Aaron 一句：「咦？不是哪個人賭了自己的命根子，說電競圈最不可能戀愛的人就是 Wan 嗎？你還記得嗎？」

周蕩的眼神，不鹹不淡地掃了過來。

Aaron 很是配合，仔細想了想，狀若恍然大悟：「不是 ZZJ 嗎？」

ZZJ 快餓死了，正在埋頭吃飯。沒想到戰火燒到自己身上來了，無辜道：「我他媽什麼時候說過了？你們這群畜生。」

「就之前啊！還說蕩神脫單你就跳脫衣舞！」GGBond 看他矢口否認，嫌棄道：「事到臨頭縮成狗，你這樣不行啊！」

說起這件事，還要追溯到去年，WR 去北京出席活動。

周蕩和 Aaron 住在同間房，結果晚上有個美女主持人深夜造訪，在門外苦苦等了半天。周蕩就是不去開門，連理都懶得理。

在房間裡遊戲玩了一場又一場，外面的美女等了不知道多久才黯然離去。

他自始至終看著電腦螢幕，沒有任何表情。

第二天，Aaron 吃早餐的時候，趁著當事人不在，當八卦和別人分享了昨晚的事情，眾人除了惋惜之外，就是憤怒。

這種態度對待一個投懷送抱的美女，真的很沒素養啊！

「那個美女不知道有多失望。」GGBond 感嘆。

「失望又能怎麼樣，根本沒希望啊。」Aaron 實話實說。

說歸說，但周蕩這幾年來，用美色不知道吸引了多少女粉絲，卻壓根看都沒看過，他什麼時候動過心。

ZZJ 憤憤咬了一口饅頭，說：「暴殄天物，如果我有蕩神的顏值，我……」

「你怎樣？」GGBond 問。

Beast 笑了笑說：「他要踏遍天下。」

「別別別，踏不了。」ZZJ 無所謂地笑了笑：「不過感覺有這種顏值也白搭，看他那種世外高人的性格，肯定單身一輩子。」

「那可不一定，畢竟這麼帥，我們賽區第一帥哥耶。」

「不，賭不賭？我帶上命根子和你打賭！電競圈永遠不可能有女朋友的，就是那個叫周蕩的男人。」ZZJ 胸有成竹。

「你說的？」

「我說的。」

然後誰也沒想到，說好永遠談不了戀愛的人，到最後卻變成最喜歡虐狗的人。

說來也是傷感。

＊＊＊

S6全球總決賽終於正式結束。

大部隊又逗留了幾天，處理後續的事宜。

書佳和姜于於一起訂了機票，和WR坐同班飛機回國。

周蕩坐在最裡面，一路上都有些精神不濟，臉色很蒼白，罩著外套，把帽緣壓到最低補眠。

書佳時不時摸了摸周蕩的額頭，偶爾把他叫醒，餵點水喝。

「怎麼樣？」

姜于於怕吵到他睡覺，很小聲地問了問書佳。

書佳皺眉，神色有些擔憂，又傾身過去，用額頭感受周蕩的體溫，搖搖頭：「我覺得他有點發低燒。」

她翻了翻包包裡，沒有退燒的藥，連消炎藥都沒有了。

看好友焦急的樣子，姜于於不禁用肩膀頂了頂她，安慰道：「沒事的，下了飛機再說。」

書佳「嗯」了一聲，把周蕩身上穿著的運動外套拉鍊拉上，然後摸了摸他的手，發現有些冰涼，就一直捧在手裡暖著。

第二天下午，WR眾人穿著象徵性統一的隊服，各自拎著隨身背包，出現在機場。

書佳本來不想和他們一起走的，可是周蕩一下飛機，就牽著她的手，怎麼樣都不放開。

她無奈，只好拿出口罩戴上，硬著頭皮和這群人一起走出通道。

WR回國的消息，很快就傳遍各大媒體，當天來接機的粉絲更為壯觀。

書佳早已有心理準備，可是一踏出去，才發現來的人遠遠比她想像中的多。一路上跟著採訪的記者，和瘋狂尖叫的粉絲，閃光燈沒有停下來過。

WR就是凱旋的英雄。人群跟著他們移動，不時爆發尖叫，引得不明所以的路人側目，以為是新推出的偶像團體。

儘管周蕩戴著棒球帽，可是還是被眼尖的粉絲在第一時間認了出來。

前仆後繼的人立刻湧了上來，伸長手想碰一碰他。

書佳感受得出來，他已經在極力忍耐自己的不耐煩。

Aaron雖然被擠得也快窒息了，但還有心思和旁邊的GGBond開玩笑，看著後方耳語道：「我們家阿蕩終於長大了，懂得護老婆。」

「護老婆？」

「嗯。」Aaron使了個眼色，示意GGBond往後看。

GGBond順著他的視線看過去。

果然，那個被所有人關注的電競人氣王，正一隻手圈住女朋友，另一隻手擋住其他人開路。

被一大堆人簇擁著，太擁擠了，書佳的頭埋在周蕩懷裡，有一種快要窒息的錯覺。

他們從飛機上下來，就統一穿著比賽外套，所以五六個人走在一起時，更加顯眼。

Fay在前方帶路，保姆車就停在機場門口不遠處。

三四名警衛人員，護在WR眾人周圍疏散人群，口中喊著：「大家理智一點，別推擠！」

儘管是這樣，還是許多人自顧自舉著手機湊到跟前去拍。

周蕩就像個移動的吸鐵石，黏性太強，吸引了大部分人的火力，攔都攔不住。

有人驚叫了一聲。

周蕩的衣服被不知道被哪隻手死命扯著，他的外套拉鍊剛好又沒拉，一下就被扯落，露出裡面穿的白色棉質短袖。

那一下力氣太大，連帶短袖領口都被扯得稍微鬆開了一點。

周蕩動作一頓，表情隱在帽子的陰影之中，但是從緬緊的唇角來看，他已經極度不耐煩了。

他脾氣向來最不好，人群安靜了一瞬。

書佳嚇了一跳，連忙把衣服幫周蕩拉上來，看著他漆黑的眼睛，小聲安撫道：「沒事沒事。」

她伸手過去握住他，手指很暖。

他忍了忍，又繼續往前走，牢牢牽住書佳。

「人氣高真可怕。」GGBond 目睹了剛剛發生的一幕，搖搖頭感嘆。

「我蕩天生麗質。」Aaron 回答。

的確是天生麗質，阿布笑了一聲：「現在還真的只有書佳能管他了，剛剛居然沒發脾氣。」

好不容易上了車，還有許多粉絲堵在外面。

但是 WR 所有人都累了，無心去管外界的事情，只想快回總部休息。在美國的時候每天都要進行大量訓練，過著黑白顛倒的生活，幾乎每個人都睡眠不足，上車沒一會兒，大家都東倒西歪地睡了起來。

車子開始行駛。

到半路的時候，突然開始飄起小雨。

書佳側頭看向窗外，玻璃上的雨滴緩緩滑落。

周蕩發著低燒，大概是真的累，嘴唇蒼白乾燥，神情疲倦。他斜斜地倚靠著書佳，閉眼休息。

黑色外套隨意蓋在他的肩上，露出一段修長白皙的脖頸。

她有一搭沒一搭地和朋友傳訊息聊天，偶爾稍稍低頭去看周蕩，單眼皮的清冷輪廓，臉頰瘦削，此刻卻毫無血色，令人心疼。書佳的指尖滑過周蕩順滑柔軟的黑髮，只是輕輕一觸，像是害怕驚動沉睡中的他。

突然，一陣細細的快門聲傳來。

書佳抬頭，Aaron 正坐在對面還生龍活虎著，拿起手機拍來拍去。

整車就他一個人有精神得很，也不知道為什麼就是不累。

書佳用眼神詢問他在做什麼，Aaron 神祕地搖頭，也不回答，就拿著手機繼續拍，一邊悶悶地笑著。

她正莫名其妙，過了一會兒，Aaron 把手機遞過來讓書佳看。

她接過，映入眼簾就是一則微博。

是 Aaron 剛剛發的，九宮格的照片，全是偷拍車上人的各種角度的睡顏。

【@WR.Aaron：裡面有GGBond、Beast、ZZJ、Wan。一起來找小公主在哪？】

小公主？

書佳點開照片，一張張滑過去，直到最後一張，她手指一頓。

因為，她看到了自己。

照片上，周蕩頭懶散地歪倒在她肩上，眼睛緊閉著，額前的黑髮有些亂，她則側著臉，微微低頭看他，手指還停留在他的髮梢上，就是剛剛Aaron偷偷拍的那一張。

重點是，他還把這張圖做成搞笑圖片，用後製軟體添加了一些字。

書佳默默抬頭，正好對上Aaron的目光，前者對她笑嘻嘻地，一口大白牙十分閃亮。

書佳無語，把手機遞過去，低聲說：「就你一天到晚最閒。」

過了幾秒，Aaron津津有味地開始看起評論，邊看邊小聲說：「我們阿蕩的粉絲是遍布整個宇宙嗎？熱門評論全是關於他的。」

書佳聽完之後，忍不住拿出自己的手機登入微博，翻到Aaron的貼文，然後點開評論頁面。

果然不出她的意料，那則微博底下粉絲都炸開了鍋。

『老賊，交出Wan神其他睡照就饒你不死！』

『好想疼愛小野，白白嫩嫩的，快來姊姊懷裡！』

『忍住眼淚，最後一張圖是來自小公主和大隊長的暴擊。』

『超羨慕舒淡淡……上輩子拯救銀河系了吧？』

『想變成蕩蕩旁邊的人，天天舔我蕩！』

『小公主？當然是周蕩啊，結案。』

『蕩公主 +1 ！』

『蕩公主 +1000 ！』

『天啊！你看 Wan 那個樣子，真是我見猶憐啊……』

『好想用力欺負 W R 所有人，我應該是壞掉了。』

書佳放下手機，覺得自己被那一則則極有畫面感的留言給洗腦了。

比如說用盡生命告白的：愛你、超級愛你、愛你到天昏地暗、愛你到天旋地轉、愛你到忘記自我、愛你到海枯石爛、想要加倍愛你、用溫暖愛你、愛到想吃掉你……

她默默想著，要是把這些都給周蕩看，不知道他會有什麼反應。

* * *

保姆車駛進市區之後，路況開始有些塞，好一段時間都是走走停停的。

GGBond 窩在座位裡，位置太小，總覺得脖子痠。沒過一會兒就醒來了，邊玩手機邊和 Aaron 閒聊。

「你看阿蕩。」GGBond 瞇起眼，湊近 Aaron，壓低聲音說：「我怎麼以前都沒發現，他這麼愛撒嬌？」

Aaron 聞言淡淡說了一句：「女朋友在啊。」

「做作，你覺得呢？」

「噁心。」GGBond 嘴還撅著，話沒說完，遭到 Fay 一記白眼，他識相地沒繼續說下去。

「書佳，妳家在哪？我們送妳回去。」Fay 轉過頭對著書佳說。

「嗯？」書佳反應了一會兒，側過頭看窗外，大概判斷了位置後說：「不用了，我家就在附近，隨便把我放下就可以了。」

說完她就覺得手指被捏了一下。

周蕩從她肩頭悠悠轉醒，嗓音啞著，微微抬眼後說：「現在下雨。」

「你醒了？」書佳看他的眼睛，和他對視。

「嗯。」

實在看不下去了，Aaron 忍不住翻了個白眼，沒好氣地對書佳說：「周蕩根本就沒睡，只是為了占妳便宜。」

他還想再說什麼，周蕩眼神淡淡地掃過來，Aaron 就怕了。

周蕩視線又落回書佳身上：「生病了，覺得難受。」

書佳一愣，還沒反應過來，就又聽到他開口：「我想跟妳回家。」

語音剛落，全車的人都黑線成一團，數萬隻烏鴉飛過。

老哥，找藉口也找個像一點的。

＊＊＊

一下車，潮溼的冷風吹來，讓書佳不禁打了個冷顫。

周蕩手裡撐著一把傘，看過來，想把外套脫下來給她，書佳急忙制止了他的動作：「不用，你感冒，別再冷到了。」

傘尖上因為雨水砸落的聲音，滴滴答答地作響著。

他低頭看了一眼抓在他衣袖上細瘦的手指，說：「一個人感冒，比兩個人感冒好。」

書佳懷裡抱著自己的包包，長長的直髮柔順地披在肩上，她輕輕笑了出來，柔聲說：「這什麼歪理？快走吧。」

她把周蕩帶回家，書佳在房間裡，從行李內一件一件拿出自己的衣服鋪平疊好。

疊著疊著就有些失神。

放在床上的手機突然一震，是姜于於的來電。書佳馬上接了起來，夾在肩膀和側臉之間，「喂」了一聲。

『聽說妳帶周蕩回家了？』姜于於像是被顛覆了價值觀，連連驚嘆：『可以啊，發展夠迅速的。』

八卦果然是傳最快的，才一會兒，就連姜于於都知道了。

書佳無奈地笑了笑，邊疊衣服邊說：「不是啊，晚上他就回去了，又不過夜。」

「而且，」她頓了頓：「他有點發低燒，我想先讓他休息一下。」

姜于於呼了一口氣，笑著說：『嚇死我了，還以為你們會那個，懂吧？』

書佳不理會她的調侃，沒好氣道：「不懂不懂，一點都不懂。」

『妳只會在這裡跟我裝傻。』

姜于於還想再說，被書佳打斷：「好了，我先掛了，等等再說。」

周蕩從浴室走了出來，他剛洗完澡頭髮還溼著，穿著一件棉T恤，推開門走進來。

書佳的心跳漏了一拍。

他坐到旁邊，側過臉，平靜地看著書佳，眼神有點疲倦。

她停下手裡的動作回視：「怎麼了？餓了還是……」

周蕩垂下眼，搖了搖頭，書佳則繼續整理自己的衣服。

房間安靜了一會兒，周蕩突然想起Aaron在美國時說過的話。大致上是，女生都不喜歡像他這樣，性格太悶騷的男孩子。雖然長得好看，最後也會被厭煩的。

被厭煩……

周蕩看了書佳兩眼，努力地找話題：「妳手腕上的是什麼？」

「嗯？」書佳愣了愣，舉起手搖晃了兩下，銀色的雙環手鐲發出輕輕的撞擊聲：「這個嗎？」

他點點頭，看他一本正經的樣子有點好笑，書佳還是忍住，逗他道：「就是手鐲啊，你喜歡的話送你一個？」

「喔……」周蕩努力過了。

這算是……尬聊失敗嗎？

書佳抿著唇笑，把衣服放到一邊，拉過他的手問：「那你手上這些東西都是什麼？」從第一次見面，她就注意到了，他手背上和手臂上那一串黑色刺青圖案。

她一直很好奇，還默默去網路上查過。

周蕩看了一眼，簡單地解釋：「夢想成真。」

「這麼簡單？」書佳用手指摸了摸那塊皮膚，很光滑，沒什麼起伏。她抬頭：「什麼時候去刺青的？」

他沒說話，看起來在回想。

「很小嗎？你爸爸媽媽沒唸你嗎？」書佳好奇地問了下去。

周蕩沉默地點了點頭。

有多小呢？大概是剛開始打比賽的時候吧，母親剛改嫁，十四歲左右，也沒有人管教。過沒多久就進了職業圈，壓力很大，又是最叛逆的年紀，什麼壞東西都想去嘗試，也染上了抽菸喝酒的惡習。

再到後來，就什麼都不在乎了，沒有青春沒有欲望。對別人習慣性冷漠著，什麼事情都提不起興致和重視，只想打贏比賽。

書佳敏感地察覺到他的失落，靠過去一點，雙手捧起他的臉：「怎麼了？不開心嗎？」周蕩的頭被迫提了起來，臉被她的雙手故意往內擠了擠，嘴唇嘟著。明亮的光線，從書佳背後落入他的眼裡。

他伸手，把她的腰環住，埋在她懷裡，悶悶地說：「沒有。」

「沒有嗎？」書佳低頭想去看周蕩：「明明滿臉寫著不高興。」

「……」他又不說話了，濃黑的眼睫低垂下來，臉上沒什麼表情。

書佳還是盯著他，周蕩有點無助。

因為大部分的時候都待在總部，沒接觸過女生，也不知道怎麼去和她們交流。他自知情商很低，大部分時候都是聽 GGBond 和 Aaron 兩人說。

隊裡也就只有他們對女孩子很有一套。

又默了一會兒，他還是提出疑問：「妳會不會覺得和我在一起很無聊？」

這句話問得很慢，語氣裡帶著很多不確定。

書佳聽了倒是很驚訝，看了他兩眼，才發現他是認真的。

心裡忍著笑，她口是心非地回了一句：「現在還好，以後不知道。」

周蕩不動聲色地握緊了手。

過了好一陣子，終於忍不住問：「不能不知道，妳不是說過會一直喜歡我嗎？」

他的聲音生硬而嘶啞，面部表情緊繃，就像一隻害怕被拋棄的小獸。

「妳明明說過的。」他固執了起來，捏緊她的手腕，聲音漸低：「說話不算話。」

書佳就在身邊靜靜地瞧著他，忍了一會兒，她的頭扭向一邊，噗哧一聲笑了出來。

他終於反應過來，她是在和自己開玩笑。

書佳張開手，傾身過去摟住他的脖子，在他耳邊說：「怎麼會不喜歡你？最喜歡你了，以後也一直一直都喜歡你。」

這麼可愛，誰捨得不喜歡呢？

她的頭髮掃過他的手背，周蕩剛沐浴完，白嫩的皮膚散發出溫熱的氣息。

書佳朝他的臉頰上親了一口，嘀咕道：「你怎麼突然問這個？」

周蕩不回答，她就開始自行猜測了起來。

猜了半天，腦子裡突然想起一件事，她脫口而出：「是不是因為 Aaron 女朋友的事情？」

姜于於之前告訴過她一個大概，但也沒有很清楚地說。

周蕩專注地看著地面，短髮柔柔地搭在額前，不承認也不否認，神情有些侷促和狼狽。

「Aaron 為什麼跟他女朋友分手啊？」她問。

他在心裡猶豫了一番，才悶悶地開口：「他被甩了。」

「被甩？」書佳好奇：「不是初戀嗎？」

周蕩依舊不情不願地說：「因為 Aaron 沒時間陪她。」

說到這裡，書佳才恍然大悟周蕩剛剛為什麼會問她這種問題，可能是私底下被 Aaron 嘲諷或是恐嚇了。

她憋了一會兒，還是沒忍住笑了出來，看著他端正秀麗的臉說：「周蕩你好笨啊！你這麼好看，我怎麼忍心跟你分手。」

書佳撥開周蕩額頭上的黑色碎髮，用手心貼上去感受額溫，覺得還是有點燙。

她摸了摸他的耳垂，手搭在他膝蓋上，仰頭小聲地和他商量道：「我去做飯，你先睡？」

她剛剛拉著他去附近的超市逛了一圈，就是為了買點新鮮的食材，晚上自己下廚。

周蕩身上還穿著短袖，裸露出來的肌膚都帶上絲絲涼意。

他搖搖頭。

「怎麼，你不累嗎？」

他繼續搖頭。

書佳看他這副固執的樣子，心裡默默腹誹著，剛剛在車上，明明很累的樣子，臉靠在她的肩上差點睡著，現在又不知道為什麼不睡了。

她看著一言不發的某人，慢慢把手伸過去，輕輕握住他冰涼的手指，調侃道：「你不會要我陪你睡吧？」

其實她也只是隨口說說，根本沒經過大腦。

沒想到這次周蕩不再沉默，很快地「嗯」了一聲。

那一雙眼睛幽深如潭，卻微微地彎了起來，帶有小小的弧度，可愛又天真。

他答完之後，怕書佳沒聽清楚，很快又加了一句：「好。」

書佳無言。

窗外有下雨的聲音，雨滴沉重地擊打在窗戶上。房間裡越來越安靜，窗簾拉上後光線昏暗。

他拉著她的手，非常疲倦，加上低燒，慢慢睡了過去，書佳則是坐在床頭，輕巧而憐惜地描繪著他臉上的輪廓。

臉頰清瘦凜冽，眼下有很重的陰影。

平常在總部時，大概就只顧著訓練和比賽了。天天盯著電腦也沒有運動，飯不按時吃，睡眠又不充足，怪不得總是生病，看上去很沒精神。

以後一定要把周蕩養胖一點。

她在心裡默默想著，等他的呼吸聲均勻了，才輕輕把手抽了出來。雖然還在睡夢中，周蕩的眉頭依然下意識一皺。書佳看得忍俊不禁，探身過去，替他把棉被拉到肩上。

離開房間之前，又站在床邊看了看他。

平時看起來冷酷又不近人情，睡顏卻這麼柔和寧靜，像隻疲倦的小黑貓一樣，很純潔。

她忍不住俯身，親了親他的唇角。

睡吧，小天使。

＊＊＊

還是有點冷，書佳隨便翻了一件薄羊毛的流蘇披肩搭在身上，去廚房做飯。

踩著拖鞋經過客廳時，她瞄了一眼掛鐘。

五點半，還早，能讓周蕩再多睡一會兒。

鍋在爐火上冒著熱氣。

書佳把牛肉拿到水龍頭底下細細沖洗，準備蔥蒜、薑片、香料。

喜歡上做飯大概是國中的時候。

叔嬸都忙著工作，徐嘉螢那時候還在讀小學，兩個人常常被留在家中餓肚子。為了照顧妹妹，書佳就開始學做飯，第一次看水和米加在一起，炊過後就能變得可口，當時還覺得很神奇。

後來，慢慢摸索出更多東西。下酒釀、煮雞湯、排骨湯、牛肉粉……什麼都學著去做。

只要聞著食物散發出來的香氣，嘗到入口那一瞬間的幸福滋味，就單純地覺得快樂。

廚房裡已經飄著食物的香味，她從櫥櫃裡找出一個大瓷碗，撈出熱氣騰騰的綠豆稀飯倒進去放涼，再把碗布置到餐桌上，放在口袋裡的手機突然響了起來。

來電顯示是一個陌生的號碼。

書佳疑惑了兩秒，還是接了起來：「喂？你好。」

『書佳嗎？』

那邊傳來一個略有些熟悉的男聲。

書佳一愣：「是啊，你是？」

『GGBond。』

「嗯。」書佳反應過來，聳起肩膀，把電話夾到耳朵旁繼續手上的工作。怪不得那麼耳熟呢，不過也覺得奇怪，這個時間 GGBond 找她幹什麼？

像是猜到她在想什麼，GGBond 略含笑意的聲音從電話那頭響起，解釋道：『我找阿蕩有點事，怕他不接我電話，就打到妳這來了。』

那邊有幾個人在說話，很多耳熟的起鬨聲此起彼落著。

GGBond 的話剛說完，手機就被搶了過去，換了個聲音，是 Aaron。

『妹妹，應該沒打擾到你們辦正事吧？』

書佳聽到有些尷尬，咳了兩聲：「沒有……他在睡覺，我去叫他。」

Aaron 提醒了句：『他有起床氣，妳要小心點啊。』

說完他像是想到什麼似的，不懷好意地笑著說：『不過妳可以搔他癢，周蕩超級怕癢。』

書佳握著手機穿過客廳，輕聲地推開門走了進去。因為怕吵醒周蕩，燈都沒開，房間裡一片黑暗。

周蕩還沒醒，裹著薄被，睡得很安穩，輕輕呼吸著。

雖然不忍心吵醒他，可是電話那頭還有人等著。書佳單膝跪在床緣，伸出手拍了拍他的肩膀，小聲喊他的名字：「周蕩、周蕩？」

很快地，床上的人動了一下，才悠悠轉醒。

他懶洋洋地轉個身，還沒反應過來，睜開眼茫然地看著書佳，啞著聲音問：「怎麼了？」

書佳把手機貼到他耳朵邊，示意了一下：「好像找你有事。」

周蕩皺了皺眉，坐起來後語氣冷淡地應了一聲。

以為他們有正事要談，書佳把手機遞給他後，起身想走回廚房繼續準備晚餐。腳才剛觸到地板，她的手就被身後的人拉住。書佳回頭，周蕩一邊講著電話，一邊直直地看著書佳，拉著她的手不放。

書佳用眼神問他怎麼了，周蕩愛理不理地跟 GGBond 說話，應得有一句沒一句，修長的手指扣在她的手腕處。

書佳無語，只能默默坐下來，在床邊上陪他講電話。

坐了一會兒後，發現他身上的棉被已經滑下來一半了。

書佳怕周蕩著涼，小聲地問：「你先放開我，我去幫你拿件外套好嗎？」

他搖搖頭，安靜地看著她。

以前怎麼沒發現他這麼黏人呢？只要醒著，就不准自己離開他半步嗎……

GGBond 早就習慣周蕩那種少爺脾氣，直接交代：『我也不指望你今天回總部了，但是你等等要用書佳的電腦開 LOL，我們五個去艾歐尼亞大開殺戒，別放鴿子了。』

他簡單地和周蕩把事情解釋了一下：

趁著世界冠軍的熱度還沒過，直播平臺和WR經營高層商量過，今晚要五個人一起直播，在官方指定的頻道上打幾場友誼賽，為後天要舉辦的活動炒炒熱度。

這種事也沒辦法，畢竟WR戰隊的直播合約都被簽下來了，包括周蕩。

過了良久，周蕩才「喔」了一聲。

『寶貝，那個「喔」是什麼意思？』GGBond很鎮定地問。

周蕩一語不發。

GGBond沒等到他回答，只能強硬地說：『八點準時見，記得上直播！就你人氣最高，你如果不出現，Fay會殺了你的。』

周蕩其實沒聽進去多少，視線漫不經心地一直停留在書佳捲起的衣袖處，露出來的那半截手臂。

乾淨又白皙，膚如凝脂。

第九章　我為書佳上菁英

「燙不燙？」

書佳端起剛剛熬好的湯，拿到嘴邊輕輕吹了兩下，接著用嘴唇抿了一小口，試探溫度。

周蕩坐在她旁邊，默默地扒著飯，聞言看了書佳一眼。

估計是有點熱了，他額頭上冒著汗，白淨細膩的臉上還有淡淡的紅暈，像個孩子一樣。

她覺得可愛，又盛了一碗湯，端到周蕩身邊，笑咪咪地說：「喝看看，試試味道。」

她突然靠近他，讓周蕩一時怔住。

有幾秒間的安靜，書佳摸了摸他柔軟的頭髮：「別愣著啦，喝喝看湯。」

其實就是寵他，湯哪裡需要別人試喝，她都做過無數遍了。

聽到她的催促，周蕩才回過神來「嗯」了一聲。他穿著白色的圓領Ｔ恤，露出來的脖子有點紅，空氣裡都是曖昧甜蜜的氣息。

鍋裡的牛肉和番茄、香料混合的香氣漸漸瀰漫，香濃的汁液包裹著煮得微爛彈牙的牛肉，燉出好看的紅色。

書佳做了很多道菜，其實也不是太餓，大部分時間就看著周蕩吃。

他低頭默默吃飯，很是乖巧。

吃了一會兒，唇邊和指尖上都沾有紅色的醬汁，臉頰旁邊帶著汗。

書佳撐著下巴單手拿起一旁的水壺，朝透明的玻璃杯裡倒了點水，抑制不住臉上的笑容：「你臉上沾到東西了。不是那邊，在這裡。」

她指著自己的臉上示意了一下，又說：「嘴巴旁邊還有。」

周蕩的樣子有些茫然，害羞地伸出一截舌尖，朝嘴邊試探性地舔了舔。

食色性也。

書佳不知道為什麼腦海裡會突然蹦出這個詞。

她抿著唇，終於忍不住低頭笑出聲，拿出兩張衛生紙直接幫他擦乾淨。邊擦邊調侃：「花臉小貓咪，東西好不好吃？」

出乎意料之外，他點了點頭誠懇地回答：「好吃。」

書佳笑吟吟地看著他，點點頭，又多餵他吃了幾塊肉：「好吃就多吃點。」

周蕩握緊手中的筷子：「以後只能做給我吃。」

他聲音很低，坐在另一邊的書佳根本聽不到。

就像是說給自己聽的。其實還有一些話，他憋在心裡沒能告訴她。

以前在總部的時候……除了他，GGBond、Aaron、Beast 他們幾個人訓練完時，為了度過無聊的休息時間，都是湊在一起看直播主的影片。

邊看邊津津樂道。

哪個平臺又有清純到不行的女孩，哪個跳舞的女主播穿得很暴露，聽她們尖叫會覺得很興奮之類的。

他覺得很無聊，也從來不會去湊熱鬧。

遊戲打累了，或是想放鬆的時候，就直接睡覺。

那些女人唱歌又不好聽；打遊戲，特別爛；跳舞，更難看。

很多人都半開玩笑地問過他：「你是不是性冷感？」

直到某一天，凌晨打完訓練賽，在等外送的時候，他被 GGBond 強行逼迫看了一個叫做《舒淡淡的深夜廚房》的節目。

其它細節其實已經記不太得了，只記得那天他破天荒地和他們看完了接近一個小時的影片，然後大家都看餓了，就隨便拆點零食填肚子……

他默默記住了那個名字，吃餅乾的時候拿出手機，用小號追蹤了直播。

正式認識書佳本人之前，Beast 就天天在他耳邊唸著。

以後找個會做飯的女朋友，一定會超幸福，好想去追舒淡淡之類的。時不時又說今天自己去送了兩個火箭、粉絲今天幫他去提親、被別人拒絕了很傷心……

後來的後來，就被周蕩搶先了一步。

飯後，書佳把切成片狀的西瓜和蘋果盛進瓷盤裡，端到書房裡去。

WR五個人的表演賽，八點一到準時開始。

她推門進房的時候，電腦上的英雄聯盟已經打開了。周蕩戴著耳機，應該是在和GGBond說話，書佳端著盤子走過去，把水果盤放到一邊，隨手拿了一塊蘋果，送進周蕩嘴裡。

周蕩順從地張口，咬住她餵過來的水果，眼睛直直盯著電腦螢幕，繼續手上的遊戲。

書佳正餵食中，剛想說一句話，眼神往螢幕上掃了掃，嚇了一跳，連忙退到一邊，小聲地問：「我的天啊，你開鏡頭了？」

他視線從遊戲移到她的臉上，點點頭。

黑白分明的眼睛，輕輕上揚，有些無辜的意味。

那剛剛……那些直播間成千上萬的粉絲……不是都看到她了嗎？

她還在餵他吃東西呢！

書佳故作鎮定，甩了甩手，示意周蕩別看這邊，好好打遊戲，然後鴕鳥般地捣住臉。

雖然只是一下下的時間，還是讓聊天室炸開了鍋：

『我沒看錯吧，剛剛那個是書佳吧！』

『佳佳我愛妳！』

『靠！我也想餵我蕩吃東西！好氣！』

『為什麼要直播虐單身狗？』

『我靠，那是舒淡淡嗎？』

『等等，Wan 的房間怎麼會出現……莫非是……』

『你們看到蕩神的眼神了嗎？第一次看到他這麼溫柔！』

『周蕩剛剛笑了！』

『Beast，你好好玩你的遊戲啊！我們知道你心裡不好受，但也別閃現去吃對面納帝魯斯的鉤子啊！』

『蕩神才是最終的人生贏家，江山美人全都在手。』

『周蕩你變了……』

因為是友誼賽，以娛樂大眾為主，大家都沒有認真只是胡鬧著玩，看了聊天室裡的情況，其他幾個人大概也猜到剛剛發生了什麼事。

Aaron 笑了一聲，嘲諷道：『阿蕩這是哪招？』

GGBond 明顯又被閃了一次：『什麼意思兄弟？你這樣虐狗影響我啊。』

Beast 則是笑靨如花：『呵呵，今天的蕩醬也是元氣滿滿的呢！』

周蕩什麼話也不說，安靜聽他們調侃自己，一如既往冷漠地打著遊戲。

＊＊＊

線上觀看人數很快就爆棚，人氣值一飛衝天。

奪冠熱潮還沒退去，STK的時代剛結束，WR王朝降臨。

這五個大男孩，代表著中國賽區的榮譽登頂世界之峰，算是引領了LOL的一個新世代。

畢竟是世界冠軍歸來的第一場友誼賽，雖然只是為了娛樂眾人順便打廣告，但有WR五個人的光環和魅力在，就算是路人或者其他隊伍的粉絲也想湊熱鬧。

這次征戰歸來第一次和大家見面，他們幾個人的直播間，粉絲贈送的禮物都快刷爆了。

在洛杉磯那場精彩的絕殺賽點局，不知道讓多少人看到哭了，圈粉無數。

尤其是周蕩，像他這種不喜歡開直播的，今天破天荒開了直播不說，連鏡頭都打開了。

於是那些平常想送錢卻送不了，又土豪又饑渴的粉絲，小禮物大禮物不間斷地丟了出來。

火箭更像是不用錢的一樣，來完一輪又是一輪，讓人瞠目結舌。

今天的總金額，應該可以進月榜前三了吧……

書佳在旁邊看他打遊戲一陣子後，就準備出去。

剛剛拉開門，周蕩淡淡地叫住她：「書佳。」

書佳停住回頭，他側過頭，和她對視了一眼，很快又移回電腦上。

他的意思很明顯，不想要她走。周蕩還開著直播，好幾萬的人都在看。

他說這句話的時候，自然也被所有人聽到了。直播間裡一時之間掀起滔天巨浪。

粉絲的內心翻江倒海著，說好的高冷人設呢？說好的薄情寡義呢？說好的冷漠帝王呢？

怎麼突然畫風就突變成小貓咪了？女粉絲一邊在心裡流淚一邊咬著小手帕。她們反覆地思考著，為什麼我不是書佳？為什麼書佳不是我？

今晚根本不是來看遊戲操作，而是看你直播傷害單身狗的吧……

連GGBond都受不了，在語音裡抱怨著：『好了，全世界都知道你有女朋友了。別再吠了，好好打遊戲吧小狗狗。』

ZZJ笑鬧：『附議。』

書佳還想說些什麼，考慮到他還在直播，到頭來還是吞了回去，默默走回周蕩的身邊。

他打遊戲，她就窩在旁邊的小沙發上，邊吃水果邊查看這幾天收到的各種工作郵件和訊息。

都快到年底了，事情也特別多，直播平臺的年度慶典和跨年晚會也要來了。

書佳回想去年的這個時候，WR應該也是有去現場的。也許她和周蕩早就見過面了，只是當時還是陌路人而已。

緣分啊，真是一個很奇妙的東西，能把兩個毫不相干的人牽引在一起。

房間裡開了暖氣，很安靜，只有偶爾敲擊鍵盤的聲音。

他就穿著白色短袖坐在那裡，眼睛看著電腦，樣子很專注。

書佳沒有收斂目光，直直地盯著他看，她發呆了起來，心裡默默想著，一個男孩子的側顏怎麼可以這麼稚嫩呢……

周蕩察覺到視線，忍不住看了她一眼，很不自然地咳了一聲。

其實這場直播有很多粉絲錄影。

事後大家看重播的時候，細心的人會發現周蕩在直播期間，眼神動不動就往旁邊飄……

書佳恍若未覺，查看完工作郵件後就打開直播看著，插上耳機，津津有味地看他們玩遊戲。

看了一會兒，才發現周蕩是真的少話。不論是平時還是遊戲裡面，幾乎都聽不到他講話。Aaron 的話最多，每一場遊戲結束後，都是他一個人的聲音。

遊戲畫面裡，兩方的人在小龍池裡會戰，周蕩玩的阿璃突然閃現卡牆，然後被敵方秒殺。

一時之間頻道裡開始群嘲起來，Aaron 嘖了一聲：『老弟，這個畫面太狗血了，漂亮。』

Beast 驚呼：『這是什麼意思？』

『哈哈，尷尬到要溢出螢幕了。』

『我靠，專精撞牆。』ZZJ 笑了一會兒，一本正經地說：『別送頭啊，你不打我們玩不下去啊。』

GGBond 更直接，猛亮問號信號燈在周蕩死去的那個位置上。

聊天室更是嘈雜。

遊戲畫面因為被擊殺變成黑白，周蕩用手背撐著下巴，切換畫面挑選裝備。

他一聲不吭，淡定地面對各路嘲諷，這幾波會戰確實很搞笑。

對方不管輸贏，就是非要集中先殺周蕩。他到哪火力就在哪，連輸出空間都沒有。只要一開打起來，對方二話不說就把所有技能先往他身上丟。弄死他就算賺了。

GGBond 都不由得感嘆，人氣王就是人氣王，不論到哪裡都受到眾人的「歡迎」，人頭都是被搶著拿的。

書佳也忍不住笑了出來。

她嘴裡還咬著蘋果，聲音含糊不清的：「怎麼這麼可憐啊？」

周蕩的手指無意識，一下一下地敲著鍵盤，眼神往書佳這邊看過來。

她眨了眨右眼，嘟了嘟嘴，故意逗他。

他沉默地抿了抿嘴唇。

就這麼短短的一段互動，還是被火眼金睛的粉絲看了出來。於此同時，有個土豪開始不停刷禮物給周蕩。

書佳低頭看著手機，聊天室上全都是這些話：

『周蕩打個遊戲走神三十次，我數過了。』

『全體起立！放狗咬人！』

『土豪，冷靜一點，不然你分我啊！』

『都快丟五十個火箭了吧？』

『Wan 的阿璃和 Faker 有得一拚。』

『只有我們的阿蕩，才能享受對面這種豪華套餐。』

『看來女朋友在旁邊，真的會很影響遊戲操作啊……』

＊＊＊

最後一局遊戲快要結束了，WR幾個人都很放鬆，在頻道裡閒聊了起來。

『怎麼樣，還玩嗎？』Beast問。

GGBond突發奇想：『要不然我們再打一場，讓周蕩走下路，書佳替他玩怎麼樣？書佳不是在旁邊嗎？』

書佳本來聽他們胡說八道聽得正高興，沒想到突然提到了自己，不由得一愣。

『好啊，好啊。』Beast一聽這個提議，眼睛都亮了：『反正周蕩今天這麼菜。』

「不。」周蕩直接拒絕。

毫不猶豫地拒絕，頻道裡一時安靜如雞。

Aaron最先反應過來，咳嗽了兩聲：『這麼堅決，是不是急著做什麼事情啊？』

急著做什麼事啊……

被Aaron這樣一說，大家都是成年人了，語氣都逐漸曖昧了起來，周蕩沒多說什麼，最後也沒繼續玩下去。他很快就關掉直播，無視所有粉絲的挽留。

結束後，Aaron傳訊息給周蕩，要書佳一起出來吃宵夜，順便把他帶回總部。

他懶得回覆，直接關掉對話框。

書佳看他忙完了，拍了拍手從沙發上撐著膝蓋起來。

她走到周蕩身邊，手隨意搭在他肩上，叮嚀了兩句：「回去了記得跟我說。」

他仰頭看她：「還早。」

「那怎麼不繼續跟他們玩了？」書佳低頭看他，順手把一塊西瓜餵進他的嘴巴裡。

他伸手環住她的腰，低低地回了一句：「無聊。」

在這段感情裡，其實需要被容納和照顧的人，是周蕩。

他大部分時間都默默無言，偶爾流露出讓人心疼的脆弱。

像貓一樣，慵懶、驕傲、安靜，但是喜歡被寵愛。

書佳在心裡算了算，今年的全明星賽馬上要開始了，周蕩沒有意外的話肯定會去。LOL的全明星賽，是彙聚了世界上各個賽區電競明星的比賽，每年都是各個擔當上人氣最高的選手去參加。

周蕩在網路上的支持率高得可怕，歷年來中國全明星賽的ADC位置都是被他包下，聽說今年舉辦的地點在巴西。

書佳揉了揉周蕩的耳朵，嘆了口氣說：「唉，你乾脆別打比賽了，我養你。」

每次想到要分開，就有點難受。

「好不好？」她又問了一遍，用手指指腹摩挲他光滑的下巴。

她居高臨下地看著周蕩，能清晰地看到他鎖骨細緻的形狀，連凹陷的弧度都恰到好處。

他還沒回答，書佳嘆了口氣，吻上他薄薄的眼皮，自言自語道：「這樣好像也不好，你粉絲那麼多，如果退役了，她們會傷心的。」

周蕩心浮氣躁地反握住她的手，把她帶到懷裡。

「妳為什麼老是占我便宜？」他問。

書佳愣了一下，她現在跨坐在他身上，有點不習慣這個樣子。她微微動了動，想找個舒服的角度。

他沙啞著聲音：「妳別動。」

書佳額頭抵著他，梨窩甜甜蜜蜜的，手臂軟綿綿纏繞上他的脖頸，小聲地說：「小色狼。」

周蕩沒有否認，而是無聲無息地舔上她柔軟的唇。

不知道是不是所有情侶都像他們這樣……無時無刻只想膩在一起，沉浸在唇齒相交的甜蜜滋味裡。

等等還會有人來接他吃宵夜的啊！

這是書佳腦海裡最後的意識。

她不自覺仰著頭，直起腰，被親得迷迷糊糊，鼻尖縈繞著他髮梢的清香。呼出的氣息都變得酥麻發熱，柔軟溫熱的皮膚相互貼著，他的手指插入她如瀑的黑色長髮間，動作帶著毫不掩飾的占有和侵略。

書佳放軟了身體，盡可能地接納他。

周蕩捏住她的手腕，瘦削淩冽的臉頰蹭著書佳，軟軟的，還有點絲絲麻麻的癢。

她的吻，輕輕落在周蕩的喉結處。

「書佳……」他喊她的名字，連尾音都像沾著快樂的蜜糖。

「我在。」

空氣變得稀薄，時間緩慢地彷彿停滯。

書佳手心捧住他的臉頰，輕輕得嗅。

「周蕩，你身上有奶香味。」她低聲耳語，他的眼眸漆黑微微顫動著，臉孔開始發燙，牙齒輕輕咬住薄唇。

要用力地呼吸才行。

書佳真喜歡喊他的名字，一遍又一遍地低喃著。

周蕩，周蕩，周蕩……

一個字一個字地，從喉間發出曖昧的聲音，清脆地像珠玉碰撞在一起。

為什麼每個字都這麼好聽呢？

他受不了這樣的刺激，手指情不自禁地捏住她渾圓雪白的肩膀，把她壓向自己，手背上微微凸起的筋脈。

另一隻手，探進她衣服的下襬中，觸到胸線後，忍不住緩慢地揉捏那處清晰細膩、潔白柔嫩的肌膚。

那是無知的情欲，血液裡的某種東西彷彿被點燃。從心口一路燒到全身，乾燥的感覺從喉嚨燙到嘴唇。

「書佳，別喊了……」周蕩急切地去尋找她嫣紅的唇。

帶著清甜的水果香味，像微溫過的蜜酒。

明明很想聽她說話，但現在更想吻她。

矛盾的反覆感，讓人焦躁無比。他的舌尖，掃過她唇隙間帶過一絲水光，探進去糾纏，唇舌交纏，好像連骨頭都在輕輕打著哆嗦。

思緒慢慢下沉著，他的親吻帶著貪婪接近激烈的渴求。

電話卻在這時候響起，放在桌上震動著。

書佳「唔」了一聲，奮力地掙脫周蕩。她往後退了一點，找回一點點理智後，喘息著提醒：「手機、手機……」

周蕩下意識皺起眉頭，煩躁地摸索手機撈起後，看都沒看一眼直接掛斷丟到一邊。

扶著她柔軟的腰身，還想繼續深入。

「喂……」書佳哭笑不得，捏住他的後頸，不許他再靠近：「別讓大家等太久了，聽話。」

周蕩神情迷離地看她，薄唇緊抿，垂著眼睛說：「不要。」

「不要什麼？」

「回去。」

「……」

不知道什麼時候，他已經能面不改色地對著她，說出如此露骨，近乎赤裸的情話了。

書佳理了理被扯歪的上衣，從周蕩身上坐了起來，拿起桌上的手機回電。

他不想她離開，傾身繞過椅背想拉住她。書佳動作一緩，單手撐在周蕩耳側旁的椅背，親了親他的鼻梁。

她長髮傾瀉，唇角浮出一絲笑意，低聲哄道：「乖。」

他不知所措，從額頭到下巴的線條都繃緊著。

書佳悄悄地偷看周蕩，憋著笑，想揉揉他的小臉。

手裡的電話響了幾聲就被接起來，Aaron的大嗓門從另一頭傳來：『喂？周蕩！』

電話那頭靜悄悄的，Aaron以為手機沒訊號，納悶地拿下來看了看，又喊了幾聲。

『周蕩？在嗎？周蕩？你人呢？阿蕩？蕩寶貝？』

「蕩你媽。」

『不是。』Aaron被周蕩冷漠的聲音嗆了一下：『老哥，我們能不能有點氣質。』

周蕩蹙眉，耐性快要被消耗殆盡：「你要幹嘛？」

『沒幹嘛啊！說好要吃宵夜的，順便一起回總部約會。』

「哪？」

『延安西路那邊的一家麻辣火鍋。』Aaron怕他不知道，又補充道：『就是美麗大廈那一區。』

「喔。」

『書佳要來嗎？』Aaron看了一眼Beast，把手握成拳頭，放在嘴邊輕輕咳嗽了一聲，假惺惺地問。

「關你什麼事。」周蕩的聲音不低不高，沒什麼情緒地反問他。

『我們接下來又要到處跑、接活動了，女朋友什麼的，你多帶在身邊比較好一點。』

Aaron笑嘻嘻地，話還沒講完，那邊就「啪」一聲地掛斷了。

周蕩的乾脆俐落、毫不猶豫，讓他愣了兩三秒。

「徐景平。」Aaron舉著手機，不敢置信地叫了旁邊的GGBond本名，喃喃地說：「周蕩居然就這樣掛我電話了……」

最委屈的是，他都不知道自己哪裡又惹到這位了。

GGBond正在翻看菜單，聞言笑了一聲：「那是很正常的啊。」

「正常？」Aaron大叫：「就這種態度，對待我這個上單之光，還叫正常？」

GGBond懶得和他廢話，把手裡的菜單扔過去：「好了，上單之光，先看看你要吃什麼吧。」

書佳送周蕩下樓。

剛剛下完雨，這會兒停了，夜裡空氣很清新，還帶有潮溼的氣味，星光淡薄。

他拎著黑色的運動背包，站在門口不動聲色地看著她。書佳在心裡嘆氣，幫周蕩把防風外套的拉鍊從下往上拉到他的下巴處。

「回去後好好吃藥，儘量別熬夜了。」她交待著。

周蕩睜著一雙秀氣漆黑的眼睛，靜靜地和她對視。

頭髮好像又長了一點，額前柔軟的黑髮垂下。

他一向不擅長表達，常常都是沉默寡言的，書佳卻從來不覺得乏味，反而更為珍惜。

沉默雖是不表達、不企圖，卻往往更是深情。

她張開雙臂抱住周蕩的腰，頭枕在他的肩上：「突然有點捨不得你，怎麼辦？」

完全忍不下心去告別。從國外到回上海，這幾天都習慣跟他在一起了，現在突然要分開，心裡都空落落的，很捨不得。

可是他卻不是她一個人的英雄。

真的有一種喜歡，過了很久還想擁有。

他身體僵了一會兒，緩緩抬起手臂，回抱住她：「那我不走了。」

書佳溫熱的呼吸噴灑在他脖頸的皮膚上，帶著絲絲麻麻的癢。

她的聲音裡有笑意：「不行啊，你用美色誘惑我也沒用。」

說到美色誘惑這件事，書佳仰起頭，一本正經地看著周蕩：「除了我，別去誘惑其他女粉絲喔，我會吃醋的。」

「我不會。」他嗓子低啞。

「你得保證……」

話沒說完，她的後腦被周蕩單手捧住，他的唇無聲地覆了上去。

怎麼可能誘惑別人？

她不知道，對周蕩來說，人只分三類。

他的隊友、書佳、別人。

遇到她以後，時間也只分三類。

打遊戲、她在、她不在。

除了她，誰都不行。

她能想得到的深情和執著，他都有，全部都有。

＊＊＊

Beast 左右看看，對身邊的 Aaron 說：「喂，你覺不覺得很多人在看我們這邊？」

「看我們不是很正常嗎？一群電競帥哥坐鎮這裡呢。」

「……」Aaron 又斜睨他一眼：「天不怕地不怕的，還怕別人看？」

接近晚上十二點，這家火鍋店的人還是爆滿。

豆豆心不在焉地在櫃檯算帳，唉聲嘆氣的，視線不停往 A4 區那桌所在的角落飄去。

偷看了老半天，然後右臉頰紅紅地低頭，繼續唉聲嘆氣。

真是沒想到啊、沒想到……

今天晚上她頂替別人的夜班，為此還放了男友鴿子，本來她悶悶不樂、無精打采的。誰知道十一點左右的時候，店裡推門進來一群人。是幾個很年輕的男孩子，穿得很少，短髮也有些亂，三三兩兩地走在一起聊天。

他們進店之後，空氣有那麼一瞬間的安靜，火鍋店裡大部分客人的視線都集中了過去……

那群人倒是像習慣了一樣，無視突然凝固的氛圍，在服務生引導下，陸陸續續入座。

豆豆視線直直地盯著那群來人，張了張嘴，不敢置信。

天啊！那不、那不是……

身為一個混在電競圈多年的資深粉絲，她幾乎是瞬間就認出他們來了。

是WR的人！

本來是在英雄聯盟裡金牌徘徊的小蝦米，她雖然不是這個戰隊的死忠粉絲，但因為自己是外貌協會，對這支名震天下，前段時間從世界封王的電競男模隊也有所耳聞。

S6總決賽熱潮未褪，豆豆每次上網，頁面一刷新都是關於WR的，首頁完完全全被WR的粉絲們霸占著，無非是各種影片、搞笑動圖、直播存檔……

所以現在那些只在網路和比賽影片上才能看到的人，突然真實地出現在眼前……

而且還是一群。

當真是頭暈目眩、神思恍惚。

無法抑制內心的激動，豆豆立刻覺得放男友一百場電影的鴿子也無所謂了。

那是WR啊！他們可是WR的人啊！

是在電競圈裡面，被無數女粉絲幻想小劇場個沒完的大帥哥啊！而且WR女粉絲的戰鬥力極強，經常一言不合就和其他隊伍的粉絲筆戰。

她迅速地掏出手機，趁著經理不在，偷偷往那邊拍了幾張照片，傳訊息給自己的朋友：

『妳絕對猜不到我遇到誰了！』

朋友迅速回覆：『陳奕迅？』

『才不是。』

『喔，那是誰？』

豆豆也不逗她了，把剛剛偷拍的圖全部傳過去。

3、2、1，她在心裡默默地倒數著。

接著手機不停震動，朋友果然激動到不行，幾秒鐘的時間內傳了一堆訊息：

『不是吧！』

『這是真的嗎？』

『天啊！我的天啊！』

『他們、他們居然……在妳打工的那家店吃火鍋？』

『我靠，我的血壓急速上升！』

『妳運氣怎麼可以這麼好啊！我就從來都沒遇到過！』

『妳等著，我去找妳！』

豆豆無語，手指在按鍵上敲了幾個字：『妳也別太激動，妳的本命好像不在。』

朋友的本命就是WR隊的ADC，那個電競圈有名的大帥哥。

豆豆一天能聽她講八百遍，類似那些：我老公今天好帥、為什麼我不是周蕩的女朋友、周蕩跟他的女朋友感情真好、今天的Wan還是那個上分如喝水的王者、周蕩打比賽的時候好帥、我老公喝一杯水都能那麼性感、自從Wan談戀愛之後我每天都在失戀……的連環砲轟炸。

朋友看到訊息後果然失望了，忿忿地回：『靠，那妳不早說，害我那麼激動。』

豆豆看完剛想把手機收起來，就被旁邊的女孩撞了一下手臂。

「喂，妳看，有個帥哥。」

豆豆抬頭，一個年輕的男人，穿著黑色的防風外套和運動長褲，拎著一個運動背包，徑直走向A4那桌。

側臉瘦削清秀，個子有點高，短髮烏黑，所過之處紛紛引起側目。

直到他拉開椅子坐下，豆豆才回過神。

她愣愣地，重新摸出手機，向朋友又傳了一則訊息：

『妳的本命……剛剛從我面前走過去……好帥。』

朋友這次又是秒回，就兩個字：『等我。』

和豆豆關係比較好的一個女孩，在一旁擦玻璃杯，邊擦邊小聲湊過去問：「喂，A4那桌的客人是什麼新出道的男子團體嗎？」

她並不覺得那群人有特別眼熟，可是自從他們進店之後，陸續有客人去那桌要簽名合照。

豆豆神祕地搖了搖頭，看了女孩一眼：「不是明星。」

那是一群，所有粉絲心中究極幻想的人物。

「不是明星？」女孩疑惑了：「那……」

「妳知道電競嗎？」

「我只玩線上遊戲……那算不算電競？」

豆豆無語，略為思索了一下，舉例解釋：「不是，是像英雄聯盟那種的。」

「喔，英雄聯盟我知道。」女孩點了點頭，偷偷往那邊瞧：「他們是職業選手？」

豆豆還沒回答，女孩就感嘆：「現在的職業選手，連長相都這麼好看啊，他們人氣很高嗎？」

「那當然。」豆豆點點頭：「就在前段時間，坐在那裡的一群人拿到電競的最高榮譽，妳知道嗎？」

女孩擦杯子的動作一頓：「哇，這麼厲害啊？」

豆豆看她一眼：「妳就應該多上網，接觸時事。」

過了幾秒，豆豆打開社群軟體，朋友發了一堆動態，還搭配一張WR總決賽時的定妝照：

『親愛的朋友們，我要去見WR了。』

『大家可以罵我們Wan的粉絲是毒瘤。』

『但是我想跟你們說的是！』

『地球不爆炸，粉絲不融洽。』

『宇宙不重啟，粉絲不能停。』

『風裡、雨裡、節日裡，粉絲都在這裡等著你。』

『沒有四季，只有兩季。』

『寒暑假就是筆戰旺季，上學上班就是淡季。』

『有他們的地方，就有我的存在。』

明晃的燈光下，周蕩神情疲倦。

GGBond喝了口啤酒，用筷子夾著菜吃，看了眼旁邊的人：「老哥，怎麼剛來就這麼頹喪。」還一臉不懷好意的樣子。

周蕩往椅背上一靠，濃黑的眼睫低垂下來，安靜抽著菸。眼底的情緒被陰影覆蓋，懶得開口講話，冷淡地無視他人。

陸續又有許多粉絲詢問合照，或是要求簽名。

Aaron的脾氣最好，每次都笑咪咪地答應，儘量滿足粉絲的要求。反而是人氣最高的周蕩，倒是很少有人敢騷擾。

大家都知道他桀驁的硬脾氣，非常倔強。對陌生人態度很冷淡，毫無熱情，所以都識相地不去打擾。

桌上碗碟亂七八糟，大家都吃得差不多了。

ZZJ 口裡咬著五花肉，又打開一罐啤酒，口齒不清地說：「早知道就開個包廂吃火鍋了，現在我的粉絲多到我自己都不相信。」

吃兩口就有人過來要簽名的，飯也不能好好吃，真讓人頭大，一點都不過癮。

Aaron 嘲笑道：「你什麼時候有偶像包袱了？」

GGBond 喝多了，有點大舌頭，語尾飄飄：「想到接下來又要跑東跑西，我寧願去打比賽。」

Fay 剛剛在群組裡，傳給他們一份最近接的商業活動和廣告。

真是看了都讓人頭疼，大概在春季賽到來前，全隊的人都閒不下來了。一回到上海後，連人身自由都不能掌握在手裡。

吃完飯後，他們決定用散步的方式回去總部。這家火鍋店離總部不算太遠，順便在路上吹吹晚風，消化一下。

「無敵，是多麼，多麼寂寞……」Beast 像喝醉了，扯著嗓子開始唱莫名其妙的歌。

「我靠。」Aaron 摀著耳朵：「都是自己人，別唱。」

「真的是身敗名裂現場演唱會。」

GGBond 左右看了看後問：「周蕩人呢？」

Aaron下巴往後抬了抬，示意他往後看，回了一句：「和女朋友講電話。」

「他不膩嗎……」ZZJ不理解。

身為母胎單身的小處男，自然不懂這其中的滋味。

Aaron笑了，他天天跟周蕩住在同個房間，沒人比他更清楚周蕩多黏書佳。在外人眼裡知名的高冷帥哥，其實私底下對著女朋友就是一隻小貓。

GGBond憐惜地摸摸他的頭，告誡道：「你看看周蕩現在淪落到什麼樣子了，以後絕對不要找書佳那種類型的，不然你怎麼死的都不知道。」

過來人的友情提示，愣頭少年顯然聽不懂。

「為什麼？」Beast第一個不服，站出來為女神打抱不平：「喂！書佳是我夢中情人啊，這種類型怎麼了！」

GGBond意味深長地搖搖頭，不再說話。

書佳是哪種類型？看看周蕩就知道了。那種能把一個男人徹底慣壞的女人，最好永遠也不要招惹。

＊　＊　＊

深夜街上走著，偶爾有幾家咖啡館，傳出溫暖的人情味和音樂聲。

周蕩指尖夾著燃了一半的菸，修長的手指微微蜷縮著，火星明滅。地面上有雨水打溼的痕跡，他含著菸，一根接一根地抽。

『經理真是不把你們當人，居然接了這麼多活動。』書佳打了個哈欠，直接開擴音跟周蕩講話，抱著枕頭，靠在床頭櫃上：『我的蕩蕩，你要小心、遠離女粉絲，聽到沒有？』

「聽到了。」他乖乖答應。

『嗯，好乖。』

書佳滿意了，笑著說：『你們現在真的是走到哪都能引起風波。』

「為什麼？」

周蕩喜歡聽她的聲音，每個字都認真地聽。

『我在網路上看到的。』書佳笑意盈盈地說：『我只是隨便看看，連在延安路吃火鍋的事情都有人說。我還看到幾張偷拍你的照片，然後存起來了。』

「我的？」

周蕩思考了一下，自己有沒有做了什麼。

還在回想，就聽到她的聲音：『我手機裡面存了很多你的照片，還有搞笑圖片。』

周蕩默了一會兒，問她：「好看嗎？」

聽語氣，感覺很在意？書佳第一次發現，他還有偶像包袱。

『什麼？搞笑圖嗎？』她忍不住笑：『我存了三張比較經典的，你知道是哪三張嗎？』

電話另一頭，書佳關了燈掀開被子躺倒，床上室內一片黑暗。

過了一會兒，周蕩開口：「不知道。」

書佳默背了出來：『拍照動一秒算我輸的圖、看你一眼算我輸的圖、你笑一次算我輸的圖。』

周蕩默不作聲。

她一個人自言自語：『周蕩，你是行走的冷漠素材圖。』

他薄唇輕抿，眼底有一點點笑意：「那我也要去找妳的素材圖。」

『哈哈！』書佳徹底憋不住了，笑著喘了兩口氣：『你真可愛。』

周蕩不喜歡跟別人開玩笑，除了在遊戲之外，他也很少和其他人打交道，所以大多數人才會覺得他不好相處。

卻不知道，他只把溫柔留給一個人。

深深的疲倦和洶湧的睡意襲來，『我好睏，你快到了嗎？』書佳喃喃道。

「嗯。」

周蕩的聲音低低的。

『好……回去就好好休息。』書佳的眼皮子都在打架，感覺馬上就要支撐不住了。

電話那頭彷彿有風聲，他的回答漸漸模糊。

她沒了聲音，手指無意識地一鬆讓手機滾落在枕頭上，手腕搭在臉側，眼睫也緩緩闔上了。

耳邊徹底沒了聲響。

周蕩把菸放在唇邊吸了一口，看著噴出的白色煙霧，被冷風吹淡。

幾個人慢悠悠地走回WR總部。

GGBond走著走著忽然停了下來，從口袋裡拿出手機，結果發現早就沒電了。

他用手背拍了拍周蕩的胸膛，手向前一伸：「手機借我。」

周蕩看了一眼面前的手：「幹嘛？」

「打個電話，我手機沒電了。」

「我手機也沒電了。」周蕩輕飄飄地直接用一句話拒絕，撥開GGBond的手，往前走遠。

GGBond留在原地腹誹，這個人不知道又吃錯什麼藥了，這麼陰晴不定。

幾個人時差還沒調過來，睡覺也睡不著。

去洗完澡，Beast和周蕩在二樓的訓練室雙排。

Aaron也沒別的事做，就窩在沙發上用手機上網隨便看著，看完了閒著無聊就點進去官網看今年全明星的投票實況。

今天已經十三號了，還有幾天就要公布最後的結果。

他點進去的時候，資料剛好是最後一次刷新，Aaron從上到下掃了一眼。

LPL賽區的即時支持率都出來了。下路：WR.Wan（79.8%）、中路：WR.GGBond（50.4%）、輔助：OP.MeiOK（34.5%）、上路：WR.Aaron（27.4%）、打野：YLD.Ben（24.3%）。

這些選手是目前投票百分比最高的陣容，結果大概也不會有太大的變動。

本來每支隊伍最多只能有兩個人去全明星賽，但是今年WR奪冠，便破例多了一個資格。

Aaron把手機遞給旁邊的GGBond，蹭過去跟他一起看，指著手機螢幕說：「你看，蕩神今年超穩，幾百萬的票這樣灌進去，是我們其他人加起來的總和了吧？」

GGBond接過去，掃了一眼，挑挑眉。

接近百分之八十的支持率。太恐怖了，這是全民偶像了吧。

不過想想也是，現在論名氣，沒人能贏得過周蕩。

「阿蕩這人氣，以後出道當個一哥沒什麼問題的吧？」GGBond感慨。

「不知道該混電競還是要去出道，這才是最猛的。」

「那倒是。」

「對了，你和姜于於的事情怎麼樣了？」GGBond突然想到這件事，似笑非笑地看了Aaron一眼。

「還能怎麼樣啊？」Aaron愣了一下，直接說：「我退役前不想再談戀愛了，也不想耽誤別人。」

GGBond把玩著Aaron的手機，發現手機桌布還是他和前女友的合照。

其實GGBond和Aaron認識得很早。最開始進職業圈時，WR剛打上LPL聯盟，大家都是一窮二白的小屁孩，也沒什麼成績。他曾經看過Aaron女朋友，個子小小的，長相很可愛，總是挽著Aaron的手臂，笑容甜蜜。

聽說是青梅竹馬，在一起很多年了，卻在前段時間分手了。

Aaron打完總決賽後那天喝醉了，哭得慘淡，一直低喃著：「她說不想等我了，可是我好想她。」

GGBond有時候真是不懂女人這種生物。

能陪伴一個男人走過他最艱難的時候，卻在最後放了手，說走就走，一點留戀也沒有。

然後又過了幾天，GGBond就看到Aaron把狀態欄改成：

【就算是分手，也會感謝被妳喜歡的每一秒，是我的僥倖。】

他覺得矯情又可憐。

又說了一會兒話，Aaron不想繼續話題，搓了搓臉拿過自己的手機，拍拍屁股站了起來，準備回房間睡覺。

路過訓練室，朝透明的玻璃窗看過去，周蕩和Beast還在打積分。

他推開門，走進裡面去看。

電腦螢幕上，不斷有擊殺的提示聲。Aaron走近，單手撐在周蕩的電腦桌旁，彎腰看他操作。

世界第一ADC依舊很犀利。

選了崔絲塔娜，都快把對面秀爛了，沒多久就攻上對面高地，一場遊戲很快結束了。

結束後，周蕩又開始下一場。

Beast 撐不住了，把電腦關上：「哥，睡醒了再爬分吧？陪你打好幾場，我快猝死了。」

周蕩把白色的耳機拿下來，活動一下脖子，塞回座位說：「嗯，你去睡吧。」

Aaron 這才覺得奇怪，掃了眼他，納悶道：「現在爬什麼分？」

Beast 收拾東西，走之前抽空和 Aaron 草草解釋了一句：「為了女朋友。」

「為了女朋友？」Aaron 跟著 Beast 一起走出訓練室，邊走邊問：「周蕩又在發什麼神經？」

Beast 打了個哈欠，回頭瞄了一眼還在坐在電腦桌前的某人，解釋道：「很久以前書佳在直播時，開玩笑說想找個菁英男朋友，然後有網友把一個高分路人介紹給她，正好那個男的是她粉絲。」

「然後呢？」

「然後，我剛剛告訴周蕩了。」Beast 接著說：「最可怕的是，他似乎現在很介意，自己不是菁英這件事。」

「白痴嗎？世界冠軍都拿到了，現在在乎個屁積分……」

Beast 聽完只是聳聳肩。

不知道睡了多久，窗外小孩子嬉鬧尖叫的聲音把書佳吵醒。

她迷迷糊糊地翻了個身，把枕邊的手機拿過來。

天光微亮，本來想看看時間，誰知道一拿到手上，介面居然是通話中。

書佳一個激靈地清醒過來，把手機湊到眼前。

昨晚她不小心睡了過去，難道電話一直沒掛斷嗎？

「喂？」書佳試探性地喊了一聲。

那頭很快有沙啞的聲音傳來：『書佳。』

「你還沒睡嗎？」書佳愣住坐了起來，驚呆了：「你幹嘛不掛電話？」

周蕩端起水杯，抿了口水潤嗓子：『不想睡，要調時差。』

其實書佳不知道的是，周蕩一整晚都帶著耳機默默聽她呼吸著，然後在遊戲裡大殺四方到現在。

「不行，你快去睡。」書佳皺起眉，催促他：「你這樣怎麼調時差，別騙我。」

『沒有騙妳。』周蕩的聲音回答：『我馬上就睡了。』

『書佳。』他又喊她。

書佳問：「怎麼了？」

『我把遊戲ＩＤ改成「我為書佳上菁英」了。』

「你怎麼突然……」她覺得莫名其妙。

周蕩感冒還沒好，低低地咳嗽了兩聲，嗓音沙啞著告訴她：『我現在上菁英了。』

直到第二天，書佳才真正明白周蕩的意思，因為網路上，她的首頁已經被炸成灰，全部都是同一個話題。

帶著一張張ＩＤ叫做「我為書佳上菁英」的牌位連勝圖。

【為了她一句話，Wan 神一天內怒爬六百分，直接登頂國服第一】

而那個她，名叫書佳。

＊＊＊

書佳已經驚呆了，不停翻看著手機，不知道該說些什麼。

大腦一片空白，卻突然想起昨天打電話的時候，周蕩那疲憊沙啞的聲音。

心裡莫名泛起酸澀的感動。

微博私訊如潮水一樣湧進來，她隨手一搜尋關鍵字，全是「周蕩衝冠一怒為紅顏，橫掃一區登頂國服」之類的文章，還有不少他的好友轉發調侃。

Aaron 就是典型的看熱鬧不嫌事大，轉發了之後還要加上一句：

【親眼見證蕩從白天打到黑夜，峽谷所有的菁英和大師都在發抖，瞬間灰飛煙滅啊！】

於是各路粉絲在他微博底下留言：

『灰飛煙滅？不存在的。』

『求求阿蕩收手，喪心病狂吃了這麼多分……』

『周蕩儘管繼續打，輸一把算我的。』

『電競寵妻狂魔第一人，W.R. Wan。』

寵妻狂魔？

這又是哪門子的形容詞？書佳心情複雜了起來，哭笑不得。

過了一會兒，姜于於也傳訊息來調侃她：『今天不是妳死，就是別人亡。』

感覺才過短短的一段時間，全世界的人都知道了。

書佳回了一串點點點過去。

姜于於又回了訊息過來：『我一覺醒來，發現妳突然紅了。』

『怎麼個紅法？電競圈眾矢之的女人嗎？』

『不是啊，妳不覺得周蕩談個戀愛，特別瘋狂嗎？』

『什麼瘋狂？』

姜于於深明大義：『自從周蕩認識妳之後，我都快不認識周蕩了。在這之前，我甚至覺得他不喜歡女人的。』

『噗！不喜歡女生？這麼誇張啊。』

姜于於不服氣：『哪有誇張！我私下還偷偷取了個綽號，叫周甲甲。』

這話是真的。

姜于於和另一個LPL的主持人關係不錯，那個女孩是中國傳媒大學畢業的，長得也很漂亮，各方面條件都挺好的。她聽圈內好友說過，這個女孩有不少人追求，可是人家誰都看不上，就喜歡周蕩。

而且貌似很早之前就是周蕩的粉絲了，本來一直在北京發展，為了他才來上海接LPL的主持棒，也常常上海北京兩地飛，就是為了能夠有時候採訪周蕩。

之前這個女孩採訪周蕩的影片，還紅過一陣子。

那個影片真是分分秒秒都讓人想哭，尷尬到都要生病了。

如此美女在身邊，他仍然紋絲不動，正眼都不看的。

真是，生無可戀的冷漠。

連網友都不得不佩服，真是高手。

兄弟，你旁邊可是採訪花旦之一的蘇洗啊！超級漂亮的大美人啊！多少男人想搭訕的，你這副凶巴巴的樣子是要做什麼呢？

好吧。真不愧是站在冰箱上的第一帥哥，高冷到不行、冷漠到不行。

和姜于於有一搭沒一搭地聊完，書佳嘆了口氣，想著要不要打電話給周蕩，可是又沒什麼正事，他才剛通宵完，或許正在睡覺。

糾結了一會兒，還是作罷，在家裡自己做晚飯吃完，就去書房直播。

時間就這麼一晃而過。

一回到上海，事情突然就多了起來，WR更是大活動小活動不斷，全國各地飛來飛去。

全明星賽前還有盃賽。

武漢打完德盃，又飛回上海，緊鑼密鼓地籌備S7春季賽。

除了季前賽的宣傳片、宣傳照拍攝，年底將至，LOL官方跨年節目製作組也和WR定下了時間，工作量真不是一般的大。

又過了大半個月，書佳突然接到姜于於的電話。

電話裡她的聲音稍顯雀躍，告訴了書佳一個地址要她過來。

「為什麼？」書佳覺得奇怪，問了一句。

『來見妳男朋友啊，還不高興？』姜于於笑呵呵地說。

下午三四點，上海飄起了冬季末梢的雨，雨水淅淅瀝瀝下著，冷得透徹心扉。書佳穿了一身羊毛的大衣，散著的長髮就出門，攔了計程車直奔姜于於給的地址。

上樓前，想起姜于於說想喝奶茶。書佳又跑去附近的奶茶店買了幾杯。

電梯到了四樓，停下開門。

書佳一踏出去，就看見姜于於靠在沙發旁的柱子旁玩手機。

四處零零落落地站了幾個工作人員，正在閒聊。

「妳來了。」姜于於抬頭看到她，收起手機過來。

書佳把手裡的飲料遞了過去：「他們幾點拍完？」

「還有一會兒。」姜于於把工作證戴在脖子上，蹬著高跟鞋，帶著書佳進攝影棚。

一路過去，不少人目光落在她們身上。

書佳小聲嘀咕：「怎麼感覺好多人都在看我？」

「因為妳是周蕩的老婆。」姜于於簡單明瞭地解釋。

她們彎彎繞繞過了幾個走廊。

書佳握著一杯奶茶，慢半拍地想著，等等見到周蕩要說什麼呢？

她一路心不在焉地放空，只是咬著吸管。

等到了錄影棚，工作人員很多，書佳第一次來這種地方，覺得很新奇，四處打量了幾眼。

現場很吵，所有人都忙忙碌碌地，好像不只WR一個隊在拍攝，其他隊伍的人也在。

姜于於帶著她，走到一個角落裡坐下來。

「他們人呢？」書佳視線找了一圈。

「那。」姜于於下巴往一個方向抬了抬，書佳順著她指的視線望去。

「Wan的皮膚真好。」

幫WR幾個隊員上妝的兩個化妝師守在旁邊，閒聊了起來。

「那種牛奶皮膚，我一個女的都超羨慕！」

「我懂，但他好是好，就是脾氣太難搞定了。」

在大背板前，拍攝工作持續進行著。

「噗。」Aaron忍不住又笑場，摀住嘴巴揮了揮手：「不行、不行。」

導演大喊一聲：「卡！」

「搞什麼啊？」Beast受不了地捶了Aaron一下：「都NG五六次了，什麼時候能拍好啊？」

「不是啊。」Aaron 有點無辜，解釋道：「那個攝影機在我臉旁邊這麼近，我想笑。」

GGBond 翻了個白眼。

本來攝影組的計畫是，先兩個分鏡頭：周蕩暴力撕衣、GGBond 溼身撩起衣服。

但兩個人都不怎麼配合。

導演拉他們講了半天戲，要他們找找鏡頭感，變邪氣一點。又連拍了好幾個鏡頭，GGBond 撩衣服動作還是僵硬著，很不自然。

只好先拍周蕩的。

為了營造效果，化妝師特地把周蕩黑髮噴溼，讓水滴順著他的臉頰一顆顆滑下來，想在鏡頭上帶有性感的氣息。

可是周蕩臉上神情全無，冷淡至極，一雙瞳孔黑亮，單眼皮微挑，笑也笑不出來。

別談什麼性感了，反而給人一種渾身冷冰冰帶著殺氣的感覺。

到最後連導演都放棄了，決定先拍一個全隊的總鏡頭。

誰知道圈裡有名的電競男模隊，一個比一個沒鏡頭感。

Aaron 有個動作是抬頭，然後看向旁邊和 Beast 對視一眼，但是每次一到對視的時候，他就笑場，輪迴了無數次。

真的扛不住了，攝影組集體扶額。

「算了算了。」導演拿著對講機揮了揮手，吩咐助理：「讓 WR 的人先休息一下，把 OP

的人帶來這邊拍。」

書佳小口小口地喝著奶茶，察覺到手機震了起來，她摸出來一看，是周蕩的電話。

「喂？」

『書佳。』

她應了一聲，眼睛四處亂瞄，尋找他的背影。

『妳在做什麼？』他問。

「在想你啊，你呢？」

『我、我剛剛在拍東西。』他聲音低低的。

「喔。」書佳憋著笑，故意問：「你怎麼有點悶悶的？」

他老實地承認，還帶著點沮喪感：『好像拍得不是很好。』

「真的嗎？」她笑：「你這麼好看，應該很上鏡啊？」

周蕩默不作聲，書佳放輕自己的腳步聲，穿過重重人群，往他的那個方向走。

「周蕩啊。」書佳握著電話，突然喊他。

『嗯？』

「你相不相信有魔法？」她咬著嘴唇，忍住喉間快要溢出的笑意。

『什麼魔法？』他不懂。

Aaron 本來在和旁邊的人說話，端著杯水，餘光突然瞟到一個熟悉的身影，他立刻一愣。書佳用食指堵住他的唇，比了個無聲的手勢。

Aaron 硬生生地把到嘴邊的招呼吞了回去。

「你想不想我？」

她那一頭的背景音好像有點嘈雜。

周蕩模糊地「嗯」了一聲，然後又加了一句：『想。』

「好。」書佳笑了一聲：「我現在變一個書佳送給你，送到你面前好不好？」

她的聲音小得彷彿只有兩個人能聽到。

他坐在小沙發上，手肘撐著膝蓋，垂頭悶了半晌，低聲回：『好。』

話還沒說完，臉上突然一熱。

周蕩驀然抬頭，呆呆愣住。

黑色的髮梢還在滴水，臉色蒼白，彷彿整夜未眠的神色疲倦。書佳笑吟吟地站在他身邊，握著溫熱的奶茶杯，貼上他的臉頰。

她舉起電話，跟周蕩揮了揮手。

「你的魔法小姐來了，請簽收一下。」

「呆掉了？」書佳垂眼，摸了摸周蕩的黑髮，笑咪咪地小聲問他。

他沉默，依舊保持著原樣，紋絲不動。

周蕩繃緊小臉，安靜地看著她，眼底幽暗，都是壓抑複雜的情緒。

把書佳看得不好意思了，她又忍不住捏了捏周蕩的臉：「幹嘛不說話？」

「沒有。」他一開口，才發現聲音早已經嘶啞。

身邊幾個工作人員靠了過來，好奇地問 GGBond：「哇，那就是『我為書佳上菁英』的女主角？」

GGBond 正閉著眼讓化妝師補妝，聞言睜開一隻眼睛，掃了掃周蕩那副樣子。

「嗯。」他默默小聲吐槽：「這兩個人談起戀愛，簡直比國中生還純情。」

真的很純情。就只是手拉著手，安安靜靜坐在那裡，無聲對視，什麼都不做，周圍卻都像冒著粉紅色泡泡。

各種讓人羨慕嫉妒恨。

Aaron 蹭了過來，八卦兮兮地唏噓：「你看書佳一來，周蕩就像打了鎮定劑一樣，坐在那動都不動。」

因為最近「周蕩上菁英」的話題太火紅，傳說中的女主角居然現身片場探班，大家都興致勃勃地圍觀著。

一個攝影師邊笑邊隱晦地說：「哇，好甜啊！如果把女朋友餵他喝奶茶的畫面拍下來，傳上網還可以蹭一波熱度吧。」

「噗。」Aaron 嗤笑了一聲說：「這算什麼，更勁爆的你們都還不知道呢！」

他越說越起勁：「我跟你們說，我昨天看周蕩手機……」

「行了行了。」GGBond急忙打岔，白了他一眼：「就你這個大嘴巴。」

昨天的事情要是傳出去了，周蕩大概會直接弄死他們兩個。

等人走後，ZZJ才迅速靠過來問：「什麼事啊？」

「你把他手機拿過來，然後自己看搜尋紀錄就知道了。」GGBond把ZZJ的頭推開：「別蹭這麼近。」

ZZJ嘟囔著：「還是不是兄弟，這點好奇心都不滿足我。」自己又猜了一會兒，他猶豫著問：「總不會是陽痿吧……」

在場其他人無語問天。

＊＊＊

周蕩額前的短髮被冷水浸溼，有些淩亂，唇上沒有一絲血色。

書佳心疼地握住他冰涼的手問：「冷不冷啊？怎麼冬天還往你身上噴水。」

「有點冷。」他低聲回答，嗓子都啞了。

有點撒嬌、有點慵懶，像樹林沙沙響的葉子。

這麼一說，讓書佳更心疼了。

她拉長衣袖，包住半個手掌，輕輕擦拭他頭髮上的水：「周蕩……」

他應了一聲，拉過她的手，指腹蹭過她細嫩的手背，放在唇邊輕輕碰了碰。

書佳被噴灑的熱氣弄得有些癢，她掙扎了一下，不好意思地說：「不行，還有人在看……」

她手上不知道是什麼味道，好香，像茉莉花。

「沒人看。」周蕩毫不在意地繼續甜膩，意猶未盡地盯著她，眼裡像能掐出水來。

「不好意思……」突然的聲音打破兩人的甜蜜世界。

書佳聞言抬頭，兩個拿著粉餅和眉筆的女孩，都是一臉抱歉。她們舉了舉手中的東西：「不好意思，打擾一下，我們要幫 Wan 補妝，馬上要開拍了。」

「啊，好、好。」書佳聞言馬上起身，挪出位置給她們作業。

「別走。」周蕩立刻捏住她的手腕，不肯放開。

有話好好說，別這樣啊！書佳抽不了身，為難地停在原地。

她也不想走，可是不能妨礙別人工作呀……

旁邊的女孩們忍不住噗哧一聲笑出來，其中一個立刻說：「沒關係，妳坐旁邊一點就好。」

書佳不再多話，點點頭，默默坐到一邊。

「Wan，眼睛閉起來一點。」化妝師笑意盈盈地用手指托起周蕩的下巴：「我替你補一下眼線，等等再看女朋友喔。」

書佳裝傻著，心裡卻窘迫得不行，臉慢慢紅了起來。

其實，她還是不怎麼適應大庭廣眾之下秀恩愛的。

周蕩的眼睛很敏感，刷具在眼瞼上滑動，特別不舒服。他的睫毛輕輕顫，忍不住往後面躲。

「別動啊。」化妝師固定住他的頭，換了一支刷具，看向周蕩笑著說：「Wan 皮膚怎麼這麼好，平時吃什麼啊？讓我一個女人都羨慕死了。」

大家都在等他回應的時候，周蕩「嗯」了一聲。

就一聲「嗯」，這就是他的回答。

安靜，還是安靜，沒人回話。

周蕩眉心因為眼睛的不適微擰，就像任風吹不動的木頭，仍舊是那張標誌性的撲克臉。

書佳硬著頭皮，出來打圓場：「他應該是……很喜歡喝牛奶，所以皮膚很好。」

周蕩臉不能動，看了她一眼。

「哈哈！」化妝師笑了出來：「這個我知道。」

頓了頓，她又補充：「我聽說，有很多粉絲喜歡寄牛奶到他們總部去。」

「對……」書佳被周蕩拉著手腕，反而是她和化妝師們聊了起來。

當事人則是一直沉默。

補妝結束後重新開始拍攝。姜于於拉著書佳到近距離去看，在黑幕前拍攝著，兩側有強烈的白色光束，是 WR 和 OP 兩個隊伍一起的鏡頭。

兩隊的隊長在前頭領隊，穿著各自的隊服，從兩個對角走到一起，交錯瞬間還要互相碰拳。

二二一的隊型，周蕩走在最前面，剩下的人跟在他後面，應要求還要單手插口袋，反正姿勢特別中二。

導演大喊：「燈光師就位！」

姜于於和書佳躲在燈光架後，笑個不停。

第二次拍攝比第一次順利了很多，雖然還是有笑場，但重拍幾次就過了。

周蕩的單人鏡頭比兩隊人馬碰拳還要尷尬數倍，他一共需要補拍兩個分鏡，其一是手指插入黑色的溼髮往後撩，其二是雙手向兩側撕扯胸前燙金的LOGO。

姜于於對書佳咬耳朵：「妳別看拍的時候很尷尬，等加上後製絕對帥死妳。」

「啊？」書佳眼睛彎著，往周蕩那邊盯著：「我沒覺得很尷尬啊，我覺得很可愛……」

「……」姜于於側頭看了她一眼：「妳沒救了。」

拍攝完宣傳片第二天，就是WR總部年度總結大會。

晚上六點半開始，能帶家眷。

書佳本來答應周蕩會去，卻因為臨時有事而遲到，到飯店的時候活動都開始了，主持人在臺上熱場著。

周蕩出來接書佳，應該是被灌了酒，臉上的皮膚微微發紅，秀麗的五官變得有點豔。

一雙眼睛霧氣彌漫。

兩個人在飯店大廳望著彼此。

於是來來往往的路人、飯店的服務生，就這麼看著那對大帥哥和美女注視著彼此……

她分神看向他穿正裝的樣子，大概太熱了，他襯衫的領口解開了一顆鈕子，露出白皙的脖頸和鎖骨。

「周蕩……」她用手指戳戳他，小聲說：「你今晚好帥啊。」

真的很帥，不負 LPL 第一顏值盛名的那種帥。

他淡淡地「嗯」了一聲，把視線放到書佳臉上，有點懶散地牽住她的手，往二樓走去。

年會進行到一半，兩人手牽手走進去的時候，還是吸引了一部分人的目光。

在座位上的 GGBond 握著手機正在直播，遠遠看到周蕩牽著書佳的手走過來，他咧嘴一笑，默默把鏡頭調整方向，對準周蕩那裡：「來，滿足觀眾們的要求，送你們點閃光彈。」

『我好像是第一次看到蕩神和他女朋友同框啊？』

『ORZ，今天的周蕩怎麼這麼帥，好想扒光他。』

『來自丘比特的暴擊……好甜蜜喔，嗚嗚嗚嗚嗚！』

『為什麼……我要……看……這種……東西……我還是單身……』

『我也要為書佳上菁英！』

「別拍我。」周蕩聲音很冷淡，一隻手牽著書佳，另一隻手去擋 GGBond 的鏡頭。

熟悉的腔調，不耐煩到極致。

GGBond 求助地看向書佳：「弟妹，妳不管管他這臭脾氣嗎？」

「我？」被突然點名，書佳不知道怎麼反應，笑了兩聲：「我怎麼管，他不聽我的啊。」

「誰說的！」Aaron和他們的位置隔了幾個人。他望著書佳，笑得促狹：「妳都不知道，他……」

「你煩不煩？」周蕩口氣淡淡地打斷Aaron，白皙的臉冷得像冰。

Aaron迅速收斂神情，識相地閉嘴。

書佳心裡疑惑，不過忍著沒問出口。

沒一會兒周蕩就被主持人強行拉上舞臺進行團康活動，引來掌聲雷動。

趁著大家都在歡呼雀躍，Aaron湊到她的身邊。

「書佳、書佳。」

「嗯？」

他邪笑著告訴她：「妳等等把周蕩手機要過來，然後……」

書佳眨了眨眼：「到底是什麼？你直接告訴我算了，這麼神神祕祕的。」

「不不不。」Aaron搖搖頭，拋了個意味深長的眼神過來：「這種東西妳要自己看。」

主持人玩了很多花樣，一定要周蕩唱首歌才算他過關，臺下的人都在熱烈地吶喊。

折騰了二十分鐘，他才被放行，周蕩走回位置後，拉開椅子坐到書佳身邊。

書佳看了他一眼，湊到耳旁說：「你的手機借我用一下好嗎？」

她的聲音又輕又軟，周蕩腦袋有點昏，撐著額角，沒想太多就把手機遞了過去。

大概過了三分鐘後，他才意識到什麼似的，猛地側頭去看書佳，臉上閃過各種表情。

有錯愕、有慌亂，還有一點點的，害羞。

書佳鎖上螢幕，斟酌了幾秒，臉上笑意漸深：「你不知道的話，可以問我啊。」

桌上爆發出一陣大笑。

一起吃飯的人大多都知道內情了，Aaron 更是圍觀了整場好戲，邊拋開手裡的酒瓶蓋，邊大聲笑：「哈哈！周蕩的少男心被戳破了。」

「你現在二十歲了。」

書佳在眾目睽睽下勾住他的脖子，把他拉到身邊，湊在他的耳邊小聲地說：「中國法定結婚年齡，男性不得早於二十二歲。」

周蕩沉默了片刻，額前的髮垂在眼前，稍稍撇開頭，耳垂發燙，桌子底下的手捏緊，指甲陷入皮膚。

她的瞳孔裡全是他的樣子。

「等你二十二歲，我們就結婚。」

＊＊＊

「等你二十二歲，我們就結婚。」

他真的喝醉了，覺得天地都在旋轉。

腦海裡只有這句話。

桌上的人都在聊天，聊得那麼開心，不時爆發大笑，周蕩卻什麼都聽不下去。

書佳就在一臂之隔的距離，托腮笑著看他，似乎還在等他回答。

他卻喉嚨發乾，想說什麼，卻什麼也說不出來，第一次體會到那種，從臉一路燒到耳根的感覺。

他的手指慢慢碰上她的手背，無意識地滑了兩下。

她故意輕輕往後縮，躲開了。

周蕩不吭聲，默默看了書佳一眼，眼裡不正常的幽亮。憋了半天，手又執著地伸了過去。

他抿起嘴角。

「怎麼不說話，是不是你不想？」她直勾勾地望過去，繼續調戲他。

周蕩鈍鈍地看了她一眼，安靜了足足有十幾秒，然後一把拉著書佳的手，突然站了起來，疾步往外走。

眾人反應不及，漸漸都安靜了下來，嚇到似的看周蕩走遠的背影。

「這個人又怎麼了？瘋了？」Aaron 將頭往後仰，眼睛看著周蕩，蹭到 GGBond 耳邊嘀咕道。

GGBond 喝了口酒，瞇著眼看酒杯裡剩下的液體，笑著回：「大概吧，都瘋了。」

昏暗的長廊上。

書佳被扯得腳下一個踉蹌，手撐著旁邊的牆壁穩住身子。她側頭去看他，訝異地問：「你幹嘛？周蕩，唔……」

猝不及防地，她的唇被人狠狠堵上。

書佳愣愣地睜大眼睛。

周蕩微微彎下腰，單手撐在她耳側的牆上，低頭深深吻著她。

黑色眼睫似乎被打溼了，輕輕顫抖著。他像沙漠中饑渴了無數天的旅人，反覆吸吮那一點點甘甜。

舌頭交纏在一起翻攪，他的舌頭碰到她的牙齒。

「周蕩……」

隨著深吻力度加深，她虛軟著身體，有點承受不住。

周蕩一把抓住她的手腕，完全不聽，整個人沉迷其中，換個角度又繼續親吻。

有多久沒嘗到她的味道了？渾身被不知名的冷香侵襲嗅覺。

要燒起來了。

等你二十二歲，我們就結婚。

反反覆覆地想這句話、滿腦子都是這句話，每個字都像透明的絲線，一圈一圈地繞，慢慢勒緊了他。

撐在牆面的手，手指慢慢蜷縮起來。

怎麼辦？還能怎麼辦。

連拿下冠軍，也沒有這樣高興到想要直接瘋掉的感覺。

周蕩粗重地喘息，與她的嘴唇分開，低聲一直喃喃叫她的名字。

「書佳……書佳……」

聲音暗啞著，他抱著書佳，頭低低埋在她脖頸間，像隻不知所措的小獸。

「嗯？我在。」她手臂軟軟地繞過他的後頸，輕輕安撫。

他似乎不滿兩人還隔著距離，帶著埋怨咬上她的耳尖。

「書佳……我只會打遊戲，什麼都不會……」他有些委屈，聲音含含糊糊地嘟囔不清，喉間乾澀：「可是妳能不能等我……然後我們就結婚，好不好？」

好不好？

我什麼都沒有，但是我能把我有的最好的都給妳。

以後一定要有妳，一定要在一起。

不是妳就不行，誰也不行。

心臟劇烈跳動得甚至有些疼痛，卻無比真實。

頭頂上暈黃的燈盞，散著光落到她眼裡。

「好。」

她答應他，聲音也有些顫。

書佳想著，反正以後的日子，也逃不過了。

再也逃不過了。

＊＊＊

時間很快就流逝了，一晃眼轉會期結束，新的賽季開始。

WR拿下S6的總冠軍，這次春季賽LPL的參賽隊伍中，稱得上是大換血，韓籍潮消退，越來越多的國家隊組建起來。

二〇一七年，一月。

陽光明媚，多天的霧霾散去。

LPL春季賽的揭幕戰在浦東新區正大廣場的體育館舉行。

一路望過去，各種激動的粉絲擠在進場口，拿著手牌和燈牌，只為遠遠看上一眼自己喜歡的職業選手。

今天第一場比賽由WR和UJK揭幕，分別是小組賽的老大和老二。

為WR而來的粉絲多得可怕，聽說開幕式的票開放購買後，短短幾秒鐘之內就被搶購一空。

去比賽會場的路上。車裡氣氛隨意，剛打完世界賽，國內聯賽大家反而都沒什麼壓力，Aaron玩著手機，其他幾個人閒聊著。

周蕩把手臂搭在車窗上，屈起指節撐住額角，閉眼休息。

抵達體育館門口，WR的保姆車緩緩停了下來。

坐在車上的幾個人紛紛起身，拎起自己的運動背包和外套，陸續下車。

他們露面的一瞬間，現場氣氛瞬間爆炸，排山倒海的呼喊和尖叫響徹雲霄，粉絲全部湧動著衝上來。

這個燙過金的WR，現在彷彿是LPL全部的信仰。

所有人就像對待凱旋的英雄一樣，不停吶喊著WR的隊名。

「我的天啊。」ZZJ有點被嚇到了，小聲地吃驚說：「我感覺我快爆炸了，我們的人氣比得上現役偶像了吧？」

Aaron罵他：「你清醒點，這裡喊的百分之九十都是蕩神的粉絲，你的人氣頂多就是個現役偶像的助理。」

「你才是助理，你全家都是助理。」

實在是太吵了，耳邊全是喊聲，夾雜著男聲女聲分不清楚，好像都有。

周蕩穿著隊服，帶著一群人一馬當先地走在最前面。

一路走到後臺的休息室，WR幾個人把運動背包丟到沙發上，一群人癱了似的歪倒在椅子上。

「開幕式還有多久啊？」GGBond揉了揉眉心，問身邊的人。

開幕式完了還要打比賽，真的太累人了。

Fay在不遠處和別人講電話，聞言看了他一眼，抽空回了一句：「不知道，聽說今天節目有點多，你們先休息一會兒吧。」

周蕩肩上蓋著外套，頭靠在沙發扶手上補眠，剛剛被一群人吵得頭都痛起來了。

突然，握在手裡的手機震了幾下，他把手機舉到眼前，瞇起眼睛看。

書佳傳來兩張照片，她在現場，和他穿著一樣的隊服，手裡拿著有他名字的燈牌。

她傳來一個可愛的表情：『周蕩加油。』

書佳坐在姜于於身邊，會場的第一排靠右側，下午六點整。

她拉了拉姜于於的衣袖，小聲說：「妳知道嗎？」

「什麼？」姜于於側頭，看了她一眼。

書佳看向大螢幕，像是在回憶，有些出神：「第一次看到周蕩，也是在這個位置，這樣看大螢幕。」

當時朋友在身邊，指著大螢幕要她看仔細，再對她說：

「妳就看準那個最好看的。」

那個頭髮被汗水浸溼，脖子上掛著耳機在喝水的冷漠男孩。

他是一個天才。

英雄聯盟經典的主旋律響徹整個場館，主持人從旁登臺。

強烈的光柱貫徹全場，大螢幕上開始一個個播放ＬＰＬ每個總部和戰隊的紀錄片。

每到一個隊伍，粉絲的叫喊就更大一點。

從預選賽到世界賽、春季賽到夏季賽，大大小小的盃賽中，畫面裡所有的擊殺與歡笑，無奈與辛酸，鏡頭裡不停掃過每個隊員的臉。

有榮耀有失敗，卻全是關於夢想的熱血。

那些廝殺的鏡頭突然靜止，內場的燈光都暗了下來，有人似乎意識到了什麼。

不知道是誰先喊了一聲ＷＲ。於是，全場開始不停地高呼ＷＲ每一個人的名字，一遍又一遍，伴隨不絕於耳的掌聲。

王者歸來。

主持人興奮地帶著現場所有觀眾倒數計時，播放這個壓軸的紀錄片。

大螢幕上最先出現的是夏季賽定妝照，五個人穿著短袖隊服的合照出現在大螢幕上，現場鴉雀無聲。

正中間的大螢幕，出現一段白底黑字：

【他們曾踏足山巔，也曾進入低谷不問將來。

他們曾征戰疆場，也曾獨自笑談此生無憾。

生於戰火，當死於征途。

這是他們的戰場。】

畫面碎裂，一段音樂伴隨人聲響了起來。

『大家好，我是ＷＲ的上單 Aaron。』

『大家好，我是WR的打野ZZJ。』

『大家好，我是WR的中單GGBond。』

『大家好，我是WR的ADC Wan。』

『大家好，我是WR的輔助Beast。』

全場激烈地歡呼起來，現場有甚至有女粉絲摀住嘴，呆呆地看著螢幕，感動到無聲哭泣。

畫面一轉，是全球總決賽上的畫面，最後WR一路攻上對方總部，賽評聲嘶力竭地叫喊：

『恭喜WR，以三比二獲得S6年度總決賽的冠軍！』

螢幕上的畫面不停變換，無數大型比賽的剪輯、無數的恭喜，從建隊的第一個冠軍到最後的全球總決賽冠軍。

每一場激戰，每一場歡笑血淚，最後全部停在最後一幕。

S6總決賽的賽點局上，艾希那一發破空而來的冰箭定住STK三個人。

嘈雜又嘶啞的激烈歡呼，主持人一個個數著、激昂著。

大螢幕上全是周蕩瘋狂指揮的側臉，眼睛盯著顯示器，汗水從額角滑落到下巴。

現場所有人都看得眼眶泛紅、淚水將落。

體育館每個角落都清晰地響起，只不過是一段話，卻掀起今晚最後的高潮：

挽狂瀾於既倒，扶大廈之將傾。

有過回憶就好，我會陪你走到這裡。

番外一　關於低調這件事

有關那天二十二歲的約定。

不知道後來這件事情怎麼就傳開了，倒是成了電競圈一段姻緣佳話。

羨慕嫉妒恨的同時，幾乎所有周蕩的粉絲都知道他有個誰也不能動的正牌女朋友。

按身邊人的原話說就是：誰動誰就死。

於是懷著不知是吃屎還是吃糖的心態，許多人暗中找到那個傳說中「不能動」的女朋友的微博，想從裡面偷窺一點蕩神的日常。

令大多數人失望的是——

女朋友小姐的微博上，幾乎從來不發公共場合秀恩愛的文章，也沒有什麼日常自拍，大多數都是一些食譜和貓咪圖片，剩下的就是直播通知。

和周蕩更是少有互動，如果不是從周蕩那少得可憐的互相關注名單裡，還能證明兩人還有點聯繫，粉絲幾乎都要認為書佳可能是個假女友了。

這也就算了。

各大LOL鄉民論壇，作為電競八卦圈的頂樑大柱、中堅力量，他們總是在粉絲們覺得自己還有點機會，自我安慰著其實周蕩和女朋友處久了，感情也就淡了的時候，又丟出一枚枚刀片，戳破幻想，直刺胸口。

【Wan 神自曝！現階段最大的幸福感來源於女朋友。】

【帶你走進大隊長的內心世界：百煉鋼化為繞指柔。】

某日小編終於能面對面採訪 Wan，而內容是這樣的：

「您現在拿到冠軍後，還會有幸福感嗎？」

「會。」

「是哪方面的呢？」

「她星期五會到總部來看我，從星期一開始我就覺得幸福。」

小編甩了甩汗，不死心：「外出比賽時，請問您壓力大的時候，都用什麼方法排解呢？」

「如果書佳能對我笑，我就會放鬆一點。」

「書佳……是您女朋友嗎？」

「不是，是我老婆。」

小編徹底敗下陣來。

說好的性冷感呢？說好的不近女色呢？

怎麼在公開場合，張口閉口全都離不開女人了呢？

一向走不食人間煙火路線的大隊長，居然多次公開示愛老婆。

真是不陷入戀愛則已，一旦陷入愛情就恨不得對全世界灑糧。

於是，粉絲們後來慢慢都懂了。其實兩個人當中，男主角才是喜歡秀恩愛的那個吧？看女朋友多低調啊，每次那些爆料都是 Wan 說、周蕩說的。

今天說了什麼，明天又說了什麼，不停說說說說，還是先閉嘴吧。

而且據知情人士透露，那個在外面不苟言笑的戰神，其實私底下無比地黏女朋友，一秒都不願雙方分開。

在外人面前是冷漠不近人情的孤狼，一到書佳面前就變成委屈撒嬌的小黑貓。

但是不管怎麼樣，生活還是繼續過，WR 還是那個橫掃各大賽區的銀河宇宙戰艦隊，周蕩還是那個周蕩，Wan 神還是那個 Wan 神。

他還是在賽場上那個令人聞風喪膽的天才 ADC，那個在劣勢局下，強行逆天改命的救援王，是隊伍中最令人安心的存在。

他身為 LOL 界的顏值擔當，可以說是撐起了一整個 LPL 賽區的門面。

那一雙撩人的細長單眼皮，雪白的皮膚。

現役時期就不用說了，就算周蕩退役後的幾年內，他的那張臉，也沒有誰能跨越過去。

番外二　在那之後

1、關於這一年

這一年，發生了許多事。

S8總決賽的舉辦地點在中國。WR再創奇跡，拿下第二個全球總決賽的冠軍，重新站回那個讓人仰望的巔峰舞臺。周蕩也拿下個人職業生涯的大滿貫，成為一個能被這個遊戲永遠銘記，並且載入史冊的職業選手。

S8結束後，WR的中單選手GGBond宣布退役。

轉會期結束，WR上單Aaron宣布退役。

而這一年，也是某個人二十二歲的生日。

嗯，在電競圈所有人的見證下，周蕩跟書佳求婚了。

「遇到妳之前，我沒想過要結婚。」他是這麼說的：「遇到妳之後，我沒想過和其他人結婚。」

從十九歲到二十二歲，少年終於成長為一個男人。

而當年那個十八線的小網紅啊，終於把LPL最寶貝的大隊長娶回了家。

2、英雄謝幕

退役那年，周蕩二十四歲。

八月二十七號凌晨，當天是他的生日。

WR官方微博在整點時，更新了一則公告：

【周蕩，WR電子競技公司《英雄聯盟》分部的ADC選手，自二〇一一年八月加入戰隊，擔任隊長。期間拿下首座中國LOL全球總冠軍，幫助隊內連獲十冠。

他是全球最頂尖的ADC選手之一，也是我們LPL賽區的驕傲。從以前到現在，將至永遠。

縱然有再多不捨，決定尊重選手的個人意見，做出最後決定。

二〇二一年，八月二十七號，Wan正式宣布退役，十年職業選手生涯結束。

ADC位置由原替補POKI接任。

此聲明即日生效。】

至此，從S1開始的職業選手，幾乎已經全部離開了賽場，傳奇世代落下帷幕。

Aaron第一個轉發這則微博：

【昨天老WR五個人出去聚會，我喝醉了。職業路上最開心的時候，就是和你們在一起奮鬥過的日子，那是我李書成這輩子最好的時候。

電競是要留給年輕人的，未來都是他們的。

WR還留著Beast，當初的小學弟現在已經變成大哥了。周蕩這個大魔王走了，以後新人就交給你了。

說了這麼多，也不想廢話太多。

沒辦法再和兄弟們一起並肩作戰，就祝你們前程似錦。

WR.Aaron退出遊戲。】

沒多久後，周蕩親自轉發這則微博，留下一句話：

【WR.Wan退出遊戲。】

一代神話ADC至此謝幕。

這個重磅消息迅速在LOL界掀起軒然大波，在網路上引起無數網友強烈迴響。眾多國外的大神和電競圈裡各個戰隊的知名選手，都送上自己的祝福。

從WR的崛起再到LPL的崛起，他們早就不單純是一個戰隊，而是無數人的青春。

WR五個人代表的，是一整個時代。

周蕩在總決賽舞臺上舉起冠軍獎盃，Aaron摟住他的脖子，其他幾個人在旁邊抱成一團的那一幕，永永遠遠留在每一個粉絲心中，成為記憶。

如今他們一個一個離開了英雄聯盟的舞臺，粉絲們縱有萬般不捨，也只能含淚告別。

英雄聯盟的官方網站第二天親自轉發了WR這則退役宣告，在最後寫上：

【很早就知道會有這麼一天，WR的五個人陸續退役，但這天真的到來的時候，還是沒辦法接受。

不管Wan神退役後去往何方，我們都會祝福他。

因為他是信仰，是我們的驕傲。

另人永生難忘的，WR.Wan。

從此再無WR，也不會再有隊伍能像你們。】

3、關於婚後的故事

書佳確實是被網路上，那些因為周蕩宣布退役和各路人馬瘋狂的告別儀式弄傻了。

好像，全電競圈女粉絲們都暴動了。

不少周蕩的粉絲湧入她的微博留言：

『拜託妳一定要照顧好我們家的 Wan，他身體不好，請一定要監督他好好吃飯。他喜歡喝牛奶，最喜歡蘆薈口味，他的左肩有問題，經常會痛，希望能勸勸他好好鍛煉身體。』

『雖然很難過，可是還是要祝福你們。請一路幸福地走下去，一定一定要讓我的蕩幸福。』

『我好傷心，昨天哭到頭痛。周蕩不在英雄聯盟了，我以後也不玩了……』

書佳匆匆看了幾眼留言，心裡也有點難受，都不自覺鼻酸了起來。

尤其是看到那則：

『好希望能回到 S6，一睜眼醒來，WR 還是那個 WR。當時 A 哥、豬豬俠、ZZJ、小野、丸神，他們都還在。』

她瞥了一眼躺在她旁邊睡得正香的某人。

明明外界都被他弄得翻天覆地，他卻還拉著她的手，安然入眠。

周蕩結婚以後，越發變本加厲地黏人，甚至占有欲達到一步也不想她離開的程度。

明明是看起來很古板的早熟少年，還會偷偷和她穿上情侶裝。

書佳無可奈何地嘆口了氣，繼續看微博，不出所料，周蕩退役的事情已經上了熱門。

就猶豫了那麼一會兒，她還是決定用周蕩的手機發篇文章，安慰那些傷心的粉絲。

措辭了半天，終於發送出去：

【我從十四歲開始打職業，經常熬夜缺乏鍛煉，所以身體很不好。退役後終於能抽出時間調理身體，在這裡也希望現役選手們、喜歡打遊戲的粉絲，能夠多愛護自己一些，大家都是二十歲左右的年輕人，以後的路還很長。

WR.Wan 退出遊戲了，但周蕩還沒有。】

「書佳……」周蕩帶著剛睡醒的鼻音叫她，翻了個身，手臂攬住她的腰。

周蕩不知道什麼時候開始養成了這個壞毛病，每次睡覺時都要從背後抱著她睡，把她圈在懷裡，就算是醒了也不放。

書佳靠著床頭櫃看手機，用手背碰了碰他的臉問：「醒了？」

過了半天沒有回答，書佳低下眼眸看他：「你明明沒退出ＷＲ，只是轉到幕後了，幹嘛不和粉絲說清楚？她們都以為你是要引退了……」

周蕩很早就入股了ＷＲ公司，就算不再是職業選手，現在也算是這個戰隊的半個小老闆。

的確沒和大家說清楚。

怎麼可能說引退就引退？

周蕩還迷糊著，一臉純真茫然的模樣。

他用手無意識地玩著她的頭髮：「書佳，我口渴。」

真是被她慣壞了，這個人。

就連半夜，她開檯燈替他倒水，都要一邊捣著他的眼睛，一邊嘴裡裡說叮嚀著：「寶貝，我開燈了，你先閉一下眼睛。」

書佳無聲地嘆氣，把手機丟到一邊，抬起腿準備跨下床，幫他倒水去。

腳尖剛觸地，手臂就被一扯，她猝不及防倒回床上。

周蕩的臉近在咫尺。

他低低地笑了一聲，湊上去用舌尖撬開書佳的唇，模糊地嘟囔道：「這樣就不渴了。」

結婚以後，書佳有意讓周蕩鍛煉身體，到了現在好像有點成效，她偷抱住周蕩的腰。

兩人又纏綿了一會兒。

書佳微微轉過頭喘息幾聲，伸手推壓在身上的人：「起來。」

周蕩則是啞著嗓子，又開始撒嬌……

明知道她受不了這樣。不只她受不了，如果不是心智堅韌不拔，世界上應該沒有女人能抵擋住周蕩的攻勢。

甚至，他就像她養的貓一樣，一有時間就來抱住她，非要她親一親，再摸一摸，膩成一團。

真是要命。

於是，又一次被他得逞。汗水從他黑色的髮梢滴落下來，一雙黑色瞳孔亮得嚇人。

周蕩咬住她的耳尖：「叫我……」

「周蕩，你怎麼這麼喜歡咬我呢……」書佳想掙脫。

他壓住她的肩膀，不停在她耳邊說：「叫我……」

書佳咬咬唇，側過頭，手指摸上他的眉骨：「嗯……周、周蕩？」

「不是。」

「阿蕩？」

「不是。」他又搖頭再次強調：「不是。」

暴露在空氣中的皮膚冒起一陣雞皮疙瘩。

她終於承受不住了，喊了一句：

「老公。」

「嗯。」他滿意了。

一下午的時光就這麼被蹉跎過去。

4、最後的最後

很久很久以後。

周書書有一天放學回家後，自己蹲在客廳玩積木，突然在最喜歡的小兔子裡面，翻到一個黃色的小盒子。

盒子已經很舊很舊了，上面好像有一行字……

周書書憑著學校剛開始的國語課程，努力地辨認上面一行潦草的字跡，一個個默念：

妳是不是……

妳是不是有點什麼？

這是什麼？

憑著小孩子天生的求知欲和旺盛的好奇心，她研究了一會兒，就蹦噠蹦噠地跑進廚房找媽媽。

書佳正在跟周蕩講電話。

還沒說兩句話他就要掛斷了，她詫異地問：「為什麼？」

『就是，』他的聲音還是那麼啞，認真地回答：『見不到妳的人，只能打電話聽聲音，所以更想妳了，再聊下去我就沒心思工作了。』

「媽媽、媽媽，妳看，這是什麼？」周書書舉起小手，把舊舊的小盒子努力地舉起來，想讓媽媽看：「上面還有一行好醜的字。」

她還念出來：「妳是不是有點……這是什麼意思啊？」

「好吧，你先忙。」書佳掛了電話。有些驚訝地看著周書書手裡拿的東西，看了一會兒。她蹲下來，和周書書面對面，笑吟吟地說：「這是妳爸爸第一次送我的東西。」

「爸爸……」

周書書盯著手上的紙盒，喃喃了兩遍：「那我不說這個字醜了，書書最喜歡爸爸了。」

「為什麼？」書佳忍不住親了親她的小臉：「不喜歡媽媽嗎？」

「都喜歡……」周書書猶豫地捧住書佳的臉，親了一口：「可是爸爸好看……」

書佳忍不住笑了出來。

說到爸爸，周書書就有點傷心。爸爸已經好幾天沒回家了，聽媽媽說，他又帶著一群小哥哥去外面打比賽了……

她有點悲傷地回到客廳，繼續玩積木。好想爸爸……

看到周書書乖乖在客廳玩，書佳轉身回廚房，從地上撿起那個黃色的小紙盒。

她又看了看，唇角微微彎起，動手把紙盒打開，裡面躺著一張紙條。

那是多久以前的事啊……書佳拿出手機拍了一張，傳訊息給某人。

過了一會兒，遠在美國正在開賽前會的周蕩，手機突然一震。

他拿出來看，是一張小紙條的照片：

【書佳備忘錄】

不要讓他晚睡一直玩遊戲

讓他吃早餐

生病要吃藥

原諒他的壞脾氣

晚上抱著他睡覺

陪他說話

周蕩是小貓咪，需要疼愛
二〇一七年八月二十七號留

（全文完）

高寶書版集團
gobooks.com.tw

YH 039
他和她的貓

作　　者　唧唧的貓
責任編輯　楊心蘋
封面設計　鄭婷之
內頁排版　賴姵均
企　　劃　方慧娟

發 行 人　朱凱蕾
出　　版　英屬維京群島商高寶國際有限公司台灣分公司
　　　　　Global Group Holdings, Ltd.
地　　址　台北市內湖區洲子街88號3樓
網　　址　gobooks.com.tw
電　　話　(02) 27992788
電　　郵　readers@gobooks.com.tw（讀者服務部）
　　　　　pr@gobooks.com.tw（公關諮詢部）
傳　　真　出版部(02) 27990909　行銷部 (02) 27993088
郵政劃撥　19394552
戶　　名　英屬維京群島商高寶國際有限公司台灣分公司
發　　行　英屬維京群島商高寶國際有限公司台灣分公司
初　　版　2021年 5 月

本著作物由北京晉江原創網絡科技有限公司授權出版。

國家圖書館出版品預行編目(CIP)資料

他和她的貓/唧唧的貓著. -- 初版. -- 臺北市：英屬維京群島商高寶國際有限公司臺灣分公司，2021.05
　冊；　公分. --

ISBN 978-986-506-120-3(平裝)

857.7　　110005911